광개토태왕

담덕

9

광개토태왕 담덕 9

초판 1쇄 발행 | 2024년 8월 25일

지은이 엄광용
발행인 한명선

책임편집 김수경
제작총괄 박미실
디자인 모리스

주소 서울시 종로구 평창길 329(우편번호 03003)
문의전화 02-394-1037(편집) 02-394-1047(마케팅)
팩스 02-394-1029
전자우편 saeum2go@hanmail.net
블로그 blog.naver.com/saeumpub
페이스북 facebook.com/saeumbooks
인스타그램 instagram.com/saeumbooks

발행처 (주)새움출판사
출판등록 1998년 8월 28일(제10-1633호)

ⓒ 엄광용, 2024
ISBN 979-11-7080-058-3
ISBN 979-11-90473-88-0 04810(세트)

엄광용 역사소설

담덕

광개토태왕

9

5국 전쟁

새흠

제9권 5국 전쟁

제1장

동상이몽의 외교전략

1

　계절의 변화와 관계없이 바다는 늘 깨어 있었다. 바람의 영향으로 물결의 높낮이는 수시로 변하지만, 먼 해역에서 넘실넘실 밀려왔다 해변을 때리고 멀어져가는 파도의 숨결은 사람의 들숨과 날숨처럼 반복을 거듭했다. 그것이 자연은 살아 있다는 증거이고, 하늘과 땅과 그 사이에서 사는 뭇 생명이 살아가는 가장 기본적인 원리이기도 했다. 동물은 물론이거니와 식물도 공기와 물이 없으면 숨 쉬지 못하고 말라 죽게 마련이었다.

　근오지현(斤烏支縣, 영일만) 곶에서는 밤새 끊임없이 밀려드는 파도가 해안 절벽과 부딪쳐 흰 포말을 일으키고 있었다. 어둠의 껍질이 벗겨지면서 검푸른 수평선이 붉게 물드는가 싶더니, 해가 갑자기 대장간 화덕에서 뜨겁게 달구어진 구리거울처럼 불쑥 바다 위로 솟구쳐 올라왔다. 금세 바다와 하늘이 온통 붉은 기운으로 한 덩어리가 되는 듯싶었는데, 어느 사이 안개 낀 수평선 위로 희뿌옇게 날이 밝아오기 시작했다.

바로 그 시각에 즈음하여, 바닷가가 잘 내려다보이는 부로산(夫老山) 정상 봉수대에선 봉졸들이 졸음에 겨워 하품을 쏟아내고 있었다. 날이 밝았으므로 어두운 밤보다 시야가 많이 확보되어 일단 심리적으로 안심이 되자, 밤새 참았던 잠이 무겁게 눈꺼풀을 내리덮어 눌렀다. 봉졸이 두 명씩 교대로 초소 근무를 서는데, 일출을 본 후 막 안개가 끼기 시작하자 누가 먼저랄 것도 없이 머리를 끄덕이며 졸았다. 그러다 찬바람이 휘몰아치는 바람에 문득 눈을 뜬 봉졸 하나가 봉수대 방호벽에 기대어 졸면서 코까지 드르릉거리며 골고 있는 동료를 흔들어 깨웠다.

"이봐! 저, 저게 뭐지?"

"뭐, 갑자기 뭘 가지고 그래?"

화들짝 놀라 깬 다른 봉졸이 눈을 비비적대며 먼바다를 바라보았다.

"저 안개 속에서 용 비늘처럼 꿈틀대는 게 대체 뭐냔 말이여?"

먼저 눈을 뜬 봉졸이 수평선을 가리켰다. 일출로 인해 붉은 기운이 도는 안개 바다에서 울긋불긋 깃발 같은 것들이 펄럭이고 있었다.

이제 막 잠에서 깨어난 동료도 수평선을 바라보다가 화들짝 놀랐다.

"저, 저건 용 비늘이 아니라 범선의 깃발 아닌가? 이크, 큰일 났군! 왜구들이 쳐들어오나 봐."

두 봉졸은 당황해서 어찌할 줄 몰랐다.

"그렇다면 보, 봉화를 올려야 하는 거 아냐?"

"그보다 먼저 대장에게 알려야지."

봉졸 하나가 급히 봉군들이 잠들어 있는 숙소를 향해 달려 갔다.

잠시 후, 봉졸의 보고를 듣고 잠에서 깨어난 별장이 봉수대 로 올라와 눈을 비벼대며 안개 자욱한 수평선을 바라보았다.

"이건 보통 사태가 아니군. 저 안개 속에서 구물거리는 깃발 들로 볼 때 왜구들이 떼거리로 몰려오는 게 틀림없어."

별장은 전에 10여 척 안팎의 범선을 타고 온 왜구들을 본 적 이 있어, 직감적으로 그 사태의 심각성을 깨달았다. 이번에는 눈어림으로도 수십 척, 아니 1백 척 이상 되는 군선으로 보였 다. 넘실대는 파도와 아직 붉은 기운이 걷히지 않은 먼 해역의 운무 속에 갈매기 닐갯짓 같기도 하고, 바다의 용이 하늘로 대 가리를 곧추세우기 전에 긴 몸을 비틀며 좌우로 이리저리 움직 이는 것 같은 모습이 그러했다. 차츰 가까워지면서 눈에 확연하게 드러난 그것은 바로 황포 돛과 바람에 펄럭이는 군선의 검은색과 적황색 깃발들이었다.

"대장님 어찌하면 좋을까요?"

봉졸 하나가 잔뜩 겁에 질린 얼굴로 물었다.

"허어, 이렇게 안개가 짙게 낀 날에는 봉화도 소용없질 않겠는가? 그래도 일단 불을 피워라. 안개 때문에 연기로는 부족하고 봉화대에 불을 크게 피워 적군의 침입을 알려야겠다. 봉화 두 개를 피워라. 기존에 타오르고 있는 한 개 봉화까지 두 개의 봉화를 가동해야 하느니라."

봉수대 별장은 일단 2단계 신호체계를 가동해야 한다고 판단했다.

봉화는 보통 5단계 신호체계로 이루어져 있었다. 평상시 봉화대 1개만 불을 피우는 것을 1거(擧), 적이 먼바다에 나타났을 때는 2거, 적이 경계구역을 넘으면 3거, 피아가 군선끼리 접전을 벌이면 4거, 적이 육지로 상륙하면 5거, 총 5단계로 봉화대에 불을 피웠다. 이때 '거'는 봉화대에 불을 붙이는 '거화(擧火)'를 의미하는데, 숫자로 신호체계를 표시하는 단위라고 할 수 있었다.

부로산 봉수대는 육지로 이어진 여러 개의 대지봉수를 거쳐 금성의 경봉수까지 연결하는 해안가의 최전선 연변봉수였다. 봉수대는 가시거리에 따라 적어도 10리 안팎 간격으로 배치되어 있으므로, 금성까지 도달하려면 꽤나 많은 봉수대를 거쳐야만 하였다. 산악지대가 많아 어떤 곳은 불과 5리도 안 되는 거리마다 봉수대가 연결되어 있었다.

봉수대 주변은 갑자기 분주해졌다. 별장의 지시에 따라 두 봉졸이 봉화를 올리기 위해 불꽃과 연기를 뿜어내는 연대로 뛰어갔고, 숙소에서 잠을 자던 봉군들도 깨어나 봉화대로 달려왔다.

수평선 저쪽의 안개 자욱한 바다 위로 검은색과 적황색 깃발이 뚜렷하게 펄럭이는 것이 시야에 잡혔다. 봉화대에서 그것을 바라보던 봉군들이 우왕좌왕하며 어찌할 줄 모르는 가운데, 별장이 말을 잘 타는 졸개에게 현성(縣城)으로 달려가라는 지시를 내렸다.

"안개가 너무 짙어 시계(視界)가 불량하므로 봉수만 가지고는 안 되겠다. 일단 현령에게 이 위급상황을 알리도록 하라."

별장의 명을 받은 졸개가 말을 타고 산비탈을 내려가 현성이 있는 해안 길을 따라 달렸다.

외적의 침입 소식에 근오지현은 발칵 뒤집혔다. 현령 박충근은 외적의 군선이 수십 척 내지는 1백 척은 될 것이라는 소리에 놀라 퉁방울 같은 눈을 뒤룩거리며 어찌해야 할지 도무지 갈피를 잡지 못했다. 이른 새벽이라 전날 마신 술이 덜 깬 얼굴엔 취기가 잔뜩 묻어 있었다.

"우리 성의 군선은 불과 십여 척인데, 적선이 그렇게 많다면 해전에서 승리를 장담하기 어렵습니다. 석규명 대인이 십여 척의 상선을 보유하고 있으니, 협공으로 적선을 막는 것이 어떻겠습니까?"

이렇게 나온 것은 어부 출신으로 오래전부터 수군을 관장하는 장수가 되어 근오지현 앞바다를 지켜오고 있는 물선자(勿善紫)란 자였다.

"석 대인이 선뜻 나서줄지 모르겠소."

박충근의 겁먹은 얼굴은 여전히 풀리지 않았다. 그의 코와 입에서는 술 냄새가 풀풀 풍겼다.

"아마도 우리 수군을 적극적으로 돕지 않을 수 없을 것입니다. 석 대인은 우리 지역의 대표적인 호족으로 수만금의 재산을 보유한 대상단입니다. 왜적이 상륙하면 그 상단부터 쳐들어가 약탈을 일삼을 것입니다. 전에도 왜구들이 쳐들어와 가장 먼저 친 곳이 석 대인 상단 저택인데, 그래서 상선은 물론 무사들도 많이 거느리고 있는 것 아니겠습니까? 그들은 사생결단으로 나서서 재산을 지키려고 할 것이니, 우리 수군과 긴밀한 협조 관계를 유지하지 않으면 왜적에게 적몰되기 십상입니다. 재산뿐만 아니라 그 일족까지 생명의 위험을 느낄 것이니, 상단 소속 무사들이 모두 나서야 하겠지요."

"허면 장군은 적선이 항구에 이르기 전에 어서 병영으로 출두해 수군들을 이끌고 군선에 오르되, 석 대인에게 군사를 보내 합동작전을 펼 수 있도록 하시오. 나는 우리 현의 군사들을 독려하여 성곽을 굳게 지키도록 하겠소. 도성으로 파발마를 보내면 내일 오후쯤 지원군이 달려올 것이오. 그때까지는 어떻게 해서든 적선의 상륙을 막아야 하오."

현령 박충근은 금성에서 지원군이 올 때까지만 버텨주면 능히 왜적을 무찌를 수 있을 것이라고 생각했다.

수군 장수 물선자가 보낸 군사는 곧 석규명의 저택에 당도했다. 왜적이 쳐들어온다는 소식에 대상단 청장년 무사들은 일사불란하게 움직였다.

"왜군들이 1백 척 가까이 되는 배를 이끌고 온 모양이다. 정신들 똑바로 차려야 할 것이야. 전에도 몇 차례 왜구들이 들이닥쳐 우리 창고를 털려고 했지만, 그때는 기십 척에 불과한 배를 타고 왔다. 그런데 이번에는 적어도 수십 척에서 1백 척은 넘을 것이라고 하니, 단순한 해적들이 아니라 왜국의 군사들이 몰려오는 모양이다."

석규명이 어느 사이 갑옷을 갖추어 입고 나와 상단 무사들을 독려하였다.

"대인께서는 배를 타지 말고 이 저택을 지키시지요."

상단 무사의 우두머리가 갑옷 차림의 석규명을 보고 여유 있게 웃으며 말했다. 왜구들 정도라면 근오지현 수군들과 상단 무사들만으로도 충분히 상륙을 막을 자신이 있다는 투였다.

"넌 뭘 모르고 하는 소리다. 소문에 의하면 왜국이 오래도록 우리 신라를 침략하기 위해 준비했다고 들었다. 먹을 것이 모자라 양식을 구하러 오는 왜구 같은 좀도둑이 아니라, 나라를 집어삼키려는 침략자들이란 말이다. 내가 외방인으로 이 나라에 와서 이만큼 대상단을 갖추게 된 것도 신라의 왕실과 진골 귀족들의 덕분 아니겠느냐? 이 한 몸 바쳐 나라를 구할 수 있다면 기꺼이 배를 타고 나가 싸우려고 한다."

이와 같은 석규명의 결기 어린 말에는 어떤 비장감까지 서려 있었다. 이미 예순을 넘긴 나이지만 그는 상단 무사들 누구보다 건장했다. 젊은 시절 파사(波斯, 페르시아)에서 대진국(大秦國, 로마), 심지어는 남양(南洋, 동남아)까지 상단을 이끌고 오가면서 해적들과 맞선 경험이 있어 무술 솜씨도 뛰어났다.

석규명 상단이 자리를 잡은 곳은 근오지현에서도 해안가에 돌출된 동을배곶(冬乙背串, 호미곶)으로, 상선이 먼바다로 나가기 좋은 조건을 갖추고 있었다. 그러나 왜적이 쳐들어올 때 인근 항구 중 가장 먼저 배를 대고 상륙하기 쉬운 곳이어서 그것이 오히려 약점으로 작용하기도 했다.

"왜적이 상륙하기 전에 바다로 나가야 한다. 해적들과 많이 싸워본 경험이 있으므로 해전에선 우리 상단이 유리하다. 어서 서둘러 배에 타라."

상단 무사의 우두머리도 석규명의 꿈틀거리는 짙은 눈썹을 보고 그 어느 때보다 긴급한 상황임을 깨달았다.

석규명 상단의 상선 열한 척 중 세 척은 그의 아들 석무사가 끌고 해외로 나가 있어, 여덟 척밖에 안 됐다. 그는 신라에서 대상단을 꾸리고 신라 귀족 출신의 여인과 결혼까지 하여 데릴사위가 된 후 아예 아내의 성씨를 따랐다. 그리고 자식을 낳았을 때 파사에서 쓰던 '무사비'라는 성씨를 살려 아들 이름을 '무사'로, 딸의 이름을 '사비'로 지어 외방인의 피를 이어받은 신라의 자식으로 키웠다. 오누이 모두 머리털은 검었으나 눈이 쑥들어가고 코가 유난히 튀어나온 얼굴이라, 부모를 반반씩 닮은 셈이었다.

상선에 오를 때 석규명은 아들이 해외에 나가 있는 것을 안타깝게 여겼으나, 다른 한편으로는 안도하는 마음도 생겼다. 이 전란에서 상단이 절단나게 된다면, 그나마 아들이 해외에 나가 있어 차후 그 명맥을 이어갈 수 있을 것이기 때문이었다.

석규명은 갑판에서 저 멀리 수평선 위로 넘실대는 왜선의 깃발들을 바라보며 마음속으로 비장한 각오를 다졌다. 안개 속에서 마치 용비늘처럼 펄럭이는 깃발들을 볼 때 정말 어림잡아 1백여 척은 되는 듯싶었다. 더 이상 물러설 곳이 없으므로 죽음을 각오한 싸움이 될 것이었다. 배를 타고 도망칠 수도 없었다. 왜적이 상륙하면 저택과 창고를 지키던 상단의 장정들은 물론 그의 아내와 딸도 목숨을 부지하기 어렵다는 걸 그는 모르지 않았다.

"자, 출항이다! 적진을 향해 돌진하라! 우리는 여기서 물러설 길이 없다!"

석규명은 허리에 찬 칼을 빼어 들고 큰소리로 외쳤다.

상선들은 일제히 출항하여 안개 속을 헤치며 왜국의 군선들을 향해 돌진했다. 바로 그 북쪽 현성의 성곽 앞 부두에서도 수군 장수 물선자가 이끄는 십여 척의 군선이 파도를 가르며 미끄러졌다. 독수리 날개처럼 펼쳐진 선단이 양쪽에서 가운데로 집결하면서, 마치 사전에 약속이라도 한 듯 왜국 군선과 해전을 벌이는 학익진(鶴翼陣)의 전열을 갖추었다. 불과 스무 척 안팎의 배들이지만, 그 기세는 날카롭게 적의 군선들 가운데로 뚫고 나가는 듯했다.

그러나 왜국의 군선들은 그 수효가 너무 많았다. 화살의 사거리가 될 정도로 군선들이 시야에 들어왔을 때, 수군 장수 물선자는 아연실색할 수밖에 없었다. 맨 앞에 선 적의 군선들만이라면 한 번 해전에서 붙어볼 요량이 있었다. 그러나 그 뒤로 끊임없이 밀려드는 적선의 깃발들이 하늘을 가득 메우고 있어 잔뜩 겁부터 집어먹었다.

둥, 둥둥둥!

양측 군선에서 울리는 북소리가 한데 어우러져 군사들의 사기를 진작시켰다. 그 소리는 곧 공격 명령이었다.

왜국의 군선에서 일제히 화살이 날아오기 시작하자, 물선자는 갑자기 생각이 바뀌었다.

'이건 섶을 지고 불로 뛰어드는 것이다!'

물선자는 마음속으로 외쳤다. 적선이 점점 눈앞으로 떼거리를 지어 다가오자, 그는 앞뒤 가릴 계제가 아님을 알고 퇴각 명령을 내렸다.

"징을 처라! 전군 후퇴하라!"

해전에서의 싸움은 무리였다. 물선자는 일단 후퇴하여 배를 버리고 상륙한 다음 금성에서 원군을 보내줄 때까지 현성에 들어가 버티는 수밖에 없다고 판단한 것이었다.

그러나 학익진의 한쪽 날개인 석규명의 상선들은 그 명령에 따르지 않았다.

"모두들 죽을 각오를 하라. 후퇴하여 치졸하게 사로잡혀 죽느니 싸우다 장렬하게 죽는 것이 사나이답지 않겠는가?"

석규명은 왼손에 든 방패로 날아오는 화살을 막고, 오른손으로 칼을 휘두르며 상단 무사들을 독려했다.

"어엇? 석 대인은 겁도 없이 후퇴하지 않고 싸울 모양이네?"

선수를 돌려 후퇴하면서 고개를 어깨 너머로 젖히고 석 상단의 배들을 바라보던 물선자가 놀란 눈으로 혀를 빼물었다.

그러나 석규명은 후퇴하여 달아나는 신라 수군들을 향해

욕설할 틈도 없었다. 상단 무사들은 당장 앞에 닥친 적들을 향해 화살을 날리기에 바빴다. 얼마 지나지 않아 화살도 소용없을 정도로 양측의 배들이 가까워졌다.

상선들은 초고속으로 적의 군선을 향해 돌진했다. 그때마다 왜국의 군선들은 여지없이 부서졌다. 신라의 배는 왜선보다 강했다. 왜국의 배는 삼나무 목재로 만든 데 반하여, 신라의 배는 적송으로 만들어 더욱 튼튼했다. 삼나무는 기온이 높은 남쪽 지역에서 자라났고, 적송은 사시사철 기온 변화가 심한 지역의 생태적 환경 영향을 받아 나무가 더 단단했다. 더구나 적송의 경우 송진이 많이 나와 나뭇결 속으로 그 성분이 스며들어 도끼로 찍어도 잘 들어가지 않을 정도로 강한 부위도 있었다.

그래서일까. 신라의 배와 왜국의 배가 부딪치면 결과는 거의 왜선이 부서졌다. 이렇게 석규명 상단의 배들이 왜국의 군선들을 부수며 돌진하자, 해전은 새로운 양상으로 변했다. 한쪽은 수군 장수 물선자가 이끄는 신라 군선들이 후퇴하면서 왜국의 군선들이 뒤를 쫓아 항진하였고, 다른 한쪽의 경우 석규명 상단의 배들과 충돌한 왜국의 군선들이 우왕좌왕하면서 갈피를 잡지 못하고 있었다.

왜국의 군선이 밀릴 때 소리치는 쪽을 바라보던 석규명은, 그 배가 대장선인 것을 알 수 있었다. 적장이 뭐라고 소리를 지르는데 선수를 돌리지 말고 무조건 앞으로 항진하라는 명령

같았다. 적장의 갑옷과 투구를 보고 그가 왜군의 총대장임을 간파한 것이었다.

"저 배가 대장선이다. 대장만 잡으면 우리도 살길이 열린다. 대장선을 향해 힘차게 노를 저어라!"

석규명은 대장선에 뛰어올라 적장을 사로잡으면 어떤 협상이든 할 수가 있다고 판단했다.

왜국의 군선은 그 수를 헤아릴 수 없을 만큼 많았고, 석규명 상단의 배들은 겨우 여덟 척이었다. 아무리 접근전으로 상대의 배를 부순다고 해도 결국 서로 갑판으로 뛰어올라 창칼로 싸워야 했고, 상단 무사들의 실력이 월등하다 하더라도 떼거리로 몰려드는 왜군을 당할 수는 없었다.

그렇게 상선들이 왜국의 군선과 맞붙어 백병전을 벌일 때, 석규명이 탄 상선은 마침내 왜국 대장선 가까이 접근할 수 있었다.

"모두 적선의 갑판 위로 건너가라."

석규명이 외쳤다. 대장선으로 쳐들어간 상단 무사들과 왜군은 삽시간에 한 덩어리가 되어 싸웠다. 갑판 위에서 벌어진 혈전은 칼과 칼이 부딪치는 소리, 기합과 비명, 엄포와 욕설이 난무하는 아비지옥을 방불케 하였다. 신라와 왜국의 말이 달라 서로 알아들을 수는 없으나 칼에 베이고 창에 찔려 쓰러지는 자들의 비명은 사투의 처절함, 바로 그것이었다.

그런 아귀다툼의 현장에서 석규명은 조용히 칼만 휘둘러 적들을 베어넘겼다. 그는 힘을 아껴 칼을 휘두르는 데 단 한 번의 실수도 없었다. 어떤 때는 앞과 옆에서 달려드는 적을 크게 팔을 휘둘러 한칼에 요절내기도 하였다.

그러나 아무리 무술이 뛰어나다 하더라도 떼거리로 몰려드는 적들을 모두 상대하기는 쉽지 않았다. 왜국 대장선에 탄 군사들은 기백을 헤아리는데, 석규명의 상선 무사들은 기십 명에 불과하였다. 백병전에서는 군사가 많은 쪽이 유리할 수밖에 없었다.

석규명의 상단 무사들은 적의 창칼에 하나둘씩 쓰러지기 시작했다. 그때 대장선의 높은 장대(將臺) 위에서 대장군 오호하마노와 함께 갑판 위의 싸움 양상을 지켜보던 길잡이 모리이가 석규명을 발견하고 손가락질해대며 소리쳤다.

"장군! 바로 저놈이 석규명이란 자입니다. 칼을 잘 쓰는데, 이젠 지친 기색이 역력합니다. 저자는 부친의 원수이니, 제가 가서 목을 베어 오겠습니다."

모리이의 말에 오호하마노가 손으로 저지했다.

"무리하면 안 된다."

오호하마노는 상륙하는 즉시 석규명 대상의 저택을 급습할 생각이었다. 그러므로 어찌 되었든 그 안내를 맡을 모리이가 살아 있어야만 했다.

"적보다 아군의 수가 워낙 많으니 사방에서 에워싸면 저놈도 옴치고 뛸 수 없을 것입니다. 단칼에 요절을 낼 테니 두고 보십시오."

모리이도 대장군이 보는 앞에서 공을 세우고 싶은 욕심이 앞섰다. 오호하마노는 왜국 대왕이 아끼는 최고 관직의 대신이므로, 그에게 잘 보이면 출세의 길이 열릴 것이었다.

대장군이 더 이상 말릴 틈도 주지 않고 모리이는 칼을 빼든 채 장대에서 갑판 위로 뛰어내렸다.

"네놈이 저 파사 출신의 무사비인지 석규명인지 하는 자인가?"

코가 크고 눈이 쑥 들어가 외방인임이 분명하지만, 모리이는 확실하게 부친의 적임을 확인한 후에 상대의 목숨을 거두고 싶었다. 혹시 석규명이 파사에서 데리고 온 졸개일지도 모른다는 생각이 문득 들었기 때문이다.

"우리 말을 쓰는 네놈은 누구냐? 어찌하여 왜놈의 앞잡이가 되어 왜국 대장선을 탄 것이냐?"

석규명이 앞으로 다가서는 모리이를 깊은 눈길로 쏘아보았다.

"네놈의 정체를 밝혀라. 나는 오래전에 긴 씨 세력과 왕권을 다투다 실패하여 왜국으로 망명한 석파금의 아들이다. 네놈은 무사비란 파사의 성씨를 버리고 신라의 석 씨 성을 받았다고 하는데, 어찌하여 김 씨 세력과 야합을 한 것이냐?"

모리이는 눈앞에 있는 자가 석규명임을 확신했다. 상대의 말을 받는 태도에서 능히 짐작할 수 있는 일이었다.

"전에도 한두 번 내 집 담을 넘어온 적이 있던 녀석이로구나. 네 몰골을 보니 생각난다. 흐음, 바로 네놈이 반란의 수괴 석파금의 아들이렷다?"

석규명이 모리이를 향해 칼을 뻗어왔다.

"이번에야말로 아버지의 원수를 갚게 되었구나."

모리이도 날렵하게 몸을 피하며 상대의 칼을 가볍게 막았다.

"왜놈 앞잡이가 된 놈이 주둥아리만 살아서 함부로 지껄이는구나. 네놈의 목을 베어 입을 주절거리지 못하도록 해주마!"

석규명의 칼이 다시 허공을 가르며 모리이의 귓등을 스치고 지나갔다. 그 칼바람이 어찌나 센지 귀가 다 멍멍할 지경이었는데, 겁을 먹고 급히 피한다는 것이 그만 발을 헛디뎌 모리이는 미끄러지고 말았다. 갑판 바닥에 흐르는 물과 핏물이 섞여 살짝 얼어붙은 것을 잘못 밟았던 것이다.

다시 석규명이 몸을 돌려 쓰러진 모리이의 몸통에 칼을 찌르려고 할 때였다. 바로 그 순간, 높은 장대에서 두 사람의 칼싸움을 내려다보고 있던 대장군 오호하마노가 급히 화살을 날렸다.

화살은 정통으로 석규명의 등에 꽂혔다. 가까운 거리였으므로 화살은 깊이 박혔고, 모리이를 찌르려던 칼을 놓친 채 석규명은 그대로 엎어지고 말았다.

그때서야 모리이가 일어나 갑판 위에 엎어진 석규명의 목을 향해 칼을 휘둘렀다. 단칼에 머리와 몸이 분리되었다. 그는 피가 뚝뚝 떨어지는 머리를 번쩍 들어 올리며 소리쳤다.

"석규명이 죽었다. 상단 졸개들은 무기를 버리고 항복하라. 항복하면 목숨만은 살려주겠다."

모리이의 소리에 서너 명밖에 남지 않은 상단 무사들은 뻣뻣하게 몸이 굳어버렸다. 그들은 싸우던 그 자리에서 장승이 되어버린 것처럼 멍한 표정으로 피가 뚝뚝 떨어지는 석규명의 머리를 쳐다보았다. 그 틈을 노려 왜국 군사들이 그들을 두 겹, 세 겹으로 포위했다.

"아, 대인 어른!"

상단 무사 한 명이 칼을 들어 자기 목을 그었다. 그러자 나머지 무사들도 목을 긋거나 배를 찔러 자결하였다.

2

석규명 상단이 거느린 배들은 모두 전복되었고, 왜국의 군선들은 곧바로 동을배곶 선착장에 닻을 내렸다. 대장군 오호하마노는 일단 군사들을 이끌고 근오지현 성곽을 포위하였다. 그러나 이미 현령 박충근은 수군 장수 물선자가 왜국의 군선에 쫓겨 돌아오자, 성을 방어하던 군사들을 이끌고 금성으로 후퇴하였다. 왜국의 군선들이 무려 1백 척 가까이 되는 데 놀라, 공성 전투에도 자신이 없어 성을 비우고 달아난 것이었다.

"모리이! 석규명의 저택으로 가자."

텅 빈 성으로 입성한 오호하마노가 쉴 틈도 주지 않고 모리이에게 말했다.

"장군! 날랜 군사들 기십 명을 주시면 제가 달려가 창고를 털어오겠습니다."

모리이는 이미 석규명의 상단 무사들이 거의 해전에서 몰살당했으므로, 석규명 저택을 지키는 자들은 많지 않을 것이라고 짐작했다.

"아니다. 본관이 직접 간다. 너는 안내만 하거라."

오호하마노는 아직 모리이를 믿지 못하였다.

모리이는 자신의 칼로 석규명의 목을 베었지만, 나중에서야 그의 등에 화살을 쏜 것이 오호하마노임을 알았다. 어찌 됐든 대장군은 생명의 은인이므로 그는 절대적으로 복종하겠다고 내심 굳게 마음을 먹었다.

"옛, 알겠습니다!"

모리이는 부동자세를 취하며 군사의 예를 올렸다.

오호하마노는 날랜 군사 1백여 명을 이끌고 석규명의 저택으로 달려갔다. 모리이의 짐작대로 저택 창고를 지키는 상단 무사들은 많지 않았다. 왜군들은 단숨에 그들을 제압하고 창고를 열었다. 과연 창고에는 천장 높이까지 가득가득 양식 가마들이 쌓여 있었다. 군사들이 그 가마들을 실어내려고 하자 오호하마노가 손으로 저지했다.

"어차피 우리가 가져갈 양식인데, 당분간 여기 보관해두는 것도 좋겠지. 일단 이 저택을 우리 왜국 연합군 제1대의 임시 본부로 사용하기로 한다."

오호하마노는 그러면서 비밀리에 모리이를 불러 금괴와 귀중한 보물들을 어디에 숨겨두었는지 알아보게 하였다. 석규명의 저택에는 그의 아내와 딸, 그리고 가사를 돌보는 여종들까지 불과 10명 안팎의 여자들만 남아 있었다.

모리이는 저택 안채로 들어가 석규명의 아내를 닦달하였다.

"무사비인지, 석규명인지, 하는 네 남편은 해전에서 전사했다. 내가 알기로 이 저택에는 그동안 대상을 하면서 모아둔 금괴와 보물들이 숨겨져 있다 들었다. 바른대로 불지 않으면 이 집 안에 남은 여자들을 모조리 죽이고 집 안 곳곳을 샅샅이 뒤져 금괴와 보물을 찾은 후 저택을 잿더미로 만들어버릴 것이다."

모리이는 칼을 빼든 채 석규명의 아내를 향해 엄포를 놓았다.

"그대는 누구인가? 우리말에 능통한 것을 보니 신라인 같은

데, 어찌 왜놈들 편에 섰느냐?"

석규명의 아내는 보료 위에 앉아서 당찬 태도로 모리이를 노려보았다. 그 눈길이 제법 서늘할 정도로 날카로웠다.

"당신도 석 씨인 걸 알고 있다. 나도 석 씨이니 우린 종친이 아닌가?"

모리이는 아까보다 목소리를 한껏 낮추었다. 비록 여자지만 그 당당함에서 범상치 않은 기운이 느껴졌다. 그래서 그는 엄포로는 금괴와 보물 숨긴 곳을 밝히지 않을 것이라 여겨 유도 작전을 쓰기로 했다.

"이 땅에 살면서 우리 종친 석 씨 중에 왜놈 앞잡이는 없다. 어디 감히 석 씨를 입에 담는 것이냐?"

"그렇다면 솔직하게 말하지. 나는 40여 년 전 김 씨와의 왕위 다툼이 있을 때 석 씨를 대표했던 석파금 어른의 아들이다. 금성에 있던 부친께서 김 씨 세력에 쫓겨 이곳 상단으로 달려와 도움을 요청했을 때 당신의 남편 석규명은 냉담하게 거절했다. 그 바람에 왜국으로 망명하여 나를 낳았지만, 부친께선 그 분통함 때문에 지병을 얻어 돌아가셨다. 부친께서는 유언으로 내게 반드시 원수를 갚아달라고 하셨다. 그래서 이번에 왜국 연합군과 함께 바다를 건너온 것이다."

"석파금? 들어본 이름이로군! 홀해 이사금 때 이찬 벼슬을 지낸 석급리의 아들 아닌가? 그런 명문가의 자손이 왜놈의 앞잡이 노릇이나 하다니?"

석규명의 아내는 자세 하나 흐트러짐이 없었다.

"뭐라? 입에서 나온다고 함부로 지껄이면 말이 되는 줄 아느냐? 아예 죽기를 자청하고 있질 않은가?"

화가 난 모리이는 칼을 어깨 위로 치켜들며 외쳤다.

바로 그때였다.

"잠깐!"

안방 벽장에 숨었던 여자 하나가 방으로 뛰어내리며 소리쳤다.

"얘, 꼭꼭 숨어 있으라고 했잖니?"

석규명의 아내는 금세 얼굴이 새파랗게 질렸다.

"어머니, 저 사람은 아비의 원수를 갚기 위해 왔다잖아요. 모든 걸 다 내주더라도 사람이 살고 봐야지요. 어찌 됐든 석 씨의 피가 조금이라도 섞여 있다면 우리를 죽이기야 하겠어요?"

이렇게 말한 낭자는 석규명의 딸 석사비였다.

"음, 소문으로 듣던 바로 그 '사비'라는 낭자로군! 참, 그러고 보니 네 오라비 이름은 '무사'라지? 네 아비가 저 서역의 '파사'라는 나라에서 쓰던 성씨인 '무사비'를 따다 남매 이름을 지었다고 들었다. 그런데 네 오라비는 대체 어디로 간 것이냐?"

모리이는 이렇게 주절대면서 한편으로는 재빨리 머리를 굴렸다. 잘하면 석규명의 딸을 통해 금괴와 보물 숨긴 곳을 찾아

낼 수 있을 거라고 판단했다.

"오라비는 상선을 이끌고 저 남양으로 떠난 지 오래되었습니다."

석사비는 침착한 어조로 말했다.

"그 친구 수명이 꽤 길구먼!"

모리이의 이 같은 말에 석규명의 아내 인상이 일그러졌다. 입술이 새파랗게 질려 있는 데다 눈썹이 꿈틀거리는데, 완전히 기가 질린 모습이었다.

"저기요, 우리 모녀 목숨만 살려주신다면 시키는 대로 뭐든지 다 하겠습니다."

"애야, 어쩌려고?"

석사비의 말에, 금세 어머니의 두 눈엔 눈물이 그렁그렁하였다.

"이 집안에 월천에서 나는 구상사금으로 만든 금괴와 파사에서 가져온 유리병 등 보물들이 숨겨져 있다고 들었다. 그 숨겨둔 곳을 말하면 두 사람의 목숨만은 살려주겠다."

모리이는 그렇게 말하면서 석사비의 눈을 응시했다. 문득 그녀의 미모에 놀라지 않을 수 없었다. 아버지가 저 서역의 파사 출신이므로 코가 오똑한 모양에 눈이 들어갔으며, 눈동자도 검지 않고 푸른 구슬 같았다. 머리칼은 어머니를 닮아서 노란색보다 검은색에 가까웠다. 묘하게도 부모의 장점을 반반씩 두루 빼다 박은 느낌이었다.

"두 사람이 아니라 우리 집 여자들을 모두 살려주셔야 해요. 전쟁에서 여자들이 무슨 죄가 있겠어요."

석사비의 푸른색 눈이 유난히 반짝거렸다.

"좋아. 그렇게 하지. 어서 나를 금괴와 보물이 있는 곳으로 안내하라."

"그러지요."

석사비가 어머니 곁에 앉았다가 막 일어서려고 했다.

"얘, 사비야! 그, 그건 안 된다."

석규명의 아내는 딸을 잡으려는 듯 헛손질하면서 방바닥을 치고 울음을 쏟아냈다.

"전쟁이 났는데 금괴고 보물이고 뭐가 중요해요? 사람부터 살리고 봐야죠."

석사비는 모리이를 데리고 대청으로 나왔다. 대청마루에서 건넌방으로 들어서더니 한쪽 벽을 가리켰다.

곧 모리이는 오호하마노에게 금괴와 보물이 있는 곳을 알렸고, 왜군들은 망치와 곡괭이 등으로 벽을 부수기 시작했다. 벽은 이중으로 되어 있었고, 그 안에서 정말 금괴와 보물이 바리바리 쏟아져 나왔다.

군사들이 금괴와 보물을 수레에 싣는 동안 오호하마노는 모리이 곁에 서 있는 석사비에게 눈길을 주었다. 이색적인 얼굴에 놀라움을 금치 못했고, 금세 그 미모에 반해버렸다.

"모리이! 저 여자는 누구인가?"

"석규명의 딸입니다. 석사비라고."

"흐음! 금괴와 보물도 좋지만, 저 여자야말로 살아 있는 보물이 아닌가?"

오호하마노와 모리이가 왜국 말로 주고받았으므로, 석사비는 그 내용을 알아들을 수 없었다. 그러나 그의 음험한 눈길에서 일순 위기감을 느꼈다.

"어찌하시려고?"

모리이는 난감한 표정을 지었다.

"보물이니 같이 가져가야지. 저 여자도 보물들과 함께 대장선으로 끌고 가도록 하라."

"인질로 말입니까?"

"인질이 아니다. 어떠한 보물을 주고도 바꿀 수 없는 귀인이 아닌가? 대장선을 지키는 군사들에게 단단히 일러라. 보물보다 더 귀한 여자이니, 내가 전쟁을 끝내고 귀환할 때까지 특히 극진히 대접하여 보호하라고."

오호하마노의 명령은 추상같았다. 왜국 대왕이 내린 부월을 갖고 있는 대장군이므로, 모리이로서는 그 명령을 어기는 것은 죽기를 자처하는 것과 같았다. 결국 그는 금괴 및 보물을 실은 수레와 함께 석사비까지 인질로 삼아 대장선에 태웠다.

석사비는 모리이에게 끝까지 반항하며 약속을 지키지 않았다고 항변했으나, 결국 금괴 및 보물들과 함께 대장선 지하의 모처에 감금되었다. 그곳은 대장군 오호하마노가 머물던 객실로, 그녀가 생활하기에 아무런 불편이 없을 정도로 변소와 욕실까지 고급스럽게 꾸며져 있었다.

대장군 오호하마노는 1천의 군사들로 하여금 동을배곶 선착장에 있는 군선들을 지키도록 하고, 그중 일부 병력은 석규명 상단 저택의 창고에 쌓여 있는 양식을 운반하기 위한 보급 부대로 편성하였다. 차후 금성 전투에 임하는 본대의 군량미 조달을 위한 조치였다.

이러한 일련의 조치들을 볼 때 오호하마노는 신라와의 전투에서 장기전을 예상하고 있었다. 그도 그럴 것이 약 보름 내지는 한 달 간격을 두고 대마도에서 왜국 연합군 제2대와 제3대가 연차적으로 신라를 향해 공격해오기로 돼 있기 때문이었다.

"모리이! 이곳에서 금성으로 가는 지름길을 알겠지?"

오호하마노가 째진 도끼눈으로 모리이를 쳐다보았다.

"네, 잘 알고 있습니다."

"안내하라!"

오호하마노의 지시는 짤막했다.

모리이는 왜국 연합군 제1대의 선봉대에 합류하여 근오지현에서 금성으로 가는 길을 안내하였다. 그 길을 따라가면서 그는 오래전에 부친 석파금이 금성을 장악한 김 씨 세력에게 쫓겨 역방향으로 근오지현을 향해 패주하는 모습을 상상했다. 부친에게 들은 이야기지만 마치 자신이 겪었던 일처럼 생생하게 그려졌다.

"요시! 두고 보자!"

모리이는 자신도 모르는 사이에 왜국말과 신라말을 섞어 쓰며, 선봉대의 맨 앞에서 말을 달렸다. 만약 왜국이 신라를 점령해 대륙으로 진출하는 교두보로 삼는다면, 그에게도 부친의 한을 풀어 석 씨가 권토중래하는 길이 열릴 수도 있다는 기대감으로 마음이 한껏 부풀어 올랐다.

3

신라 도성인 금성에서는 봉화를 통해 근오지현의 왜구 침입을 알게 됐지만, 그날 저녁 임박해 현령 박충근과 수군 장수 물선자가 군사들을 이끌고 들이닥치면서 사태의 심각성을 깨달았다. 왜구가 아니라 왜국 연합군이 군선 1백여 척을 타고 왔으므로, 해전에서 겁먹고 도망친 물선자가 적어도 1만여 병력은 된다고 보고를 했던 것이다.

이러한 보고를 받은 신라의 내물 마립간과 대신들은 아연실색한 표정을 지우지 못했다. 전부터 불시에 들이닥쳐 농가를 기습해 양식을 약탈해가는 왜구들인 줄 알았는데, 보고대로 군사의 수가 1만이 넘는다면 이는 좌시할 수 없는 심각한 일이 아닐 수 없었다.

흘해 이사금 사후 석 씨 세력을 제거하고 왕위에 오른 내물은 군주의 칭호까지도 '이사금'에서 '마립간'으로 바꿀 정도로 왕실 개혁을 주도했다. '이사금'은 신라 제3대 유리왕 때부터 쓰던 칭호였다. 그 이후 제16대 흘해왕까지 사용하다가, 신라 왕계가 내물왕에 이르러 석 씨에서 김 씨로 바뀌면서 '마립간'으로 변경되었다. '신라'라는 나라는 존속되었지만, 엄밀한 의미에서 역성혁명(易姓革命)이 일어났다고 볼 수 있었다.

그러나 내물 마립간의 40여 년 치세 동안 신라는 결코 평탄한 적이 없었다. 가장 큰 골칫거리는 왜구들의 침입이었다. 재위 9년(364년)에 왜구들이 쳐들어와 토함산에 허수아비를 만들어 세우는 허허실실의 전략으로 물리쳤고, 재위 38년(393년)에도 왜구들이 금성까지 쳐들어와 사방을 포위하는 바람에 수성전을 벌이면서 5일 동안 버티자 적들이 군량미 부족으로 퇴각했던 사례가 있었다.

그런데 재위 44년(399년)에 또다시 왜구들이 쳐들어온 줄 알았는데, 이번에는 대마도 어부 들로 이루어진 비정규군이 아니라 대규모 왜국 정규군이라는 판단이 서자, 마립간 내물은 두 무릎 위에 올려놓은 양손과 용포 자락이 부들부들 떨릴 정도로 잔뜩 겁부터 집어먹었다.

"흉어기에 대마도 왜구들이 쳐들어온 것이 아니고, 왜국 정 규군의 침략이라면 나라가 존망의 위기에 처했다고 볼 수 있 소. 대체 이를 어찌하면 좋겠소?"

내물의 이 같은 말은 목울대에서 가시가 걸린 듯 사뭇 갈라 져 있었다. 그도 그럴 것이, 그는 20대 전후해서 왕좌를 차지했 으므로 이미 60대 중반을 넘어선 노년이었다. 이마에 주름살 까지 깊이 파인 데다 눈동자도 빛을 잃은 지 오래였다.

문무 대신 전체가 모인 조회 자리지만, 누구도 먼저 입을 여 는 사람이 없었다. 좌우의 대신들을 느린 속도로 둘러보던 내 물은 답답하다는 듯 오른손을 들어 자기의 가슴을 쳤다.

"왜들 대답이 없는 것이오? 어서 적들을 물리칠 방법을 말해 보시오."

이미 마립간 내물의 말은 노여움이 극에 달해 꺾진 쇳소리 로 변해 있었다.

"화급을 다투는 일이니, 먼저 국원성(國原城. 충주)으로 파발 을 보내 고구려 원군을 보내달라는 요청을 해야 할 것이옵니 다."

병부령 박실상의 입에서 나온 말이었다.

"고구려 국내성이 아니고 국원성이라니? 국원성 군사가 얼마 나 된다고 그러시오?"

내물도 국원성이 신라 땅에 주둔한 고구려 군사기지임을 알고 있으나, 그 병력으로는 왜국의 군대를 막기 쉽지 않다고 판단했다. 더구나 국원성은 그 위치상 왜국의 군사보다 백제 군사를 견제하기 위해 신라와 고구려가 군사동맹을 맺고 세운 전략기지였다. 국원성은 전에 고구려 군사가 주둔하기 전까지는 신라의 미을성으로, 백제를 방어하기 위한 군사 요충지로 잘 알려져 있었다. 오래전 고구려 태왕 담덕이 신라에 인질을 요청했을 때 사신단의 부사로 왔던 무장 원삼이 수하의 고구려 군사들과 함께 국원성을 지키고 있었다.

"국원성 군사가 1만이라 들었소. 왜국에서 군사를 일으켰다면 백제 또한 협공할 가능성이 많으니, 국원성에서 고구려 원군을 보내기도 쉽지 않을 것이오. 근오지현으로 상륙한 왜국의 군사가 어림잡아 1만이라 하지만, 이는 선발대에 불과할 것이고 또 다른 지역에서 출몰할 가능성이 높은 만큼 국내성으로 사신을 보내 고구려왕에게 원군을 요청하는 것이 좋을 것이라 사료되옵니다."

이렇게 나선 것은 이찬 대서지였다. 그는 고구려에 인질로 가 있는 실성의 아버지로, 신라 대신들의 주도권을 쥐고 있는 대표적인 원로였다.

"두 대신의 의견 모두 옳은 것 같소. 일단 촌각을 다투는 일이니 국원성과 국내성 두 군데로 파발을 보내는 것이 좋을 듯

하군. 그러나 고구려 원군이 온다 하더라도 좀 시일이 걸릴 것이니, 그때까지 왕궁을 지키는 일이 참으로 걱정이오."

내물은 여전히 걱정하는 눈빛을 거두지 못했다.

"폐하! 너무 걱정하지 않으셔도 됩니다. 고구려 원군이 달려오기 전까지 궁궐 수비에 완벽을 기하도록 하겠사옵니다. 불행 중 다행인 것은 근오지현 군사들이 퇴각하면서 주변 산성의 군사들까지 모아 입성한 군사가 5천이니, 궁궐 수비를 맡은 기존 병력까지 하면 2만 가까이 됩니다. 아국의 군사만으로도 왜군 1만의 침략은 충분히 막을 수 있사옵니다."

병부령 박실상의 말이었다.

"근오지현으로 들어온 왜국 군사가 1만이면, 동래(東萊, 부산)나 가야 접경지역인 황산하와 바다가 만나는 다대포(多大浦)를 통해서도 적군이 몰려들지 모릅니다. 이번에 바다를 건너온 적들은 왜구처럼 양식을 구하자는 것이 아니라, 이곳 도성을 점령해 나라를 존망의 위기에 빠뜨리려는 목적을 갖고 있다고 생각됩니다. 백제왕이 태자를 왜국에 보낸 것은 두 나라가 군사동맹을 맺기 위한 전략 아니겠습니까? 소신의 아들을 거론해서 뭣합니다만, 아국이 고구려에 실성을 인질로 보낸 것이나 백제가 왜국에 태자를 보낸 경우가 크게 다르지 않습니다. 백제의 요청에 의해 왜국에서 원군을 보낸 것이라면, 아국도 마땅히 고구려에 정식으로 사신을 파견하여 군사 지원을 받아야 합니다. 파발로 위급상황을 전하는 것도 좋지만, 폐하께서 친서를 써서 정식으로 사신을 보내는 것이 마땅한 줄로 아뢰옵니다. 이는 백제나 왜국 군사들에게 알려지면 안 될 일이므로 믿을 만한 인물을 뽑아 밀사로 파견해야 할 것이옵니다."

이찬 대서지의 말에 대신들 모두 찬동하였다.

신라 조정의 조회가 끝나자마자 마립간 내물은 두 통의 친서를 썼다. 하나는 가까운 지역인 국원성을 지키는 고구려 수장 원삼에게 보내는 것으로 파발마를 이용하기로 하고, 다른 하나는 밀사를 파견하여 고구려 태왕에게 친서를 전달키로 하였다.

그리고 다른 한편으로는 시급히 금성 방어를 위한 대책을 수립하였다. 대장군으로 병부령 박실상을, 군사(軍師)로 이찬 대서지를 삼았다. 내물은 군사의 전권을 쥐고 있는 병부령보다 진골 출신으로 경서와 병서를 두루 꿰뚫고 있으면서 주변 정세에 밝은 이찬을 더 신뢰하는 편이었다. 그래서 대서지를 이찬에서 이벌찬(伊伐湌)으로 승격시켜, 금성을 방어하는 책임을 더 무겁게 부과하였다. 이벌찬은 신라에서 더 이상 올라갈 수 없는 최고의 관직이었다.

신라에서 국원성으로 보낸 파발마와 국내성으로 보낸 밀사는 각자 맡은 임무를 수행하기 위해 말을 달렸다. 이벌찬 대서지는 그의 믿을 만한 수하인 급찬(級湌) 김대환을 밀사로 삼았다.

먼저 신라 마립간 내물의 친서를 접한 국원성의 수장 원삼은 난감하지 않을 수 없었다. 아무리 급하더라도 군사의 이동은 태왕 담덕의 명이 떨어지지 않으면 곤란하다고 생각했던 것이다.

국원성으로 보낸 파발보다 뒤늦게 고구려 국경을 넘은 신라의 밀사는 마침 태왕 담덕이 평양성에 머물고 있다는 것을 알게 되었다. 압록강을 건너 국내성까지 가지 않아도 되니, 마립간 내물의 친서를 고구려 태왕에게 전하는 것도 이틀 이상 당길 수 있었다.

당시 고구려 태왕 담덕은 평양성에 머물면서 외성의 적격지를 찾아 그 주변 산악을 둘러보고 있었다. 그는 백제 도성 한성을 공략하고 나서 제장들의 한결같은 주청을 거절한 것에 대해 크게 후회하고 있었다. 당시 제장들이 아예 한성 공략 후 계속 남쪽으로 진군하여 백제를 완전히 고구려 영토로 만들자고 주장했으나, 백제는 형제국이라는 이유를 들어 왕권을 그대로 유지시켜 주자는 쪽으로 결론을 내렸다. 그런데 백제는 조공을 바치는 부용국이 되고 나서도 고구려를 배반하고 태자를 왜국에 인질로 보내 군사동맹을 맺었다.

그러한 사실을 백제 땅에 보낸 세작들을 통해 듣고 나서 담덕은 압록강을 건너 남쪽에 있는 평양성을 제2의 도성으로 삼아 장차 백제와 가야, 그리고 군사동맹을 맺은 신라까지 고구려의 영토로 삼기로 작정했다. 북쪽으로 숙신을 정벌하고 초원로까지 개척하고 나자, 그는 마음의 여유를 찾았다. 그래서 오래도록 고심한 끝에 바로 남쪽 나라들을 평정하기 위해 평양성을 국내성에 버금가는 규모로 증개축하기로 했다.

고구려의 도성 국내성의 외성은 환도성이었다. 외적이 쳐들어와 도성이 위태로울 지경이 되면 평지성인 국내성에서 산성인 환도성으로 옮겨 사생결단으로 전투를 할 수 있도록 하는 체제를 구축한 것이었다. 따라서 담덕은 평양성을 고구려 제2의 도성으로 만들려면 남쪽 나라들의 침략에 대한 방어체계를 갖추면서, 차후 그들을 정벌하는 데 있어 교두보 역할을 할 수 있는 군사전략기지로서의 외성이 필요하다고 판단했다.

신라의 밀사가 평양성에 도착해 알현을 청하던 날도, 담덕은 평양성 인근의 구룡산(九龍山, 대성산)을 둘러보았다. 이 산은 태백산에서 개마고원을 거쳐 서남쪽으로 쭉 뻗어내린 묘향산맥을 분기점으로 하여, 다시 남쪽으로 줄기를 틀어 내려오다가 패수(浿水, 대동강)에서 우뚝 멈춰 선 산이었다. 산 정상의 가운데가 분화구처럼 움푹 들어간 데다 사방으로 네 개의 큰 봉우리들이 둘러싼 형국이어서, 평양성의 외성으로 최적지란 생각이 들었다. 더구나 사방 봉우리의 산자락은 급경사 끝에 평평하게 낮은 지대를 이루고 있어, 산성을 쌓으면 적들이 공격하기에 수월치 않은 지세를 갖추고 있었다.

담덕은 구룡산을 둘러보고 나서 마음이 흡족했다. 그가 왕위에 오를 무렵 평양성에 9개의 절을 창건했는데, '구룡산'이라는 이름 역시 그 숫자가 들어가 고구려 주변의 적들을 상징하는 의미도 되어 방어전략기지로 손색이 없다고 생각했다. 이때의 '구(9)'는 '다수' 또는 '많은'을 뜻하는데, 외적이 그만큼 많다는 것을 그렇게 표현하였다.

그런데 담덕이 평양성에 돌아와 보니, 신라에서 내물 마립간이 파견한 밀사가 와 있었다. 그는 바로 그 순간, 왜국이 신라로 쳐들어왔다는 것을 직감했다.

내물 마립간의 밀서를 전하고 나서, 신라 밀사는 태왕 담덕이 그것을 다 읽기를 참고 기다렸다가 다급히 아뢰었다.

"친서를 보셔서 아시겠지만, 촌음을 다투는 일이옵니다. 폐하의 고구려 원군 파견 결정만이 아국의 살길임을 통촉하여 주시옵소서."

신라 밀사는 허리를 깊이 꺾고 고개를 수그리며 읍소하였다.

"신라왕에게 기다리라 전하시오. 우리 고구려도 외적들이 사방에서 빈틈을 노리고 있으니, 원군을 보내는 데 심사숙고할 필요가 있소. 대신 국원성 수장에게 보내는 서찰을 써줄 것이니, 신라로 돌아가는 길에 전해주시오. 국원성은 아국과 신라의 군사동맹으로 맺은 전략기지이니만큼, 반드시 그 본분을 지킬 것이오."

태왕 담덕은 그 말 한마디로 신라 밀사의 알현을 끝냈다.

국원성 수장 원삼에게 보내는 서찰에는, 군사를 반으로 나누어 절반은 성채 방어 병력으로 놔두고 나머지 절반은 금성으로 보내 신라 도성 군사들과 함께 왜적의 침공을 철저히 막으라고 명했다. 그리고 수시로 금성의 상황을 국내성까지 전달케 함으로써 궁궐에 앉아서도 전쟁의 판도를 손바닥 들여다보듯 파악할 수 있게끔 하라는 지시를 내렸다.

신라 밀사를 내보내고 나서 담덕은 왜국의 대륙 침략에 대해 부쩍 의심이 가지 않을 수 없었다. 백제와 왜국이 군사동맹을 맺었다면, 그들이 힘을 합쳐 신라가 아닌 고구려를 침공하는 것이 옳을 터였다. 그는 백제왕 아신이 왜국왕의 요청으로 태자를 인질로 보내면서까지 이를 갈며 고구려에 대한 원한에 사무쳐 있음을 익히 잘 알고 있었다.

이번에 평양을 제2의 도성으로 삼아 외성의 적지로 구룡산을 삼고자 한 것도 가까운 날에는 백제와 왜국의 도발을 염려해서였다. 그런데 왜국이 고구려가 아닌 신라를 침공했다는 것은 심히 의아스럽지 않을 수 없었다.

"흐음, 여기에 뭔가 야료가 있는 것이야."

담덕은 혼잣소리로 중얼거렸다. 신라 밀사가 전해주는 내물마립간의 서찰을 읽으면서 느낀 것은, 바로 그와 같은 의문이었다. 그래서 차후 백제군의 움직임을 보고 나서 신라로 원군을 보내는 일도 결정해야 한다고 판단했다. 또한 함부로 고구려 원군을 남쪽으로 파견할 수 없는 것이, 요동 서쪽의 숙적 후연이 그 틈을 노려 기습할까 염려되었기 때문이다.

왜국의 신라 침공으로 인하여 그만큼 담덕의 고민은 깊어졌다. 그는 일단 평양성의 외성 자리를 구룡산으로 정한 만큼, 성곽 조성은 차후로 미루더라도 일단 국내성으로 돌아가 왜국과 신라의 전쟁 양상을 점검하면서 백제와 후연의 동태를 면밀히 살펴보기로 했다.

4

400년(영락 10년) 새해가 밝았다. 평양성에서 설을 쇠려다 세모에 급히 국내성으로 귀환한 태왕 담덕은, 심각하게 돌아가는 고구려 주변 정세의 변화에 촉각을 곤두세웠다. 왜국의 신라 침공은 고구려의 허를 찌른 것과 같았다. 신라와 군사동맹 후 국원성을 고구려 군사기지로 만든 것은, 백제와 가야는 물론 왜국을 포함한 남방 세력들을 두루 견제하기 위한 전략의 일환이었다.

국원성의 고구려군 주둔은 남쪽 반도의 중앙에 위치하여 직접적으로 신라를 지배하여 거수국 버금가는 부용국으로 만드는 토대가 되었으며, 그 위치상으로 볼 때 달천을 끼고 있어 수

륙으로 백제의 허리를 조이는 역할을 하였다. 또한 남쪽으로 사벌주(沙伐州, 상주)를 거쳐 황산하를 통해 뱃길로 가면 가야 의 국경에 이르게 되어 육로보다 접근하기 용이했다.

그러나 왜국의 경우 바다 건너에 있어, 고구려의 직접적인 영 향력이 미치지 못하기 때문에 군사력 우위를 내세워 겁박하기 가 쉽지 않았다. 더구나 근자에 이르러 백제와 밀착 관계를 유 지하고 있으므로, 고구려는 왜국을 더욱 경계하지 않을 수 없 었다.

'어차피 왜국이 쳐들어왔으니 신라에 원군을 보내 강성 고구 려의 본때를 제대로 보여주어야 하겠지……'

담덕의 머릿속에서는 그러한 말이 거듭거듭 되뇌어지고 있 었다.

그러나 문제는 요하 건너 서쪽의 후연이었다. 왜국이 신라로 쳐들어와 혼란한 틈을 타서 후연의 모용성이 고구려 국경을 공 격할 가능성을 전혀 배제할 수 없었다. 가장 걱정되는 것이 요 동성이었다. 북위가 후연의 도성 중산을 공격할 때 고구려는 요동성에 무혈입성을 할 수 있었다. 더구나 요동성 산 중턱에 7중목탑을 세우는 데 대하여 후연으로서는 고구려가 보란 듯 이 겁박하는 것으로 여길 공산이 컸다.

그때 문득 담덕의 뇌리를 스치는 말이 있었다.

'이번에 요동성 산 중턱에 7중목탑을 세우는 일도 요하 건너

후연군에 대한 선전포고 같은 것 아니겠습니까?'

연전에 북위에서 사신으로 왔던 최호가 넌지시 건넨 말이었다. 바로 앞에서 말하는 것처럼, 또렷한 그의 목소리가 담덕의 귓가를 맴돌았다.

"흐음, 북위의 탁발규가 왜 최호를 중히 쓰고 있는지 알겠군! 아주 시대 상황을 정확하게 꿰뚫고 있지 않은가. 분명히 후연의 모용성은 7중목탑을 노리고 있을 것이야. 최호의 예감대로 고구려가 후연에게 선전포고를 하는 것으로 생각하겠지."

담덕은 이렇게 용상 깊이 몸을 파묻은 채 혼잣말을 중얼거렸는데, 그것은 곧 요동성 방어를 위한 전략의 실마리로 작용하였다.

이때 담덕이 세운 전략은 두 가지였다. 첫째는 후연의 모용성에게 정식으로 사신을 파견해 국서를 전달하는 일. 그리고 둘째는 고구려 서북 변경의 요새를 지키는 일부 군사를 차출해 요동성 방어 병력으로 보내는 일이었다.

태왕 담덕은 후연으로 가는 사신단 정사로 태학박사 정호를, 부사로 서북방 나라들의 정보에 밝은 추동자를 발탁하였다.

모용성에게 보내는 국서는 정호가 작성하였는데, 태왕의 위상을 높여 '천자국'에 버금가는 고구려가 '제후국'에 준하는 후연에게 친선외교를 펼치자는 요지를 담았다. 마땅히 천자로서 제후에게 내리는 사여품(賜與品)으로 고구려 특산물인 호피와

문피, 그리고 인삼을 준비했다.

"오래전에 신라에 다녀온 것처럼, 태학박사께서 이번에는 후연에 사신단 정사로 가주셨으면 합니다. 요즘 한창 우리 고구려 역사를 집필하고 있을 터인데, 이번 기회에 직접 눈으로 요서 지역을 두루 둘러보는 것도 저술 활동에 큰 도움이 될 것입니다."

담덕은 왕자 거련의 사부이자 태학의 수장인 정호에게 이미 오래전부터 고구려 역사를 새롭게 쓰라고 지시한 바 있었다.

이미 고구려 건국 초기에 『유기(留記)』100권이 있었는데, 조선을 건국한 단군왕검 시대부터 부여를 거쳐 고구려에 이르는 역사를 기록으로 남긴 방대한 역사서였다. 그러나 담덕은 그 책이 너무 세세한 내용을 담고 있어, 역사의 큰 줄기를 이해하기 어렵다는 생각에, 태학박사 정호에게 명하여 대체로 큰 역사적 사실만을 압축하여 재편집하도록 한 것이었다.

한편 담덕은 부사로 가는 추동자에게 별도의 명을 내렸다.

"요동에 가게 되면 유청하 성주에게 서북 변경의 각 성에서 일부 병력을 차출해 성을 방어토록 하라 이르시오. 전에도 요동성 공략에 동원한 병력들이 있으니, 변경의 성주들도 쉽게 알아들을 것이오. 다만 병력이 이동할 때 후연에서 알면 안 되니 특히 비밀을 유지하라고 전하시오."

후연으로 가는 고구려 사신단이 떠나고 나서, 담덕은 호위무사 마동을 불러 하루빨리 세작들을 한성으로 파견해 백제 군의 움직임을 살펴본 후 보고하라고 일렀다.

그러고 나서 얼마 후 다시 신라의 밀사가 들이닥쳤다. 왜국의 군사가 신라를 침공한 후 고구려에 두 번째로 파견된 밀사였다.

그런데 담덕에게 알현을 청한 것은 오래전에 고구려에 인질로 온 실성이었다. 신라의 밀사가 떠날 때 대서지는 반드시 자기 아들과 함께 고구려 태왕을 만나라고 당부했다. 첫 번째 신라의 밀사는 평양성에서 담덕을 만났으므로, 실성이 안내를 할 수 없었다. 그러나 이번에는 담덕이 국내성에 있었으므로, 볼모의 신세지만 실성이 밀사와 함께 알현을 청할 수 있었던 것이다.

"오, 신라 사신이 도착했다는 소식을 들었는데, 실성 공도 함께 왔구려."

태왕 담덕도 실성을 본 지 꽤나 오래되었다.

"폐하! 아국이 백척간두의 위기에 처해 있는데, 어찌 가만히 앉아 있을 수 있겠사옵니까?"

목에 가시가 걸린 듯한 실성의 목소리는 매우 떨리고 있었다. 그만큼 자못 긴장이 되었던 것이다.

"그래, 지금 왜국과의 싸움은 어찌 되고 있소?"

담덕이 신라의 밀사에게 물었다.

그러자 밀사가 신라 마립간 내물의 친서를 전달했다. 담덕이 글을 다 읽기를 기다려 밀사가 다급하게 말했다.

"한 달 전 근오지현으로 상륙한 왜적은 금성 동문 밖에 진을 치고 아군과 대적하고 있사옵니다. 적들이 연일 공성 전투를 벌이고 있으나, 폐하의 명으로 국원성에서 달려온 고구려군이 입성하여 아국 군사들과 함께 방어전을 펼쳐 굳건하게 막아내고 있사옵니다. 그런데 며칠 전 또 다른 왜국의 군대가 황산하 하구의 황산진(黃山津, 물금나루)으로 들어와 가야 도성인 봉황성 군사들과 합세, 아국의 국경을 넘었사옵니다. 그로 인하여 앞뒤로 적을 두게 되었으니 금성이 촌각을 다투는 위기에 처하게 되었사옵니다."

"폐하! 제게 고구려 군사를 빌려주시면 한달음에 달려가 왜적을 무찌르겠나이다. 통촉하여 주시옵소서."

이렇게 말한 것은 실성이었다. 그 목소리는 너무도 절절해서 거의 울먹임에 가까웠다.

"신라왕의 친서를 보고 전황이 어떠한지 알 것 같소이다. 그런데 백제 군사들의 움직임을 통 알 수 없으니, 그것이 참 이상한 일 아니겠소? 왜국의 군사들이 바다를 건넜다면 분명 백제 군사들과 연합전선을 펼친 것인데, 쥐 죽은 듯 잠잠히 있는 걸 보면 저들 간에 뭔가 밀약이 있을 법한 일입니다. 사실, 짐은 그런 이유로 인해 신라에 원군을 보내지 못하고 있는 것이오."

담덕은 다급한 마음의 실성과 달리 여유 있는 표정으로 담담하게 말했다.

"폐하! 금성이 왜적의 손아귀에 떨어지면, 다음 저들의 목표가 어디겠습니까?"

"그야 불문가지가 아니겠소? 고구려겠지. 그렇다면 실성 공에게 물어보겠소. 만약 우리 고구려 원군이 신라를 도우러 가고 나서, 그 빈틈을 노려 백제군이 국내성으로 쳐들어온다면 어떡하겠소?"

이 같은 담덕의 물음에, 실성은 대답할 말을 찾지 못해 안절부절하고 있었다.

"그동안 실성 공께선 학문 도야는 물론, 무술도 열심히 연마하고 있다 들었소. 병법서도 더러 익혔는지 모르겠소?"

여전히 담덕의 말에는 여유가 있었다. 급할수록 천천히, 담담한 마음으로 깊은 생각에 몰두하는 것이 그에겐 버릇처럼 된 일상이었다.

그런 담덕의 한가로운 표정이나 말투를 대하면서 실성은 실로 가슴이 답답하기만 했다. 태왕이 아니라면 버럭 화를 내고 싶을 정도로 서운한 마음까지 들 정도였다.

"태공망 병법서부터 손자병법, 오자병법까지 두루 섭렵하였사옵니다. 식자우환이라 했습니다. 배워서 써먹을 데가 없다면, 아는 게 많다고 해서 자랑할 바는 못 되지 않겠습니까?"

실성은 마치 담덕에게 항변이라도 하고 있는 듯했다.

신라 밀사가 두려운 눈으로 그런 실성의 태도를 눈여겨보고 있었다. 자신은 원군을 요청하러 왔는데, 명색이 인질인 주제에 실성이 담덕에게 밉보이게 된다면 자칫 낭패를 볼 수도 있다고 생각했다.

"배워서 써먹을 데가 없다니요? 아는 것을 행동으로 옮기지 않는다면 참다운 앎이라 할 수 있겠습니까? 그것은 차라리 모르는 것만도 못한 것입니다. 배우면 반드시 그것이 쓰일 데가 있습니다. 그 써먹을 데를 스스로 찾아야지 누가 찾아다 주지 않습니다. 배운 자, 즉 지식인은 자기 의지를 당당하게 내세울 줄 알아야 합니다. 결단력이 있어야 행동이 뒤따라주는 것 아니겠소?"

담덕은 빙그레 웃으며 실성의 눈을 직시했다.

"태왕 폐하! 마음이 급한 나머지 제가 너무 경솔했나 보옵니다. 결단이 서게 되면 다시 알현을 청하겠나이다. 오늘은 이만 물러가옵니다."

실성은 얼굴이 벌겋게 달아올라 신라 밀사를 재촉해 편전에서 물러갔다.

처소로 돌아온 실성은 신라의 밀사와 마주 앉았다.

"실성 공, 이제 어찌하면 좋겠소?"

밀사는 답답했다. 마립간 내물의 친서를 읽으면 태왕 담덕이 흔쾌히 고구려 원군을 보내주겠다고 약속할 줄 알았다.

"태왕 폐하의 말씀 중 하나도 그른 것이 없소. 백제 군사들의 움직임을 봐서 원군을 보내주겠다고 했으니, 신라로 돌아가면 그렇게 전하시오. 사실 나도 다급하여 무조건 원군을 보내달라고만 했지, 마음의 준비가 되어 있지 않았소. 안다고 다 아는 것이 아니다. 그것을 써먹을 데는 스스로 찾아야지 누가 도와줘서 될 일이 아니라는 태왕 폐하의 말씀을 들으면서 나 자신이 어찌나 부끄러웠던지 눈길 둘 곳을 찾지 못하였소이다. 그러나 다음에 태왕을 알현하게 되면 이 몸이 반드시 죽기를 각오하고 결단력을 보여줄 것이외다. 참으로 안다는 것이 무엇인지 말이외다."

실성은 주먹을 꽉 쥐며 이를 악물었다.

"실성 공, 지금까지 8년여 세월을 잘 참아오셨습니다. 앞으로 더 어려운 일이 많을 것입니다. 참으셔야 합니다. 다시는 죽기를 각오한다는 말씀을 입에 올리지 마십시오. 공의 부친이신 이벌찬 어른께서 담덕 태왕을 알현하기 전에 실성 공을 만나보라 하신 진의가 무엇인지, 이제는 알 것 같습니다. 제 소견으로는 고구려 태왕께서 실성 공을 많이 신뢰하고 있다는 생각이 듭니다. 나라 사정이 다급하긴 하나, 죽기로써 싸우면 위기를 극복할 날이 반드시 올 것입니다. 그때까지 아까운 목숨을 보전하셔야 합니다."

신라의 밀사는 실성의 손을 꼭 움켜쥐었다.

"아버님께서 이벌찬이 되셨군요?"

"네, 이번에 왜국의 침입으로 금성 방어 책임을 맡으면서 이찬에서 이벌찬으로 승급하셨사옵니다. 신라 진골이 마립간 다음으로 오를 수 있는 최고 관직에 제수되신 것입니다. 실성 공을 고구려 볼모로 보낸 이후부터 대서지 어른에게 대신들은 굳은 신뢰를 갖고 있습니다. 이번에 제가 두 번씩 밀사로 고구려에 오게 된 것도 이벌찬 어른의 주장에 따른 것입니다. 대신들 누구도 반대하는 자가 없었습니다. 부친께서 신라 조정을 좌지우지할 수 있는 것은, 그 배후에 실성 공이 있기 때문입니다. 신라 조정에선 고구려 태왕에게 당당하게 원군 요청을 할 수 있는 적임자로 실성 공을 꼽고 있습니다. 그래서 부친께서도 저를 밀사로 보내면서 반드시 실성 공을 먼저 만난 후 같이 태왕을 뵙도록 했던 것입니다."

신라의 밀사는 그 말을 남기고 나서, 실성에게 꾸벅 인사를 한 후 이내 말을 타고 신라로 떠났다.

5

왜국 연합군 제2대가 바다를 건너고 나서 보름 후, 소가노 마치가 이끄는 제3대가 백제 상대포구를 향해 서북쪽으로 항진했다. 대마도 츠치요리 부두에서 출항할 때 제3대의 고구려 도래인 세력 중 고마성 성주 고마 헤이가 이끄는 5천의 군사는 일단 대마도에 머물면서 무술 훈련을 계속하되, 주둔 지역을 대륙과 가장 가까운 최북단의 와니우라(鰐浦)로 옮기기로 했다. 이 부두는 아주 작은 항구로 산과 산 사이의 좁은 해안을 끼고 있어, 외부에 노출될 염려가 없으므로 군선을 숨기기에 좋았다. 또한 그 뒤의 산은 그다지 높지 않으나 제법 험하여 특히 군사 훈련에 아주 적당한 조건을 갖추고 있었다.

츠치요리 부두에서 왜군 연합군 제3대가 떠날 때, 고마 헤이는 아들 고마 히로의 어깨를 감싸며 말했다.

"부디 조심하거라. 우리가 고구려 왕족임을 잊지 말거라. 사즉생, 생즉사! 즉 '죽음을 각오하면 살고, 살고자 하면 죽는다'는 말이 있긴 하다만……. 그건 『오자병법(吳子兵法)』을 지은 저 중원의 춘추전국시대 병법가 오기(吳起)의 전략인데, 그는 권모술수에 능해 오직 군사들의 전투력을 촉발케 하려는 목적으로 그런 말을 한 것이다. 물론 일반 군사들에게 용기를 북돋우는 데 있어 그 말은 아주 유효하다. 그러나 장수는 휘하 군사들을 이끌어야만 하므로, 사지에서도 끝까지 살아남아야 한다. 내 말을 알아듣겠느냐?"

"네 아버님, 명심하겠습니다."

고마 히로도 부친 고마 헤이의 말이라면 고분고분 잘 들었다.

왜군 연합군 제3대는 고구려와 백제 도래인 세력으로 이루어져 무려 2만이라는 병력을 보유하고 있었다. 각기 고마성과 소가성에서 1만씩 차출한 것이었다. 고마성 군사들 중 고마 헤이는 일단 대마도에 5천을 숨겨두고, 아들 고마 히로에게 5천을 주어 소가노 마치가 이끄는 백제 도래인 세력 1만과 합류하도록 했다.

따라서 고마 헤이는 제3대를 이끄는 장군 소가노 마치에게도 출항 전에 한마디 당부하는 것을 잊지 않았다.

"우리 고마성 군사 5천이 이곳 츠치요리가 아닌 와니우라로 이동해 주둔하는 의미를 알겠지요?"

"물론입니다. 와니우라야말로 대마도 최북단의 항구가 아닙니까? 대륙의 소식을 가장 빨리 접할 수 있는 곳이지요. 고구려왕 담덕이 원군을 이끌고 신라를 도우러 출병하게 되면, 반드시 그 소식을 최단거리 해로를 통해 알려드리겠습니다. 그러면 즉시 서북 항로를 통해 미추홀까지 가서 사두 장군이 지휘하는 한성의 군사들과 합류하도록 하십시오. 우리 제3대가 상대포구에 닿으면 한성으로 파발마를 보내, 고구려 원군이 출동할 때 사두 장군이 한성 군사들을 이끌고 미추홀로 진군케 하겠습니다. 미추홀 부두에서 백제군과 장군의 부대가 만나 곧바로 서해를 통해 압록강까지 거슬러 올라가 고구려의 국내성을 공략하도록 하십시오."

소가노 마치의 이 같은 말은, 이미 사전에 세워놓은 전략이지만 재차 강조함으로써 서로의 의지를 더욱 확고하게 다지자는 뜻이었다.

백제의 상대포구에 도착한 소가노 마치는 작전대로 한성의 사두 장군에게 파발을 보낸 후, 곧바로 군사를 이끌고 서쪽에서 동쪽으로 이동하면서 지방에 포진한 각 성에서 백제 군사들을 차출하는 데 주력했다. 그는 오래전에 부친 목라근자가 담로의 직책을 맡아 지방을 통치하던 지역 위주로 성읍을 돌면서 신라 원정에 가담할 군사들을 모았다. 그런 지역 중에서도 특히 신라와 가까운 다라(多羅, 합천)를 거쳐 황산하 중류를 도강, 탁순(卓淳, 대구)까지 진군하는 동안 백제군 5천을 합류시켰다.

소가노 마치가 이끄는 왜국 연합군 제3대는 기존 1만 5천에 더하여 백제군 5천까지 도합 2만 병력이 되었다. 이미 황산하를 건너 탁순에 이르렀으므로, 남쪽으로 진군하면 불과 하루 반나절 거리밖에 안 되는 곳에 신라 도성인 금성이 있었다.

일찌감치 왜국 연합군 제1대의 1만 5천 병력은 근오지현으로 상륙하여 금성 동문에서 연일 공성전을 벌이고 있었고, 제2대인 가야 도래인 세력과 가야군 1만 5천 병력도 황산진에 군선을 대고 상륙하여 삽량주(歃良州, 양산)를 거쳐 동래를 공략한 후 북진해 금성의 남문에 이르렀다. 거기에 탁순에 이른 제

3대 2만 병력이 금성의 북문으로 들이닥칠 기세였으니, 신라군은 사방으로 적에게 둘러싸여 그야말로 풍전등화의 처지에 놓이게 되었다.

마립간 내물은 급히 대서지를 불러 다시 고구려에 3차 밀사를 보낼 것을 긴급히 논의하였다. 외국에 사신을 파견하는 것은 이벌찬 대서지가 맡은 중요 임무 중 하나였다.

대서지는 가장 믿음직한 수하 중에서 고구려 밀사를 뽑아 1차, 2차까지 보낸 적이 있었다. 밀사를 파견할 때마다 반드시 고구려에 볼모로 있는 아들 실성을 만나고 오라고 했는데, 1차에 보낸 밀사는 태왕 담덕이 평양성에 머물고 있어 국내성까지 못 가고 돌아올 수밖에 없었다. 그러나 2차로 간 밀사는 실성을 만나 함께 고구려 태왕을 알현했다는 보고를 들은 바 있었다. 그 밀사를 통해 실성과 담덕 사이에 오간 이야기를 낱낱이 들을 수 있었다.

'이번 기회가 아니면 아들을 신라로 데려올 수 없다.'

대서지는 왜국의 군사들이 바로 코앞에 있었으므로 마치 절벽 앞에 선 기분이었지만, 여러 가지 생각으로 고민을 거듭하다 마침내 결단을 내렸다. 그는 밀사의 이야기를 통해 고구려 태왕 담덕이 실성에게 무엇을 요구하고 있는지 알 수 있었다.

이번에 고구려로 떠나는 3차 밀사도 2차 때와 동일 인물을 보내는 것이 적격이라고, 대서지는 판단했다. 태왕 담덕은 물론 실성과도 구면이므로 전혀 낯선 인물을 보내는 것보다 상황 판단이 빠를 것이기 때문이었다. 어찌 되었든 담덕이 조속한 시일 내에 고구려 원군을 신라에 보내도록 해야만 할 것이고, 이를 계기로 하여 실성도 인질에서 풀려나게 만들어야만 하였다.

대서지는 2차로 갔던 밀사를 불러 마립간 내물의 친서를 내밀었다.

"이번에는 반드시 고구려 원군이 오도록 해야 한다. 그리고 이것은 따로 실성에게 전하거라."

얼떨결에 친서와 함께 대서지가 내미는 것을 받아든 밀사는 깜짝 놀랐다.

"예? 이, 이것은?"

밀사의 손에 쥐어진 것은 불과 한 뼘 길이밖에 안 되는 단도였다.

"아무 소리도 말고 전해주기만 하거라."

대서지는 밀사와 눈이 마주치자 짐짓 담담한 태도를 보이며 눈을 감았다. 눈길이 마주치면 그의 내심을 들킬 것만 같았다. 아들의 생사가 걸린 사안이기 때문이었다. 단도를 보고 실성이 선택할 문제였다.

고구려로 가는 밀사는 곧 말을 타고 금성의 북문을 빠져나갔다. 아직까지 소가노 마치가 이끄는 왜국 연합군 제3대가 금성까지 들이닥치지는 않았기 때문에, 그는 안전하게 북문을 통과해 적들의 예상 진로와는 다른 길로 우회하여 북쪽을 향해 질주했다.

며칠 후 밀사는 전처럼 먼저 실성의 처소부터 찾아들었다.

"왜국·백제·가야 연합군이 우리 신라의 금성을 포위하기 직전입니다. 이번에는 반드시 고구려 원군이 움직이도록 해야 합니다."

밀사는 그러면서 대서지가 준 단도를 실성에게 내밀었다.

"이것은?"

실성은 벌린 입을 다물지 못했다.

"실성 공의 부친인 이벌찬께서 보내신 것입니다."

밀사는 단지 그 말만 전했다.

"흐음……."

실성도 입술로 신음을 깨물었을 뿐, 더 이상 묻지 않았다. 그는 단도를 칼집에서 빼어내 살펴보았다. 날카롭게 벼린 칼날이 부친의 말을 대변하고 있는 것 같았다.

'사느냐, 죽느냐 두 가지 중 하나를 선택하라는 말씀이시군!'

실성은 그렇게 마음속으로 다짐하면서 단도를 다시 칼집에 넣어 품속에 챙긴 후 자신도 모르는 사이 무릎 위에 올려놓은 두 주먹을 불끈 쥐었다. 어찌나 세게 쥐었는지 옷소매가 부들부들 떨릴 정도였다.

그것을 본 밀사가 조심스럽게 입을 열었다.

"실성 공, 괜찮으십니까?"

"자, 갑시다!"

실성은 그 말만 하고 일어섰다.

두 사람은 곧 고구려 궁궐의 편전 앞에 당도하였다.

때마침 태왕 담덕은 호위무사 마동과 함께 백제 한성에서 세작들이 보낸 첩보 내용을 갖고 긴밀한 대화를 나누고 있었다. 한성 군사들의 움직임은 없는데, 백제 남쪽 지방 성읍 군사들이 왜국 연합군 세력에 가담했다는 내용이었다.

바로 그때 내관으로부터 신라 밀사와 실성이 알현을 청한다는 보고를 받고, 담덕은 두 사람을 편전으로 들게 하였다.

신라 밀사와 실성이 편전으로 들어서자마자 담덕에게 예의를 갖추려고 하였다.

"그냥 됐습니다. 거기 앉으세요."

두 사람이 엉거주춤한 자세로 탁자를 마주한 채 담덕 건너편 의자에 앉았다. 마동은 호위무사였으므로 편전 안에서도 손에 칼을 든 채 담덕 옆에 서 있었다.

"태왕 폐하! 신라가 지금 경각에 달려 있사옵니다. 촌각을 다투는 일이오니 고구려 원군을 보내주시길 간청하옵니다."

신라 밀사는 마립간 내물의 친서를 내밀면서, 담덕이 채 그것을 읽기도 전에 머리를 탁자에 박으며 읍소하였다. 그 소리를 들었지만, 담덕은 밀사를 본체만체하며 친서를 읽는 데 눈을 주고 있었다.

친서를 다 읽고 나서도 담덕은 눈을 꾹 감은 채 아무 말이 없었다. 긴장된 침묵이 길게 이어졌다. 숨소리 하나 들리지 않는 가운데, 문득 실성이 의자에서 벌떡 일어섰다.

"무엇 하는 짓이냐?"

마동이 칼자루로 손을 갖다 대며 낮지만 새된 소리로 외쳤다. 어느 틈에 실성은 품속의 단도를 꺼내 칼집에서 칼날을 뽑았는데, 그는 새파랗게 날이 선 칼을 자신의 목에 갖다 대고 있었다.

"당장 거두지 못할까?"

마동 역시 칼을 빼 들고 실성을 윽박질렀다.

"놔둬라!"

담덕은 실성을 바라본 채 마동에게 조용히 일렀다.

"어찌 감히 태왕 폐하 앞에서……."

마동은 여차하면 실성을 찌를 자세로 칼을 그쪽으로 겨누었다.

"실성 공, 대체 어쩌자는 것이오?"

담덕이 조용히 눈을 뜨면서 실성을 응시했다.

"소신은 죽기로 직정했습니다. 이 한목숨을 죽여 신라를 살릴 수 있다면, 반드시 그 길을 택할 수밖에요."

실성의 눈빛은 결의에 차 있었다.

"실성 공의 목숨을 죽여 어찌 신라를 살릴 수 있단 말이오?"

"지금 폐하의 안전에서 소신이 자결하게 되면, 신라는 더 이상 고구려를 섬기지 않을 것입니다. 왜국과 백제·가야가 연합하여 침공했는데, 신라가 그들의 손아귀에 넘어가면 고구려도 곤란한 입장에 처하게 되는 것은 불을 보듯 뻔한 노릇 아니겠습니까? 바로 이 순간, 소신은 '생즉사, 사즉생'의 결단을 내릴 때라고 결심했습니다. 통촉하여 주시옵소서."

실성의 단도를 쥔 손이 부르르 떨렸다. 그것은 가슴 저 밑바닥에서 올라온 어떤 분노와 생사를 겨루는 긴장된 순간이 만들어내는 이율배반적인 반응에 다름아니었다. 그는 고구려에 인질로 와서 처음으로 두 번씩이나 고구려 태왕에게 '소신'이란 말을 썼다. 스스로 신하가 되겠다는 뜻이었다.

그런데도 담덕은 여전히 여유만만한 자세를 취하고 있었다.

"허어? 실성 공께서 오기의 병법을 익히셨구려! 그렇다면 됐습니다. 손무의 『손자병법』은 도가를 기초로 한 '속임수'의 전술이지만, 오기의 『오자병법』은 유가를 기초로 한 '정공법'의 전술이지요. 이것으로 실성 공의 참마음을 알았습니다. 목숨을 걸면서까지 나라를 생각하는 그 지극한 마음이 짐을 감동시켰습니다. 실성 공, 칼을 그만 거두시지요."

이렇게 말하더니, 담덕은 내관에게 술을 가져오라고 명했다.

내관은 물론, 담덕 이외에 편전에 있던 사람들 모두가 너무 뜻밖의 일이라 여겨 그저 어안이 벙벙한 얼굴빛 일색이었다.

잠시 후 내관이 술과 술잔 여러 개를 가져왔다.

"술잔은 한 개면 족하다."

담덕은 손수 술병을 기울여 술잔 하나에 칠 홉 정도 술을 따랐다. 그런 뒤에 품속에서 단도를 꺼내 자신의 손가락을 살짝 베어 그 핏물을 술잔에 몇 방울 떨구었다.

"방금 실성 공이 짐에게 '소신'이라 하였소. 이제 그에 부응하는 의미로 그대의 손에 들린 단도로 피를 내어 이 술잔에 몇 방울 떨어뜨리시오."

이와 같은 담덕의 말을 듣고 나서야 실성은 그 술잔이 무엇을 의미하는지 깨달았다.

"폐하! 황감하옵니다."

실성은 곧 단도로 손가락을 찔러 자신의 피를 몇 방울 술잔에 떨구었다.

"이 술잔에는 짐과 그대의 피가 섞여 있소. 짐이 먼저 마시고, 그대가 마시면, 이제 우리는 형제의 의를 갖추는 것이오."

담덕은 술잔을 들어 반 모금 정도 마신 후 실성에게 건네주었다.

"폐하! 형제의 의라니요? 엄연히 주종의 관례가 있지 않사옵니까?"

실성이 술잔을 받쳐 든 채 놀란 입을 다물지 못했다.

"어서 드시오."

재차 담덕의 말을 듣고 나서야 실성은 술잔을 기울였다.

"실성 아우의 진심을 알고 짐은 신라에 원군을 보내기로 최종 결정을 하였소. 전날 고구려 군대를 빌려주면 선봉에 서겠다고 했는데, 이젠 떳떳하게 고구려 선봉장이 되어 외적의 무리들을 쳐부수러 갈 수 있게 되었소."

담덕의 이 같은 말에 실성은 물론 그 옆에 있던 신라 밀사도 의자에서 벌떡 일어나 탁자에 머리가 닿을 정도로 허리를 굽혔다.

"태왕 폐하의 하해와 같은 은혜를 어찌 갚으오리까?"

실성이 감읍한 나머지 말끝에 울음을 깨물었다.

"황공무지로소이다. 이제야 우리 신라가 풍전등화의 위기에서 벗어나게 되었나이다. 오늘 이 자리에서 보고 들은 것들을 신라로 돌아가면 조정에 그대로 고하겠나이다."

신라 밀사도 그 자리에서 태왕 담덕이 고구려 원병을 결정하리라곤 꿈에도 생각 못했기 때문에, 그저 얼떨떨한 기분이었다. 그러면서 그는 마음속으로 실성의 나라를 생각하는 극진한 마음에 새삼 놀라움을 금치 못했다.

6

"지금 고구려 군사들의 움직임은 어떠하오?"

백제 대왕 아신은 전군의 병권을 쥐고 있는 병관좌평 진무와 숙위병사의 전권을 책임지고 한성을 지키는 위사좌평 사두를 앞에 두고 진지한 눈빛으로 물었다. 그의 얼굴이 벌겋게 달아오른 것은 왜군 연합군, 특히 백제 도래인 세력이 남쪽 지방 백제군과 합세하여 신라 금성에 육박해 있다는 보고를 받고 감정이 북받쳐오른 탓이었다.

전에 사두를 왜국에 밀사로 보내 목만치(소가노 마치)를 데려오라고 했을 때 목적을 달성하지 못하고 빈손으로 귀국한 것에 대해 아신은 적이 실망했었다. 목만치가 반드시 왜국의 군사들을 이끌고 와서 백제의 원수를 갚아주겠다고 약속했다는 말을 듣고도 쉽사리 수긍할 수가 없었다.

그런데 이번에 정말 왜국 연합군 5만이 바다를 건너와 신라를 공격하고 있다는 보고를 받고, 대왕 아신은 사두의 말이 진정 사실임을 알게 되었다. 그리고 그것이 목만치의 공임을 믿어 의심치 않았다.

"고구려가 신라에 원군을 보내야 하는데, 아직 그러한 움직임이 보이지 않습니다. 신라 땅에 고구려군이 주둔하고 있는 국원성에서 일부 병력을 금성으로 보냈다고 하지만, 고구려왕 담덕은 정중동(靜中動)의 자세를 유지하고 있다고 보아야 합니다."

진무의 말이 그러하였다.

"정중동이라면?"

아신은 진무의 그 말이 조금은 이해될 듯하면서도 명확하게 가슴에 와닿지 않았다.

"담덕은 군사를 움직이는 데 있어 그만큼 신중을 기하고 있다는 것이지요. 소장의 생각에 왜국 연합군이 신라와 전면전을 벌이게 되면 당장 원군을 보낼 것으로만 알았는데, 담덕은 그저 숨을 죽이고 고구려 외방의 세력들 움직임을 예의 주시하고 있는 것으로 보입니다."

사두가 왜국에 밀사로 갔을 때, 대왕 응신과 고구려 대신 신라를 공격하자는 전략을 세운 바 있었다. 이번에 왜국 연합군의 대륙 출병으로 그 작전이 먹혀들 줄 알았는데, 신라가 위태로운 지경에 처했는데도 담덕은 고구려 원군을 보낼 기미조차 보이지 않고 있었다.

"고요한 가운데 움직이고, 움직이는 가운데 고요함을 유지한다? 흐음, 참으로 난감한 일이로세."

대왕 아신은 새삼 '정중동'의 의미를 되새기며 이마에 주름을 잡았다.

"폐하! 한 가지 방법이 있긴 합니다."

진무가 눈을 번뜩이며 아신을 바라보았다.

"무엇이오?"

"밀사를 후연에 파견하여 모용성으로 하여금 고구려 요동성을 공격해달라고 하는 것입니다. 우리 백제와 가야, 왜국 3국의 연합군이 고구려의 우방인 신라를 공격하고 있다고 하면 모용성도 요동성을 탈취할 수 있는 절호의 기회로 생각할 것임에 틀림없습니다."

"좋은 생각이긴 하오만……. 고구려가 바다를 지키고 있는데, 그 감시체제를 뚫고 후연의 도성 용성까지 밀사를 보낼 수 있겠소?"

아신의 근심은 더욱 깊어졌다. 말끝에 절로 한숨이 튀어나왔다. 그러나 진무의 표정은 어떤 자신감에 차 있었다.

"소장의 부친이 아직도 산동 인근의 요서 지역에서 상단을 운영하고 있습니다. 후연이 북위에게 중산과 업을 빼앗기면서 사실상 요서에서 산동까지는 무주공산이나 다름없는 지역이 되어버렸습니다. 부친의 상단이 있는 요서 지역도 거기에 포함됩니다. 그래서 우리 백제는 물론 고구려, 이도 저도 아닌 정체불명의 선비 세력까지 그곳에서 상단을 운영하고 있습니다. 일찍이 고구려가 산동에 기반을 두고 해적을 소탕한다는 명목으로 해룡부를 세운 다음 중원과 무역을 하고 있습니다. 그러나 산동의 해룡부는, 고구려가 아국의 서해 관문인 관미성을 차지하고 나서 겉으로는 해적 소탕이란 명분을 내세우면서, 속으로는 고구려의 해양방어체계에 일조하는 역할을 하고 있습니다. 아국이 배를 타고 산동이나 요서로 가기 힘든 이유입니다. 해적을 소탕하는 해룡부의 군선에 걸리면 첩자로 오인받기 쉽기 때문입니다. 하지만 방법이 아주 없는 것도 아닙니다. 지금 고구려는 장연 지방의 바닷가로 육지가 불쑥 튀어나온 장산곶에 무역항을 개설하여 항시 서해를 통해 중원 남쪽의 명주는 물론 남양의 상선들까지 드나듭니다. 따라서 명주의 동진 상선으로 위장한다면 해적을 소탕하는 해룡부의 군선에 걸리더라도 무사통과할 수 있을 것입니다. 아국은 오래전부터 동진과 교류를 해왔고, 지금도 저 서남쪽의 상대포구에서는 명주로 가는 상선들이 자주 드나듭니다. 그러므로 중원 말을 쓰는 자들을 골라 동진 상선으로 꾸며 밀사를 태우면, 고구려 해역인 발해만을 지나가는 데 큰 무리가 없을 것으로 판단됩니다."

진무의 말이 끝나기 무섭게 이번에는 사두가 나섰다.

"폐하! 지금 고구려는 요동에 한창 7중목탑을 세우고 있다고 합니다. 바로 그 옆에는 종루까지 만들어, 종을 울리게 되면 후연의 군사들이 요동을 치러 오다가 요하 서쪽 벌판에서 오금이 저려 주저앉고 말도록 하겠다는 소문이 자자합니다. 아국이 친서에 그 말만 적어 넣어도 후연의 모용성이 가만히 있지 않을 것입니다. 더구나 전날 고구려왕 담덕이 요동성을 공략할 때 7중목탑의 터 다지기를 한다면서 징과 북을 두드리고, 해자를 깊게 파 성안의 지하수를 마르게 하여 피 한 방울 흘리지 않고 후연군을 물러가게 했다고 만천하에 자랑하고 있습니다. 이러한 내용까지 곁들여 모용성의 자존심을 건드리면, 그는 반드시 군사를 일으켜 고구려를 공격하지 않고는 못 배길 것이옵니다."

이 같은 사두의 말은 대왕 아신의 귀에 쏙쏙 들어와 박혔다. 그만큼 논리정연했고, 강한 설득력을 갖고 있었다.

"두 장군의 말이 모두 옳소. 사두 장군은 월출산에서 오경박사 왕인과 함께 동문수학한 사이로 알고 있소. 그만큼 학문과 문장에 뛰어나니, 이번 후연의 모용성에게 보내는 친서를 쓰도록 하시오. 내일 당장이라도 밀사를 보내도록 하겠소. 그리고 진무 장군은 지금 즉시 미추홀 부두로 달려가서 동진의 상선으로 위장할 배를 구하고, 밀사와 함께 갈 선원들을 주선토록 하시오."

아신의 명이 떨어지기 무섭게 진무와 사두는 곧바로 행동에 옮겼다.

이렇게 하여 백제의 밀사는 무사히 서해를 통과해 발해만의 항구에 도착했고, 요서에서 상단을 운영하는 진무의 부친을 찾아가 용성으로 가는 길 안내를 부탁했다. 진무의 부친은 상단 청장년들을 뽑아 백제 밀사가 용성까지 안전하게 갈 수 있도록 해주었고, 후연의 모용성에게 보내는 선사품도 넉넉하게 수레에 실어 보냈다.

용성의 후연 궁궐에 당도해 백제의 밀사가 알현을 청했을 때, 모용성은 전혀 뜻밖이라 생각하며 고개를 갸우뚱거리지 않을 수 없었다. 불과 며칠 전에 고구려 사신이 다녀갔는데 이번에는 백제에서 밀사가 왔다고 하니, 과연 신라에 왜국 연합군이 쳐들어오면서 동방의 나라들 사이에 거미줄처럼 얽히고설킨 정황이 그림처럼 그려졌다. 고구려나 백제 모두 다급한 상황임을 알 것 같았다.

'앙숙 관계인 고구려가 갑자기 선린관계를 맺고자 해서 고민 중인데, 백제는 어찌하여 또 밀사를 보냈단 말인가?'

며칠 전 고구려 사신단이 왔을 때, 담덕이 보낸 친서를 읽으면서 모용성은 묘한 박탈감 같은 것을 느꼈다. 전연의 모용황 시대에만 해도 고구려는 약소국의 수준에서 벗어나지 못했다. 고구려는 당시 전연은 물론 백제에게도 맥을 못 추었던 나라였다. 후연을 세운 모용수 시대까지도 고구려는 요동성을 빼앗긴 채 회복하지 못하는 상태였었다. 그런데 고구려가 담덕의 통치 시대에 와서 북위의 탁발규와 군사적 협력 관계를 맺고 시시때때로 후연을 압박해왔다.

그래서일까, 고구려의 담덕이 보낸 친서는 시종일관 후연에 대해 고자세를 유지하고 있었다. 내용은 앞으로 후연을 돕고 싶으니 장차 교린 관계를 맺자고 했으나, 그 저변에는 은근히 천자가 제후에게 은혜를 베풀겠다는 투의 분위기가 깔려 있었다. 그러나 일단 북위를 설득해 후연의 안전을 도모하도록 하겠다는 고구려의 제의는 결코 무시할 수 없는 사안이었다. 골육상쟁으로 나라 꼴이 말이 아니게 된 후연으로서는 요서 지역 여기저기에 흩어져 있는 모용 씨 세력을 끌어모아 국가 기강을 다지고 권력의 기반을 조성하기 위한 시간이 절대적으로 필요했다.

그래서 후일을 기약하고 고구려 사신단을 곱게 돌려보냈던 것인데, 이번에는 백제의 밀사가 와서 알현을 청했던 것이다.

"들라 해라!"

모용성은 일단 백제 밀사를 만나보기로 했다.

곧 백제 밀사가 편전으로 들어와 대왕 아신의 친서를 모용성에게 전했다.

친서를 받아든 모용성은 한동안 침묵을 지킨 채, 그것을 읽기에 몰두했다. 글은 그다지 길지 않은 데 반하여 읽는 시간은 한참이나 걸렸다. 친서의 내용을 거듭해 검토하면서 그는 고구려와 백제·신라·가야, 그리고 바다 건너 왜국 사이의 알력 관계를 다시금 새롭게 늘여나보고 있었던 것이다. 그동안 그는 지리적 여건상 후연과 경계에 있어 늘 근심거리인 북위와 고구려에 대해서만 예의 주시하고 있었다.

그런데 백제의 밀사가 가지고 온 친서를 읽으면서, 모용성은 한 다리 건너에 있는 나라에 대해서도 특별한 관심을 가져야 한다는 것을 새삼 깨달았다. 천하를 얻으려면 보다 넓은 세상을 보는 시야를 확보해야 하고, 동시에 우물처럼 깊게 내부를 들여다볼 수 있는 안목을 가져야만 한다고 생각했다.

북위와 고구려는 서로가 나라 경계 밖에 있는 나라지만 선린 외교를 펼쳐 시종일관 후연을 괴롭혀 왔다. 그것을 흔히들 근공원교(近攻遠交)의 외교 수단이라고 했다. 모용성은 후연과 백제가 바다를 사이에 두고 떨어져 있는 나라지만, 바로 경계를 이루고 있는 고구려를 대적하려면 백제와 가깝게 지낸다고 해서 결코 손해볼 일은 없다고 생각했다.

"후하하, 핫! 좋은 생각이오. 그렇지 않아도 요동성은 눈엣가시 같은 곳이었는데, 이번에 혼찌검을 내줄 필요가 있겠군! 아국의 군대가 요하를 건너 요동을 공격하게 되면 백제는 무엇으로 우리에게 응답할 것이오?"

모용성이 턱을 세우며 백제 밀사를 바라보았다.

"후연군이 요하를 건너면 고구려의 담덕도 직할 부대인 왕당군을 요동으로 출동시킬 것입니다. 그때 우리 백제군은 군선을 서해로 북진시켜 압록강으로 거슬러 올라가 국내성을 칠 계획입니다. 이렇게 양군이 협공 작전을 벌이면 고구려는 옴치고 뛸 수 없는 처지에 놓이게 될 것입니다."

"흐음, 백제왕에게 전하시오. 아국의 군대가 요하를 건너 고구려를 공격하면, 백제군도 즉시 국내성으로 출격하라고 말이오. 이때 아국의 군대도 요동성을 탈취한 후 그 기세를 몰아 국내성으로 진군하겠소. 그렇게 되면 고구려는 독 안에 든 쥐 꼴이 될 것이고, 오도 가도 못하는 쥐를 잡는 일쯤이야 식은 죽 먹기 아니겠소?"

모용성은 말을 끝내면서 호탕하게 웃었다.

그러나 모용성의 웃음은 백제의 밀사에게 보여주기 위한 가식이었다. 바로 그 순간, 그의 뇌리에 스치고 지나가는 것은 후연군이 요동성을 공략하기 위해 요하를 건널 때 웃고 있을 북위의 탁발규 얼굴이었다.

백제의 밀사가 떠난 후, 모용성은 장고를 거듭하며 생각을 가다듬었다. 지금 후연으로서는 함부로 군사를 움직일 때가 아니었다. 북위가 건재하고 있는 한 잠시도 마음을 놓을 수 없는 처지였다. 그러나 고구려의 담덕이 요동성에 7중목탑을 세워 후연을 농락하려는 꼴은 더 이상 두고 볼 수 없는 일이었다.

'흥, 뭐라고? 그까짓 나무로 허접한 탑을 세워 요서 들판으로 들어서는 우리 군사들의 오금을 저리게 만들겠다고? 내 반드시 사상누각이 어떠한 것인지 보여주고 말 테다.'

모용성은 백제왕 아신의 친서에서 거론한, 고구려가 7중목탑을 세우는 이유에 대해 다시금 머릿속으로 되새기며 이를 부드득 갈아붙였다. 그는 곧 전에 요동태수였던 방연을 불러들여 어떻게 고구려를 공격할 것인가에 대해 전략을 논하려고 했다.

그런데 그때 마침 방연이 알현을 청했다.

"오, 장군! 마침 잘 오셨소. 그렇지 않아도 내관을 시켜 장군을 부르려던 참이었소."

모용성의 말에 방연이 놀란 눈으로 입을 열었다.

"폐하, 요동성 때문에 그러시옵니까?"

방연의 말에 이번에는 모용성이 놀란 눈으로 물었다.

"그렇소. 어찌 그걸 아셨소?"

"벌써 들으신 모양이로군요."

"무엇을 말이오?"

"요하 인근의 고구려 산성 군사들이 요동성으로 집결하고 있다는 소식 말입니다."

방연의 말에 모용성은 더욱 놀라 눈만 껌뻑거렸다.

"뭐요? 고구려 군사들이 요동성으로 집결한다고? 이런 괘씸할 데가 있나? 며칠 전에 고구려 사신단이 와서 선린 관계를 갖자고 해놓고 나서, 이래도 되는 것인가?"

모용성은 벌컥 화를 냈다.

"고구려의 담덕이 묘수를 부리고 있는 모양입니다. 아국의 군대가 요동성을 공격할 것이 두려워 겉으로는 화해하는 척하면서, 속으로는 은근히 경계를 더 강화하는 꼴이니 말입니다.

고구려에서 사신이 다녀간 것이나 백제에서 밀사를 파견한 일이, 그 맥락을 살펴보면 신라와 왜국의 전쟁으로 인한 두 나라의 입장 차이를 극명하게 드러내 보여주고 있질 않습니까?"

"입장 차이고 뭐고, 따지고 보면 두 나라가 다 아국을 이용하자는 것 아니겠소? 지난날 장군은 크게 싸워보지도 않고 요동성을 적에게 내주고 말았소이다. 아직 누구에게도 그 죗값을 묻지 않았는데, 이제는 갚을 때가 온 것 같소. 어찌하여 죗값을 치를 요량인지 말해보시오."

모용성은 아직도 화가 풀리지 않은 소리로 방연을 닦달하고 나섰다.

"성질 같아서는 지금이라도 당장 요하를 건너가 요동성 산중턱에 짓고 있는 7중목탑부터 불 싸지르고 싶지만, 인근 고구려 산성 군사들이 그곳으로 집결하는 걸 보면 아국의 기습을 두려워해서일 것입니다. 이는 고구려가 묘수를 부리는 것 아니겠습니까? 왜국이 침공한 신라를 구원하러 원군을 보내기 전에, 가장 위험하다고 생각되는 요동 방어를 철저하게 하겠다는 전략 같습니다. 고구려 원군이 신라를 도우러 출병하는 즉시 소장이 군사를 이끌고 요하를 건너가 적의 허를 찌르겠습니다."

"적의 허를 찌른다?"

"세작들이 전하는 바에 의하면 보부상이나 농사꾼으로 위장하고 요동성으로 집결하는 고구려군이 주로 신성과 남소성 소속 병정들이라고 합니다. 소장은 이번 기회에 요동성보다 군사력이 지극히 약화된 두 성을 공격해야 한다고 생각합니다. 폐하께서 명령만 내리시면, 기습 공격으로 고구려군을 혼찌검 내주고 곧바로 돌아오겠습니다."

"돌아오다니요?"

"지금 아국의 군사로 고구려의 두 성을 손아귀에 넣는 것은 무리입니다. 치고 빠지는 속전속결의 전략으로 적의 포로와 백성들을 볼모로 세워 돌아와야 합니다. 이는 저 평성의 북위군에게 하시라도 우리 용성을 공격할 빌미를 주어서는 안 되기 때문이옵니다. 회군할 때 두 성을 모두 불태워버리면, 고구려는 요동성으로 갔던 군사들을 다시 물릴 수밖에 없습니다. 그때 경계가 허술한 틈을 타서 다시 요동을 공격하면, 성도 탈취하고 7중목탑도 불태울 수 있을 것이옵니다."

이와 같은 방연의 말을 듣고 나서야 비로소 모용성의 얼굴이 밝아졌다.

제2장

5국 전쟁

1

고구려 태왕 담덕의 머릿속은 복잡하였다. 세 번째로 파견된 신라의 밀사가 돌아가고 나서, 그는 먼저 태대형 추수와 왕당군 대장군 우적을 불러 이마를 맞대고 본격적으로 왜군을 격퇴하는 전략 논의에 들어갔다.

"이번에 신라에 보낼 원군은 추수 장군께서 맡아주셔야겠습니다. 왕당군은 만약에 모를 백제와 후연의 기습적 공격에 대비해야 하기 때문입니다. 따라서 백제와 접한 남쪽과 후연의 경계에 있는 서북쪽 군사들을 움직이기 어렵습니다. 또한 북부는 부여를 지켜야 하므로 군사 동원이 힘들고, 연전에 숙신을 경략하였으므로 그 경계의 동부는 안전하다고 할 수 있습니다. 그래서 동부에서 군사 1만, 이곳 국내성에서 1만, 평양성에서

1만, 도성과 가까운 환도성과 그 밖의 산성에서 1만, 그리고 나머지는 왕당군 중 흑부군 중심의 보기병 1만을 가려 뽑아 총 5만의 군사를 원군으로 구성해 왜국 연합군을 치러 신라로 보낼까 합니다."

담덕은 마주 앉은 두 장군을 번갈아 바라보았다.

"국내성에서 군사 1만을 빼면 도성을 수비할 군사가 모자라지 않겠습니까?"

추수는 태대형으로 당시 고구려의 최고 관직에 있었으며, 태왕 담덕이 원정군을 이끌고 출진하면 왕을 대신하여 도성을 지키는 임무를 맡았다. 그래서 국내성 방위가 더욱 걱정되었던 것이다.

"근거리에 왕당군 4만이 있으니, 그 점은 염려 놓으셔도 됩니다."

담덕은 그동안 태왕 직할 부대인 왕당군을 총 5만으로 늘려 특별 훈련을 시켰다. 해마다 10월에 동맹제가 열리면 전국 청장년들이 무술대회에 참가하기 위해 몰려드는데, 그들 중 젊은 장수들뿐만 아니라 지원자에 한하여 사병들도 가려 뽑아 왕당군에 편입시켰다. 즉위 직후부터 왕당군을 모집해 훈련을 시켜오면서 군사의 수를 늘렸으므로, 10년 사이에 무려 5만의 대병력이 되었다. 그중 신라에 보내는 원군으로 흑부군 보기병 1만을 보내더라도 4만이라는 병력이 남아, 압록강 근처의 왕당군 훈련장에서 무술연마를 하고 있을 것이므로 자연적으로 국내성 방위 문제는 해결될 수 있었다.

"만약에 백제와 후연이 동시에 남쪽과 서쪽에서 변경을 넘어온다면 왕당군만으로는 대적하기 어렵지 않겠습니까?"

이번에는 왕당군을 이끄는 대장군 우적이 나섰다.

"그러므로 만약을 대비하여 당장 내일부터라도 왕당군 훈련을 강화해야 할 것입니다. 일종의 시위 성격을 띤 훈련이라고 할 수 있겠는데, 이번에 왕당군이 신라에 원병으로 가지 않았다는 것을 백제에게 보여줄 필요가 있기 때문입니다. 백제는 우리 왕당군이 원군으로 신라로 출정하게 되면, 그때를 틈타 국내성을 들이치기 위해 한성 군사들을 묶어두고 있는 것 아니겠습니까? 왜국 연합군 세력이 백제 남쪽의 지방 군사들을 차출해 황산하를 건너 신라 도성을 향해 진군한 것을 보면, 그 내면의 심리를 능히 읽을 수 있습니다. 이번 왜국 연합군의 신라 침공은 우리 고구려 대병력을 남쪽으로 이동시키기 위한 고도화된 전략이라 생각합니다. 가야에서도 도성인 봉황성의 군대를 왜국 연합군 세력에 동참시켰습니다. 그런데 백제만 도성인 한성의 군대를 아껴두고 있는데, 이는 차후에 우리 국내성을 치기 위한 병력으로 남겨두었다고 볼 수밖에 없습니다."

"만약에 후연이 요하를 건너 요동성으로 쳐들어온다면, 그때는……."

"그래서 서북 변경의 산성에서 비밀리에 일부 군사들을 빼돌려 요동성 방어에 나서게 했습니다."

우적의 말을 끊으며 담덕이 대답했다.

"용의주도한 전략이십니다."

추수가 오른손 엄지를 추켜세웠다.

"단 하나 걸리는 것은……."

이번에는 담덕이 말을 잠시 멈추고 두 장수를 번갈아 바라보았다.

"요동성 방어를 위해 서북 변경의 일부 군사를 차출하였는데, 만약 그쪽으로 후연의 군사가 쳐들어오면 곤란하다는 말씀이군요?"

우적의 말에 담덕이 크게 고개를 끄덕거렸다.

"그런 일이 일어나지 않기를 바라는 수밖에 없겠지요."

담덕의 말이 끝나자 좌중은 한동안 침묵을 지켰다. 두 장수모두 뜻하지 않은 곳으로 후연이 기습할 경우, 그에 대비한 기발한 전략이 떠오르지 않았기 때문이다.

"신라에 보내는 원군은 언제쯤 출병하는 것이 좋을까요?"

침묵을 깨고 물은 것은 추수였다.

"빠를수록 좋겠지요. 이미 동부에는 파발마를 보냈으니, 군사들이 국내성으로 출발했을 것입니다. 환도성을 위시한 인근산성의 군사들만 모집하면 곧 출병하도록 하시지요. 평양성은 원군이 지나가는 길이므로, 미리 파발을 보내 대기토록 하면 되겠지요. 그리고 참, 이번에는 선봉장을 두 사람 세우도록 하십시오."

담덕이 추수를 향해 의미 있는 눈길을 던졌다.

"두 사람이라면 누구를……?"

이미 담덕이 선봉장을 정해놓은 것 같아 추수는 말을 하다 문득 멈추었다.

"왕당군의 흑부군을 이끄는 장수 어연극과 다른 한 사람은 신라에서 인질로 와 있는 실성입니다."

"……네에?"

"인질을 어찌?"

추수와 우적 모두 깜짝 놀라 눈을 크게 떴다.

"흑부군은 전투력이 강하니 왜국 연합군을 겁주는 데 효력 있을 듯하고, 인질인 실성은 허수아비로 세운 선봉장이라고 할 수 있습니다."

"허수아비로 세운다면……?"

"신라 땅으로 가면 아무래도 그 지역 지리에 밝은 실성의 도움이 필요하지 않겠습니까?"

담덕이 추수를 향해 미묘한 웃음을 흘렸다.

"길잡이로 삼는다는 말씀 같은데, 사실상 실성은 이곳에 인질로 와 있는 지 8년이나 되어 신라 땅이 오히려 낯설 것입니다.

그보다는 아마도 다른 대안을 갖고 계시겠지요?"

우적이 고개를 갸우뚱거렸다.

"역시 우적 사부께서 잘 보셨습니다. 실성은 신라 백성들에게 보여주기 위한 허수아비 선봉장입니다. 따라서 고구려 원군의 선봉대가 세우는 공은 모두 실성에게 몰아줄 필요가 있습니다. 태대형께서는 이번에 고구려 원군 대장군으로 떠나실 때 신라 지리에 밝은 군사들 중 여럿을 뽑아 그곳 백성들에게 왜군을 무찌르는 데 실성의 공이 매우 컸다는 것을 선전케 할 필요가 있습니다."

이러한 담덕의 말을 추수는 바로 알아들었다. 우적도 같은 생각으로 크게 머리를 끄덕거렸다.

이번 기회에 담덕은, 실성으로 하여금 신라를 구한 큰 인물로 만들어줄 생각이었다. 전쟁이 끝나고 나면 신라 백성들 사이에 그를 '나라를 구한 인물'로 크게 부각시켜, 장차 조정의 실권을 쥐게 하겠다는 목적을 갖고 있었던 것이다. 고구려가 계속해서 신라와 겉으로는 선린 외교를 표방하지만, 결과적으로 거수국으로 만들어 고개 숙이도록 하겠다는 복안이었다. 지금까지 약소국 신라는 봉물을 바치고 고구려에서 하사품을 받는 부용국이라고 볼 수 있었다. 그러나 거수국 체제는 이른바 '제후국'을 이르는 다른 말로, 군신 관계를 명확하게 따져 약소국의 왕을 신하로 취급하는 지배구조를 일컬었다.

며칠 후, 국내성 밖에는 각 지역에서 차출된 고구려 원군이 속속 집결했다. 이때 대장군이 된 태대형 추수는 군사를 출동시키기 전에 편전에서 태왕 담덕과 마주 앉아 긴밀한 협의를 하였다.

"이번 전투는 속전속결로 끝내겠습니다. 아군의 피해를 최소화하면서 적을 강하게 밀어붙여 다시는 준동치 못하게 해야 하므로, 성 한군데로 몰아넣어 일격에 무찔러 혼찌검을 내줘야 할 것입니다."

추수는 이미 왜국 연합군을 무찌를 작전을 세워놓고 있었다.

"어떤 전략으로 세 갈래에서 금성을 공격하는 적들을 한 성으로 몰아넣으려는 것인지요?"

담덕은 다방면에서 적들이 시시때때로 출몰하여 공격과 후퇴를 거듭할 경우 장기전이 될 수도 있다고 우려하고 있었는데, 대장군의 속전속결 전략에 귀가 번쩍 뜨이는 기분이었다.

"황산하의 물길을 이용하려고 합니다. 폐하께서 국원성 수장 원삼에게 황산하 인근의 군선은 물론, 상선이나 고깃배들을 최대한 많이 수거해 놓으라고 파발을 보내주십시오. 시각을 다투는 일이므로 강제로 징발해서라도 아군이 황산허의 배들을 거의 수중에 넣고 있어야만 합니다."

"물길을 이용한다면?"

담덕은 추수가 오래전에 산동의 해룡부 수장으로 있으면서 발해와 서해의 해적들을 소탕하여 '해룡'이란 소리까지 들었음을 잘 알고 있었다. 더구나 태왕이 된 초기에 백제와의 관미성 전투 때 직접 그의 신출귀몰한 전략을 목격했으므로 굳은 믿음이 가기도 했다. 그러나 바다와 강은 그 여건상 지리적으로 차이가 있기 때문에 과연 어떤 작전을 펼치겠다는 것인지 감이 잘 잡히지 않았다.

"이미 왜국 연합군 제2대와 가야군이 황산하 하구의 황산진을 통해, 제3대와 백제군이 중류를 도강해 신라 땅에 발을 들여놓았으므로, 그 물길만 막으면 적은 독 안에 든 쥐 꼴이 되고 맙니다. 황산하의 물길을 따라 아국의 일부 군사들을 배에 태워 방어막을 친 후, 신라 땅에 들어선 우리 원군의 기마대와 보병은 금성을 방어하는 병력과 함께 적들을 몰아붙여 성 한 곳에 가두는 것입니다. 그런 연후 아국의 원군과 신라군이 합동작전으로 그 성을 일시에 공략하면 적들을 단숨에 무찌를 수 있습니다. 설혹 성을 빠져나가 도망친다 해도 결국 강이나 바다에 빠져 물귀신이 될 것이옵니다."

추수는 자신감에 차 있었다.

"그렇게 된다면야 장기전을 치르지 않고 원군이 조속히 귀환하여 만약에 모를 후연 침략에 대비할 수 있어 좋겠지요. 그러나 적들은 바다를 건너온 군대이므로 각처에 군선들을 대기시켜 놓고 있습니다. 성에서 도망쳐 군선들을 타고 바다로 나가면 대책이 없질 않습니까?"

담덕은 전부터 혼자서 고민하고 있던 문제를 꺼내놓지 않을 수 없었다. 신라 땅에서 벌어지는 전투이므로, 고구려 군선을 이용하기 곤란하다는 점 때문에 특히 그러했다.

"폐하께서도 그 점을 염려하고 계셨군요? 그러나 이번 전쟁은 왜군들을 신라 땅에서 몰아내는 데 목적이 있으므로, 적들이 군선을 타고 도망치도록 하는 것만으로도 성공이라고 할 수 있습니다. 일진광풍이 몰아치듯 적군을 쳐서 혼찌검을 내줌으로써 다시는 바다를 건너오지 못하도록 말입니다. 왜냐하면 적군은 세 군데 항구로 상륙했습니다. 그중 하나는 신라 땅인 동쪽의 근오지현이고, 나머지는 가야와 백제 해변에 적선이 정박해 있습니다. 따라서 가야와 백제 땅까지 원군을 출동시킬 수는 없으므로, 왜군들이 그쪽으로 도망쳐 군선을 타고 바다를 건너는 것까지 차단하기는 어려운 일입니다."

"듣고 보니 그렇군요. 다만 이번 전쟁에서는 고구려 원군이 신라를 도우러 간다는 소문을 널리 내도록 하십시오. 신라는 물론 백제와 가야 땅에도 알려지도록 말입니다. 군사들에게 북과 징, 꽹과리를 치면서 요란하게 진군하도록 해야 합니다."

이러한 담덕의 생각을 추수는 충분히 이해하였다.

"신라에는 안도의 숨을 쉴 수 있게 하고, 적국에는 잔뜩 겁을 주도록 하자는 전략이로군요?"

"특히 선봉장으로 세운 실성에게 가장 먼저 군사를 이끌고 금성으로 입성토록 하십시오. 최대한 세작들을 동원하여 입소문을 냄으로써 실성의 공을 알려야 합니다."

"알겠습니다. 나중에 실성을 크게 쓰기 위한 전초작업이로군요?"

추수는 담덕의 심리를 읽고 의미심장하게 웃었다.

"아직은 실성의 쓰임을 논할 때가 아니니, 혼자서만 알고 계십시오. 왜군을 퇴치한 후 신라가 어떻게 반응하는지 예의 주시할 필요가 있으니까요."

담덕도 그저 웃는 듯 마는 듯 입가에 살짝 주름을 잡았다. 추수의 웃음이 무엇을 뜻하는지 알았기 때문이다. 두 사람은 이렇게 이심전심으로 통했다.

다음날, 고구려 원군은 마침내 압록강을 건너 남쪽으로 진군했다. 오색 깃발이 바람에 나부꼈고, 소라고둥과 나팔, 북과 징의 소리 들이 한데 어우러져 얼어붙은 겨울 하늘로 메아리쳤다. 마치 그것은 무거운 쇠메로 얼음장을 내려칠 때 나는 소리처럼, 천공에 파열음을 내며 퍼져나갔다. 병사들의 진군 속도보다 빠르게 그러한 소문들은 사람들의 입에서 입으로 전해져 그 남쪽의 신라와 백제 땅으로 흘러 들어갔다. 각국 모두 일단 유사시 곳곳에 숨어 있던 세작들의 정보전달 체계가 그만큼

기민하게 구동되었다.

2

태왕 담덕의 명을 받은 마동은 압록강 둔덕을 따라 말을 달렸다. 그 북쪽 편 너른 평야에선 왕당군이 한창 무술 훈련을 하고 있었다. 달리는 말 위에서 들으면 더욱 큰 함성과 기합 소리가 들판으로 메아리쳤다.

정월을 넘긴 2월 초, 겨울 날씨는 맵고 찼다. 북풍이 몰아치는 한파 속에서 훈련에 임하는 왕당군 군사들의 입에서는 허연 김이 뿜어져 나오고 있었다. 그만큼 군사들의 열기는 뜨거웠다.

"무슨 일인가?"

급히 말을 달려와 뛰어내리는 마동을 보고, 왕당군의 훈련을 지휘하던 대장군 우적이 급히 물었다.

"폐하께서 말갈부대 두치 장군을 부르십니다. 함께 가시지요."

"이 몸도 말인가?"

우적은 자신의 가슴을 가리켰다.

"네, 같이 가주셔야겠습니다. 폐하께서 긴밀히 전할 말씀이 있으신 모양입니다."

"알았네!"

우적은 군사들에게 훈련을 시키고 있는 두치를 불러, 말을 타고 마동을 따라 궁궐로 향했다. 편전에서 기다리고 있던 태왕 담덕이 세 사람을 맞았다.

"아국의 원군을 신라로 보내고 나서 곰곰이 생각해보니, 미처 생각지 못했던 것이 하나 있습니다."

거두절미하고 담덕이 내놓은 말이었다.

"왕당군과 관계가 있는 것이옵니까?"

우적이 궁금한 얼굴로 담덕을 바라보았다.

"원군을 이끄는 추수 대장군이 왜국 연합군을 한 곳의 성으로 몰아붙여 일격에 쳐부수겠다고 했습니다. 그런데 왜적은 세 군데 바다에 군선을 접안시켜 놓고 있습니다. 제1대는 신라 동쪽 바닷가의 근오지현, 제2대는 황산하 하류의 황산진, 그리고 제3대는 백제 서남쪽의 상대포구로 제각기 적이 타고 온 군선들이 떨어져 있는 상태입니다. 원군이 왜국 연합군을 한 곳 성으로 몰아넣어 총공격을 가한다 해도, 도망가는 적들을 다 도모할 수는 없는 노릇입니다. 생쥐도 죽을 위기에 처하면 고양이를 무는 법입니다. 성을 사방에서 다 막아놓고 공격을 하게 되면, 피아간의 공방전으로 적은 물론 아군의 피해도 그만큼 클 수밖에 없습니다. 그래서 추수 장군에게 한쪽 성문은 슬며시 열어주어 적이 퇴로를 확보할 수 있도록 해주는 것이 좋지 않겠느냐고 귀띔을 해주었습니다만……"

여기서 잠시 담덕은 말을 끊고 세 사람을 둘러보았다.

"그건 잘하신 일 같습니다. 맞서 싸우는 것보다 도망가는 적을 격추시키는 것이 아군으로선 오히려 더 안전하지요."

우적이 조용히 고개를 끄덕거렸다.

"그보다는 적의 퇴로를 열어주고 나서의 문제입니다. 제2대와 제3대는 가야와 백제 땅에 각기 군선들이 정박해 있으니 배를 타고 바다로 나가도록 내버려두면 됩니다. 그러나 제1대의 군선은 근오지현에 있어, 신라 남쪽의 해변 길을 따라 멀리 동쪽으로 진군해야만 배를 탈 수 있습니다. 적들은 도망가면서도 신라의 남해안 마을들을 지나며 온갖 약탈과 방화를 일삼을 것입니다. 백성들의 피해가 클 수밖에 없습니다. 각자 사방으로 흩어져서 도망칠 경우, 아군과 신라군이 일일이 뒤를 쫓아 잡도리할 수 없는 노릇입니다. 해서, 여기 마동과 두치 장군에게 말갈군 중 기마대 1천을 주어 동해안으로 급히 달려가 근오지현의 부두에 정박해 있는 왜국 제1대의 군선들을 모두 불태워버리자는 것입니다. 어떻게 생각하십니까?"

담덕이 우적을 쳐다보았다.

"좋은 생각이십니다. 기마대 1천을 뺀다고 해도, 현재 왕당군의 군세에 큰 영향을 주지는 않을 것입니다."

그때서야 우적은 다소 안심이 되는지 얼굴에 웃음을 머금었다. 그는 마동이 훈련장에 나타났을 때 백제나 후연이 준동하거나, 그런 기미가 보이는 줄로만 알고 있었던 것이다.

"그렇다면 마동과 두치 장군은 곧 왕당군 기마대 1천을 추발해 즉시 동해안으로 진군하시오. 추수 장군이 이끄는 원군보다 먼저 가서 적의 군선들을 불태워야만 하오. 그래야 제1대의 왜적들이 그 소식을 듣고 아예 근오지현으로 퇴각할 생각을 하지 않을 것 아니겠소?"

담덕의 명을 받고 나서 세 사람은 곧 편전을 나와 왕당군 훈련장으로 말을 달렸다.

그리고 바로 다음날 이른 새벽, 두치와 마동은 왕당군 기마대 1천을 이끌고 압록강을 건너 직선거리로 동해안을 향해 말을 달렸다.

태백산에서 남쪽으로 내리뻗은 큰 산줄기는 짐승의 등뼈처럼 곳곳에 골짜기와 능선을 만들면서, 그 곁가지가 남쪽 바닷가 언저리까지 뻗어 있었다. 따라서 해안을 따라가는 길은 말을 달리기에 좋았으며, 산줄기 동쪽에서 1천의 군사가 움직여도 산 너머 서쪽에는 소문조차 나지 않았다.

높은 산 능선에서 바다 쪽으로 흘러내려온 작은 산줄기들은 해변 가까이 이르러 평지와 만나는데, 그런 산과 산 사이의 계곡이 깊어 은둔해 사는 말갈족들이 많았다. 태왕 담덕이 마동과 두치에게 기마대 1천을 주어 일종의 기동대 역할을 맡긴 데는 남다른 이유가 있었다. 그들은 어린 시절 개마고원의 사냥꾼 마을에서 자랐으므로, 말갈족들의 말은 물론 습성까지 잘 알고 있었다. 더구나 오랜 시일이 지나면서 개마고원에 있던 말갈족들도 점차 사냥감을 찾아 산자락을 타고 남쪽으로 이동하여 골짜기마다 생활 터전을 마련해 살았는데, 두 사람은 그들과 자주 연락 관계를 취하고 있었다. 왜냐하면 왕당군의 말갈부대 군사들을 늘려나가기 위해 수시로 국내성에서 동남쪽 해안 인근의 말갈부락을 방문하곤 했기 때문이었다.

두치와 마동은 1천의 왕당군 기마대와 함께 백두대간의 줄기를 타고내려 뻗친 황초령(黃草嶺)을 넘어 동해안의 매시달(買尸達, 원산), 수성(迲城, 고성), 하슬라(何瑟羅, 강릉) 등을 거치면서 골짜기 말갈부락을 찾아가 청장년들을 기마대의 일원으로 끌어들였다. 이들 동해 연안의 말갈족들은 말타기에도 능하여, 내물 마립간 40년(395년)에는 실직(悉直, 삼척)까지 기습했다가 신라군의 강한 반격을 받아 되돌아간 적도 있었다.

이렇게 동해 연안 골짜기의 말갈부락에서 차출한 기마병이 또한 5백으로, 도합 1천 5백의 왕당군 기마대는 바로 5년 전 동해 연안 말갈족들이 실직을 기습했던 길을 따라 남진했다. 자칫 왜군들에게 소문이 닐까 염려되어, 두치와 마동은 신라 경계에 들어서면서 초고속으로 말을 달렸다. 남쪽으로 내려갈수록 해변로는 평탄했으므로, 우시(于尸, 영해)를 거쳐 근오지현까지 말을 달리는 데 채 하루도 걸리지 않았다.

근오지현 부두에는 1백여 척의 왜국 군선들이 정박해 있었다. 갑자기 해변로를 따라 북쪽에서 왕당군 기마대가 나타나자, 군선을 지키던 1천여 왜군들은 미처 방어할 태세도 갖추지 못한 채 우왕좌왕 어찌할 바를 몰랐다. 주로 선상 생활을 하던 그들은 급히 군선에서 내려와 부두 앞 벌판에서 고구려군과 맞섰다. 그러나 말을 탄 고구려 기병들의 창칼을 당할 수는 없었다. 창칼에 가슴을 찔리고 목이 달아나는 왜군은 고구려군의 기세에 주춤주춤 뒤로 밀려나다 바다에 빠지는 병사가 허다하였다. 또한 미처 도망칠 시간이 없어 이리 뛰고 저리 치닫는 말들의 발굽에 밟혀 죽는 자들도 부지기수로 늘어났다. 선실에서 낮잠을 즐기던 왜군들도 뒤늦게 갑판 위로 뛰어 올라와 대항하려고 했으나, 이미 고구려 기마대가 불화살을 날려 군선들을 불태우는 바람에 날아오는 화살을 피하랴 불을 끄랴 아우성치기만 할 뿐 정작 방어할 엄두는 내지도 못했다.

바람은 바다에서 육지로 불었다. 군선의 깃발들이 장대 높은 위치에서 찢어질 듯 펄럭이는 가운데, 갑판 위에서는 돛을 감아 내려둔 황포에 불이 붙어 하늘 높이 타올랐다. 가죽 자루로 바닷물을 길어올려 황포에 붙은 불을 끄려다 등에 화살을 맞고 쓰러지는 자, 배짱 좋게 양팔을 벌려 몸으로 막다 보니 어느 결에 가슴에 화살 수십 대가 꽂혀 엎어지는 자, 겁을 잔뜩 집어먹어 싸우지도 못한 채 창칼을 던지고 항복하는 자 등등, 근오지현 부두의 바다와 해변에선 피를 쏟으며 질러대는 왜군들의 비명이 흡사 지옥에 떨어진 귀신들의 아우성치는 꼬락서니를 방불케 하였다.

군선에서 불꽃이 하늘을 찌르고, 이미 전세가 고구려 기마대의 승리로 끝나갈 무렵이었다. 갑자기 고구려군 등 뒤에서 함성이 들려오며, 한 떼의 왜군들이 달려왔다. 이들은 인근 석규명 상단 저택에서 창고를 지키던 보급부대로, 뒤늦게 근오지현 부두에 정박한 군선들이 불타는 것을 보고 급히 병장기를 갖추어 달려온 구원병들이었다.

그러나 고구려 왕당군 기마대에 비하면, 그 왜적의 무리들은 조족지혈에 불과하였다. 말을 탄 채 마동이 화살을 날리자 앞에서 말을 타고 달려오던 왜군의 우두머리로 보이는 자가 뒤로 벌러덩 나자빠지며 땅바닥으로 떨어졌다. 그러자 뒤따라 말도 없이 두 발로 달려오던 왜적들은 고구려군의 기세에 눌려 뒤돌아서서 도망치기에 바빴다.

"일부 병력은 나를 따르라."

마동이 말에 채찍을 가해 도망치는 왜군들의 뒤를 쫓았다. 기십 명의 고구려 기병이 그의 뒤를 따랐다.

왜군들을 쫓다 보니, 마동은 어느 사이 석규명 상단 저택 앞에 당도하였다. 적들은 미처 저택으로 들어가 숨을 생각도 못한 채, 그곳을 지나쳐 가까운 산자락으로 도망쳤다.

"장군님! 저 좀 보셔요."

때마침 저택 앞에 여인들 서넛이 나와 마동과 고구려 기병들을 소리쳐 불러세웠다.

"왜 그러시오?"

마동은 사태가 심상치 않음을 알고 말고삐를 잡아채며 물었다.

일단 마동의 손짓에 따라 일부 병력은 남고, 대다수의 기병들은 달아나는 왜군을 계속 추격했다.

"금성에서 구원하러 온 군사들입니까?"

나이가 들어 머리에 간혹 흰머리가 보이는 여인이 물었다. 옷매무시나 언행으로 볼 때 그 저택의 안주인 같았다.

"아니오. 우리는 신라를 구하러 온 고구려군이오."

"오오, 고맙습니다. 장군님, 제발 우리를 좀 도와주세요."

여인은 땅바닥에 털썩 무릎을 꿇었다. 그러자 그 뒤에 서 있던 몇몇 여인들도 따라서 주저앉으며 두 손을 싹싹 비벼대며 애원하는 눈길을 보냈다.

"저희들은 죽어도 좋지만, 제 딸을 구해주세요. 딸이 왜적들에게 붙잡혀 가 대장선 안의 밀실에 갇혀 있습니다. 아, 그렇지! 그 밀실에는 제 딸과 함께 수십 개의 나무 상자에 담긴 금괴가 숨겨져 있습니다. 그 금괴는 원래 우리 상단의 재물인데, 왜국 대장이 탈취해간 것입니다. 딸을 구해주시면 그 금괴를 모두 장군님께 드리겠습니다. 어차피 우리는 도둑맞은 물건이니, 제 딸만 구해주신다면 금괴는 다 가져가셔도 좋습니다. 전리품이라 생각하셔도 무방합니다."

여인의 말은 마음 급한 가운데도 조리가 있었다. 마동은 아주 영리한 여인이라 생각했다. 신라에서도 알아주는 명문 귀족의 부인임에 틀림이 없어 보였다. 저택의 규모로 볼 때 신라 귀족 중에서도 거부에 속한다는 것을 미루어 짐작하기 어렵지 않았다. 상업이 발달하면서 지방마다 부와 권력을 가진 호족들이 생겨나기 시작했는데, 신라 동해의 대표적인 지방호족이란 생각이 들었다.

"따님이 왜국 대장선 밀실에 갇혀 있다구요?"

마동은 귀족 부인의 간절한 눈빛을 보고, 금괴에 대한 욕심보다 더 그녀의 딸을 구해주어야겠다는 생각이 앞섰다.

"네, 장군님! 제발 부탁드립니다!"

"어서 가자!"

귀족 부인의 울음 섞인 목소리를 뒤로 하고, 마동은 남은 졸개들을 이끌고 다시 왜국 군선들이 불타는 부두로 질주하였다.

마동이 근오지현 부두에 도착했을 때 이미 전투는 끝난 상태였다. 일전을 치른 고구려 기마대와 함께 두치는 강 건너 불구경하듯 한창 불타고 있는 왜국 군선들을 바라보고 있었다.

그 한쪽 곁에는 사로잡힌 왜군 포로들이 결박된 상태로 무릎 꿇려져 있었다.

마동은 포로들에게 물었다.

"너희들 대장선이 어떤 배냐?"

때마침 대장선을 타고 온 왜군이 있었다.

"제가 그 배를 타고 왔습니다."

그렇게 말한 왜군은 바로 대마도에서 길 안내를 맡아 대장선을 타고 온 모리이의 졸개였다. 그 역시 신라 출신이므로 마동도 바로 말을 알아들을 수 있었다.

"그럼, 대장선 선실 구조도 잘 알겠구나. 결박을 풀어줄 테니 대장선으로 안내하라!"

마동은 부하들을 시켜 모리이의 졸개 결박을 풀어주게 한 후, 그 사이 두치에게 다가가 저간의 사정을 간단히 일러주고 불타는 대장선에 직접 올라가겠다는 결심을 털어놓았다.

"불이 한창 타오르고 있는데, 위험하지 않을까?"

두치는 순간적으로 말리고 싶었지만, 마동의 눈빛에서 결연한 표정을 보았다.

"위험하더라도 보물을 구해야지."

마동의 이와 같은 말은 중의법이었다. 그가 말하는 보물은 귀족 부인의 딸과 금괴 모두였다.

그러나 두치는 전리품으로 얻을 금괴에 더 힘을 실으며, 마동이 위험을 무릅쓰고 대장선으로 건너가는 데 동의해주었다.

"금괴라면 물속에 가라앉기 전에 건져야지."

두치의 말을 뒤로 한 채 마동은 곧 결박에서 풀려난 모리이의 졸개를 앞장세워 대장선으로 향했다. 그의 휘하 군사들이 급히 불을 끄기 위해 물을 긷는 두레박과 쇠갈퀴 등을 구해 따라붙었다.

왜군 대장선에 승선한 고구려 군사들은 갑판에서 돛폭을 타고 치솟는 불부터 끄기 시작했다. 이미 갑판 아래 선실로 통하는 나무 계단에도 불이 붙어 그 아래로 내려가기 곤란했다. 그래서 마동은 나머지 군사들에게 바닷물을 길어올려 계단의 불길부터 잡으라고 소리쳤다.

불을 끄면서 선실로 내려가는데, 그 아래에서도 연기가 꾸역꾸역 올라왔다. 선실 아래쪽 어딘가에서도 불이 타고 있는 모양이었다. 마동은 모리이 졸개의 안내를 받아 횃불을 밝혀 들고 조심스럽게 나무 계단을 밟고 내려갔다. 고구려 군사 몇몇이 그 뒤를 따랐다.

모리이의 졸개가 연기 속을 더듬으며 왜군 대장군 오호하마노가 묶던 객실을 찾았는데, 그 문에는 커다란 자물쇠가 채워져 있었다.

"이 객실 안에 신라 여인도 있다고 하지 않았느냐?"

마동이 소리쳤다.

"네, 도망갈까 봐 늘 문을 잠가놓고 있습니다. 식사할 때만 자물쇠를 열고 음식을 넣어주곤 하죠. 저 안에 금괴가 들어 있으므로 누구도 손대지 못하게 대장군께서 엄명을 내리셨기 때문입니다."

모리이의 졸개 말을 더 이상 듣고 있을 시간이 없었다.

"이 안에 사람이 갇혀 있다. 어서 이 문을 부숴라!"

마동이 뒤따라온 군사들에게 명했다.

때마침 군사 하나가 손에 도끼를 들고 있었는데, 명령이 떨어지기 무섭게 달려들어 자물쇠를 내리쳤다. 곧 문이 열리고 마동은 그 안으로 뛰어들어갔다.

실내는 연기로 자욱했다. 아직 그곳까지 불이 옮겨붙지는 않았으나, 천장과 문틈으로 새어든 연기 때문에 횃불 없이는 앞을 분간하기조차 어려울 정도였다.

어디선가 기침하는 소리가 희미하게 들려왔다. 벽 쪽이었는데, 이불장이나 옷장 같았다. 그곳을 열어보니 거의 실신 상태에 이른 여인이 앞으로 쏠려나오며 쓰러졌다. 마동은 얼떨결에 여인의 몸을 안았다.

"장군님! 여, 여기 금괴 상자들이 쌓여 있습니다."

모리이의 졸개가 별실 안에서 금괴를 찾아낸 후 소리쳤다.

"너희들은 저 상자들을 모두 끌어내 밖으로 옮겨라!"

마동은 휘하 군사들에게 명령을 내린 후, 자신은 몸도 가누지 못하는 여인을 두 팔로 안은 채 갑판으로 오르는 계단을 찾아 나섰다. 어느 사이 객실로도 불이 옮겨붙어 뜨거운 열기가 계단 쪽 통로를 통해 빠져나가고 있었다. 불길도 유통되는 공기를 따라 솟아오르기 때문에 순식간에 통로가 막힐 수 있었다. 서두르지 않으면 불길에 휩싸여 오도 가도 못할 판이었다.

막 통로 계단을 뛰어올라가 간신히 갑판 위에 올라섰을 때였다.

"아앗! 장군님! 위험해요."

갑판 위에서 불을 끄던 군사가 소리쳤다.

바로 그 순간, 불에 타던 돛대의 중간이 뚝 부러지면서 마동의 왼쪽 어깨를 때렸다. 그는 얼떨결에 여인을 품에 안은 채 엎어졌다. 그의 몸 위로 얼음처럼 찬물이 마구 부어졌다. 재빨리 두레박으로 바닷물을 길어올린 군사 하나가 불이 붙은 돛대와 함께 엎어진 그의 몸 위로 물을 쏟아부었던 것이다. 그 바람에 불이 꺼지긴 했지만, 어깨가 몹시 욱신거렸다. 그는 지친 나머지 선착장 지상에 발을 딛자마자 가슴에 안고 있던 여인을 다른 군사들에게 맡긴 채 땅바닥에 그대로 엎어졌다.

3

마동이 정신을 차려 겨우 눈을 떴을 때, 그곳은 방바닥이 따뜻한 온돌방 안이었다. 그는 모로 누운 상태였고, 그 옆에 어떤 여인이 앉아 눈물을 훔치며 그를 내려다보고 있었다.

"대체 여, 여기가 어디요?"

마동은 아픈 왼쪽 어깨의 통증을 참으며 여인에게 물었다.

"장군님, 이제 안심하세요. 여긴 소녀의 집입니다. 저를 구해주신 은혜 결코 잊지 않겠어요."

여인은 바로 마동이 왜군 대장선에서 구해준 신라 대상 석규 명의 딸 석사비였다.

"아, 내가 이러고 있을 때가 아닌데……."

마동은 벌떡 일어나려다 말고 다시 모로 쓰러졌다. 왼쪽 어깨의 통증 때문에 몸을 가눌 수가 없었다.

"장군님, 지금 움직이시면 안 됩니다. 어깨에 화상을 입으셔서 치료 중이옵니다."

석 낭자는 마동의 왼쪽 어깨에 난 화상을 치료하기 위해 지초(芝草) 가루를 기름에 개어 납작하게 떡처럼 만들어 붙여놓고 있었다. 흔히 '지치떡'이라고도 하는데, 그것이 떨어질까봐 얼른 손바닥으로 살짝 눌렀다.

"아야얏, 아아!"

마동은 화상 입은 자리가 쑤시고 아파 소리를 질렀다.

"어머, 죄송해요. 장군님이 움직이시는 바람에 지치떡이 떨어지려고 해서……."

"지치떡? 그게 뭐요?"

"인근에 사는 용하다고 소문난 의원에게 물어보니 화상 자리에 지치떡을 붙이면 잘 낫는다고 해서……."

석 낭자는 수줍은 듯 입을 가리고 살짝 고개를 돌렸다. 마동이 눈을 크게 뜬 채 바라보았기 때문이다.

"헌데, 참 이상한 일이로군! 내 눈에 낭자의 얼굴이 매우 아름다운데, 저 먼 서역에서 온 사람 같으오."

마동은 오래전 태왕 담덕이 왕자였던 시절, 같이 유랑 생활을 하며 서역까지 갔을 때 본 여인들의 얼굴을 기억했다. 그와 유사한 얼굴의 여인이 바로 코앞에 있었다.

"아직 저희 집에 얽힌 사연을 잘 모르시는군요?"

석 낭자는 자신의 아버지 석규명이 원래는 서역의 파사에서 왔으며, 대상으로 바다에서 풍랑을 만나 신라 땅에 와서 정착하게 된 이야기를 두서없이 들려주었다.

"허허, 이런! 이번에 아버님이 왜적과 싸우다 돌아가시고, 거기다 상단의 재산까지 몽땅 빼앗길 뻔했던 것이로군요. 낭자의 오라버니가 대상단을 이끌고 멀리 나가 있어 화를 면한 것이 천만다행 아니겠습니까?"

"왜적들이 남자들을 모두 죽어 어자들만 살아남았답니다. 오라버니는 언제 돌아오실지도 모르고……."

석 낭자는 말을 하다가 끝내 다 잇지 못하고 옷고름으로 눈물을 닦았다.

"아, 정말 딱하게 됐습니다. 그런데, 참! 내가 이러고 있을 때가 아니지. 어서 부대를 이끌고 왜적을 추격해야 하는데……."

마동은 다시 일어나보려고 애를 썼으나 도무지 꼼짝달싹도 할 수 없었다. 몸이 천근처럼 무거웠다.

"움직이면 아니 되십니다. 이미 두치 장군이 군사를 이끌고 금성으로 떠난 지 사흘이나 지났습니다."

"뭐, 뭐라구요?"

"두치 장군이 1천여 기마대를 이끌고 떠나시면서, 마동 장군에게 4백 가까운 군사들을 이곳에 남겨두셨습니다. 몸이 다 나으면 군사를 이끌고 금성으로 오시라고 하면서. 우리 집에는 여자들밖에 없어서 도망쳤던 왜적들이 다시 오면 어쩔까 걱정이 태산 같았는데, 장군의 군사들이 남아 저택 안팎을 지켜주고 있어 근심을 덜었사옵니다."

"흐음, 흐으으……."

마동은 다소 안심이 된다는 소리인지 아파서 내는 신음인지, 입술 부르튼 비음을 내뱉으며 눈을 감았다.

지초는 뿌리가 붉은빛이 도는 자주색이라 자초(紫草)라고도 하는데, 화상·동상·습진 등에 효과가 있다고 했다. 지초 뿌리 말린 것을 갈아 기름떡을 만들어 붙여서 그런지, 마동의 화상은 채 열흘이 되지 않아 거의 다 아물었다. 왼쪽 어깨에 화상

흉터가 남아 보기 흉했지만, 옷을 입으면 보이지 않으니 그나마 다행이었다.

이제 마동도 더 이상 자리보전만 하고 있을 수가 없었다. 어서 휘하 군사들을 이끌고 금성으로 달려가 두치의 군대와 합류해야만 했다.

군대 출진을 하루 앞둔 날 저녁 무렵이었다. 석 낭자가 한 상 가득 산해진미가 넘치는 저녁상을 차려서 마동 앞에 가져다 놓았다.

"내일 아침에 떠나신다니, 섭섭하옵니다. 이것은 지초로 담근 술이옵니다. 의원이 말하기를 원기 회복에 좋다고 하니, 한 번 드셔 보셔요."

석 낭자가 술을 따랐다.

술 빛깔이 유난히 붉었다. 때마침 저녁때라서 창문에 비친 노을빛과 어우러져 술맛이 더욱 좋게 느껴졌다.

마동도 좀 더 빨리 기력을 회복하려면 술이 최고라고 생각했다.

"고맙소, 낭자!"

마동은 석 낭자가 따라주는 술을 마다하지 않고 받아 마셨다.

지초로 담근 술은 독했다. 고구려에서 주로 마시던 막걸리의 일종인 계명주와는 달리, 그 술은 증류주라서 도수가 높았다.

혼자 마시는데도 어느 사이 작은 도자기에 든 술 한 병을 다 비웠다.

"장군! 술을 아주 잘 드시네요."

"그것, 참! 맛뿐만 아니라 빛깔도 아주 좋습니다. 술맛 나게 만드는 노을빛 아닙니까?"

마동은 창문에 비친 노을빛을 흘깃 쳐다보며 기분이 썩 좋았다. 일찍이 술 마시며 그렇게 저절로 몸이 붕붕 떠오르는 듯, 구름 위를 걷는 듯, 꿈에서 안개 속을 헤치고 가는 듯, 현실을 잊고 신선이 된 듯 취해보기는 처음이었다.

"술, 더 드시겠어요?"

석 낭자는 그러더니 마동의 대답도 듣지 않고 일어섰다. 상대가 만류하려는 손짓인지 더 달라는 뜻인지 두 손을 허공으로 들어올리는 모습도 제대로 보지 않고 이미 그녀는 방문을 열고 나갔다.

마동은 혼자 앉아 흥얼거리다가 자신도 모르는 사이 술기운이 올라 몸을 추스르기 힘들어 비스듬히 벽에 기대었다. 바로 앉았을 때와는 달리 몸을 벽에 의지하자, 취기가 더욱 온몸으로 퍼지는 듯했다.

다시 석 낭자가 술 한 병을 들고 방 안으로 들어섰다. 그때 마동의 게게 풀어진 눈에 한 여인의 모습이 어룽거렸다. 생글생글 웃는 그 모습이 수빈의 얼굴 같았다.

기분이 썩 좋아진 마동은 석 낭자가 따라주는 술을 마다하지 않고 받아 마셨다. 술이 억병으로 취하면 술이 술을 먹는 법이었다.

"수빈아, 네가 따라주는 술이 아주 맛있구나."

마동은 이제 앞에 앉은 여자가 수빈의 얼굴로 보였다.

"장군님, 수빈이가 누군가요. 저는 사비인데요."

석 낭자는 정색한 얼굴로 마동을 바라보았다.

"수빈이든 사비든, 넌 내 여자야. 그렇지 않으냐?"

마동은 자신도 모르는 사이에 술을 따르고 있던 여인을 와락 끌어당겨 가슴에 안았다. 그는 술에 취해 그녀를 수빈으로 착각하고 있었다. 아무튼 어디서 그런 용기가 솟았는지 몰랐다. 전 같으면 근처도 오지 못하게 했을 터인데, 따귀라도 한 대 얻어맞았을 법한데, 이번에는 그렇지 않았다. 못 이기는 체 안겨드는 여인의 체취가 그를 황홀하게 만들었다.

"그래, 수빈아! 이렇게 얌전 떨 줄도 알아야지."

술에 만취된 마동은, 늘 머슴애 같기만 했던 수빈이 이상하게도 상냥하게 군다고 생각했다.

"아아, 이러시면……."

석 낭자의 입에서는 너 이상 거부할 말이 나오지 않았다. 상대가 생명의 은인이라는 생각만이 온통 그녀의 정신을 지배하고 있었다. 목숨을 걸고 사지로 뛰어들어 자신을 구해준 사내였다. 이제 그녀는 상대에게 자신의 목숨을 내주어도 전혀 아깝지 않다고 생각했다.

마동은 밤새 꿈을 꾸었다고 생각했다. 꿈속에서 어떤 여인과 한 몸이 되어 황홀경에 빠졌었다고 기억하는 순간, 눈을 번쩍 떴다. 들창이 벌써 훤히 밝아오고 있었다. 몸을 뒤트는 순간 등 뒤에 한 여인이 잠들어 있었다.

"아앗! 이런!"

코가 유난히 오똑해 눈이 조금 더 들어가 있는 듯이 보이는, 그녀는 바로 석 낭자였다. 수빈이 아니었다.

"오, 일어나셨군요?"

석 낭자는 갑자기 속곳만 걸친 몸이 부끄러워 이부자리 밖에 널려 있는 옷을 끌어다 입기에 바빴다.

"이런, 이런! 내가 간밤에 술에 취해 실수가 많았군요?"

마동도 더 이상 어떤 변명을 늘어놓아야 할지 몰랐다. 이런 때는 여자가 더 대담한 법이었다.

"그런데, 수빈이는 누구예요? 장군님이, 간밤에 계속 그 이름을 찾더라구요."

석 낭자는 마동의 어찌할 줄 모르고 쩔쩔매는 모습을 보며 손으로 입꼬리를 가리고 웃었다. 상대를 더 이상 난처하게 만들지 않기 위해 그녀는 슬며시 일어나 방을 나갔다.

그날 아침, 마동은 4백 남짓한 휘하의 군사들을 집합시켰다.

"장군님, 전리품도 가져가셔야죠."

저택의 안주인, 석 낭자의 모친이 마동 뒤에 서 있다가 말했다.

"전리품이라니요?"

"대장선에서 찾아온 금괴가 저 창고 안에 있잖아요? 장군님이 화상 때문에 누워 계시는 동안 군사들이 철저히 창고를 지켰습니다."

석 낭자가 모친 대신 말했다.

"그건, 이 저택의 보물 아닙니까? 상단을 이끌고 바다로 나간 낭자의 오라비가 돌아오면 귀중하게 쓰일 데가 있을 것입니다."

"하지만, 약속을 한 것인데. 우리 딸 아이만 구해주시면 금괴를 모두 드리겠다고……."

석 낭자 모친도 딸에게 생명의 은인인 마동이 금괴를 가져가길 애원하는 눈빛이었다.

"아닙니다. 그 금괴가 이 집의 전 재산임을 아는데, 어찌 욕심을 내겠습니까? 열흘 동안 병간호를 받은 것만으로도 넘치는 호사였습니다."

마동은 곧 돌아서서 군사들에게 출진 명령을 내렸다. 그가 말 위에 오르는 것을 보며 석 낭자가 못내 안타까운 얼굴로 물었다.

"장군님, 전쟁이 끝나면 다시 볼 수 있을까요?"

"회군할 때 잠시 이곳에 들렀다 가신다면……."

석 낭자는 물론 모친 역시 마동의 말고삐라도 잡고 싶은 심정이었다.

"그건 기약할 수 없습니다. 전쟁터에선 대장군의 명령이 곧 태왕 폐하의 명령이니 말입니다. 이번 고구려 원군을 이끌고 온 대장군은 바로 저의 부친이십니다."

마동도 발을 떼어놓기 어려웠지만, 양발에 낀 등자로 말의 뱃구레를 힘차게 걷어찼다. 전쟁 중이므로, 미련을 빨리 떨쳐버리고 싶었던 것이다. 그의 뒤를 이어 휘하의 군사들이 따라서 달렸고, 기마대는 뿌연 먼지를 일으키며 금성으로 향하는 길 산자락 너머로 금세 자취를 감추었다.

모친 뒤에 서서 기마대가 사라지는 모습을 바라보던 석 낭자는, 남모르게 옷소매로 눈물을 훔쳐내고 있었다.

4

평양성에서 1만의 군사가 합류하여 총 5만의 군세로 남쪽을 향해 진군한 고구려 원군은 마침내 황산하에 이르렀다. 도강하면 바로 탁순이었다.

"태왕 폐하의 명을 받고 황산하 양안의 배들을 끌어다 서북쪽 각 나루터에 묶어놓았습니다."

국원성 수장 원삼이 고구려 원군 대장군 추수에게 보고하였다.

"아군이 도강한 후 각기 배들을 황산하 중류에서 하류까지 곳곳 나루터에 배치하고 군사들을 태워 적이 도강하는 것을 막도록 하시오. 원 장군이 미리 양안의 배들을 징수했으므로, 아마도 적들은 후퇴할 때 도강하기도 힘들어 결국 황산하 하구 어느 성으로 집결할 수밖에 없을 것이오. 그곳엔 바다와 면한 절벽의 요새를 끼고 있는 가야의 몇몇 성들이 있으니, 우리 고구려와 신라의 연합군에게 쫓기면 배를 타고 달아나기 위해 그쪽으로 몰릴 수밖에 없겠지요. 원 장군은 휘하 군사들을 모두 배에 태워 적들이 다시 도강해 백제 땅으로 달아나지 못하도록 서북쪽 강기슭에서 소리치고 활을 쏘아 엄포만 주면 될 것이오. 그리고 왜국 연합군이 황산하 하구 쪽 어느 성으로 쫓겨 들어가게 되면, 배들을 거두어 하구의 남서쪽 부두에 숨겨 두었다가 적들이 성을 벗어나 퇴각할 때 협공토록 하시오. 아마도 왜적이 숨어 들어갈 성은 황산하와 바다가 만나는 곳에 자리한 가야의 종발성(從拔城. 김해로 추정)이 될 듯싶소. 바로 그 남쪽 황산하 맞은편에 가야의 도성인 봉황성이 있는데, 적들이 위급한 지경에 이르면 구원 요청을 하는 데 유리하기 때문이오."

추수는 이미 국내성을 떠나기 전에 그와 같은 작전을 다 세워놓고 있었다.

"네, 알겠습니다."

원삼은 처음 왜군이 신라 땅으로 쳐들어왔을 때, 국원성 군사 5천을 금성으로 보내 신라군과 함께 왜군들이 단 한 명도 성벽을 넘지 못하게 하라는 태왕의 명을 받은 바 있었다. 그래서 국원성 군사 1만 중, 이미 5천은 금성으로 보내놓은 상태였다. 또한 국원성을 지킬 최소한의 병력으로 2천의 군사를 남기고, 나머지 3천은 그가 황산하까지 이끌고 와서 강 양안의 배들을 반강제로 징수하도록 했던 것이다. 군선은 물론 어선도 많았는데, 일단 개인 소유의 배들은 군대에서 징수한 후 전쟁이 끝나면 후사를 하고 돌려주겠다는 조건을 내걸었다. 이는 적군이 후퇴할 때 배를 이용할 수 없도록 하기 위한 궁여지책의 전략이었다.

황산하를 건넌 고구려 원군은 곧바로 금성을 향해 달렸다. 탁순에서 금성까지는 하루 한나절이면 충분히 갈 수 있는 거리였다. 선발대는 기마대로 이루어져 있어 더욱 빨리 금성 가까운 산자락에 이르렀다. 더 이상 갈 수 없는 것이 왜국 연합군 제3대와 백제군이 낮은 구릉에 진을 치고 금성의 신라군과 대치하고 있었기 때문이다.

한편 고구려 원군이 바로 코앞에까지 닥치게 되자, 왜국 연합군 제3대를 지휘하는 장수 소가노 마치는 바짝 긴장하지 않을 수 없었다. 그동안 몇 차례 금성을 공격했으나, 예상했던 것보다 철벽 방어를 하는 바람에 실패만 거듭하고 있었다.

왜국 연합군 대장군 오호하마노가 이끄는 제1대가 동문을, 황산하 하류에서 동래를 거쳐 금성으로 북진한 왜군과 가야군이 연합한 제2대가 남문을, 그리고 왜군과 백제군이 연합한 제3대가 북문과 서문 두 군데를 맡아 한꺼번에 공격을 시도했으나, 평지성이지만 금성은 난공불락의 강한 방어력을 갖추고 있었다. 그만큼 금성의 신라 군사들은 죽기 아니면 살기로 버티며 멀리서 오는 적에겐 화살을 쏘고, 성벽까지 와서 사다리나 줄을 타고 오르는 적에게는 끓는 물을 쏟아부었으며, 가까스로 성벽을 타고넘은 적에게는 창칼을 휘두르며 백병전을 벌였다. 충차로 문을 밀어보려고 했지만, 문 앞에 함정을 파고 숱하게 많은 거마작을 뿌려놓아 공격하기 쉽지 않았다. 충차를 몰고 달려가다가 군사들이 함정에 빠져 죽거나 거마작을 밟아 발을 다치기 일쑤였다.

고구려 원군이 황산하를 넘었다는 첩보를 듣고 나서, 소가노 마치는 졸지에 앞뒤로 적을 맞아 난감한 지경에 처하였다. 뒤돌아서서 고구려 원군과 맞서 싸울 때 금성 안의 신라군이 성문을 열고 나와 공격하면 대책이 없었다. 따라서 군사를 두 부대로 나누어 고구려 원군과 금성의 신라군과 대적하도록 했으나, 군사의 머릿수로 볼 때 중과부적일 수밖에 없었다.

소가노 마치는 고구려 원군만 5만이라는 데 놀랐다. 고구려가 갑자기 그렇게 많은 군사를 차출해 원군으로 보낼 줄은 몰랐던 것이다. 작전상 고구려 원군이 신라를 도우러 내려오면 대마도에 숨어 있는 고마 헤이의 군대와 한성을 지키던 사두의 군사가 배를 타고 압록강을 거슬러 올라가 국내성을 공격하기로 되어 있었다. 고구려 원군 차출로 국내성을 지키는 군사가 적을 때 사두가 파발마를 보내기로 되어 있는데, 이제나저제나 한성의 소식을 기다려도 감감무소식이니 그저 답답할 노릇이었다.

그런데 뜻밖에도 고구려 원군이 곧 공격을 개시할 것이라는 첩보를 들고 온 것은 사두가 보낸 파발꾼이었다. 소가노 마치는 급히 밀봉된 서찰을 개봉해 읽었다. 그 서찰에는 신라로 출진한 고구려 원군이 담덕의 직할 부대인 왕당군이 아니라 국내성 인근의 산성에서 차출한 부대라는 것이었다. 따라서 담덕과 왕당군은 국내성을 지키고 있으므로 한성에서 군사를 움직이기 어렵게 됐다는 요지를 전하고 있었다.

"흐음, 그런데 고구려 원군이 우리 코앞에 닥치도록 왜 이리 늦었는가?"

소가노 마치는 침통한 얼굴로 파발꾼을 쳐다보았다.

"이미 황산하 중류에서 하류까지 고구려군의 선박들이 진을 치고 있었습니다. 고구려군이 인근 배들을 모두 강제 징수하여 군선으로 활용하고 있었으므로, 배를 구하기가 어려워 상류까지 올라가 겨우 황산하를 건넜습니다."

"흐음, 황산하를 고구려군이 가로막고 있다?"

소가노 마치는 자신도 모르게 신음을 내뱉었다. 만약의 경우 고구려 원군이 공격해오고 금성을 지키던 신라군이 성문을 열고 나와 협공한다면, 왜국과 백제의 연합군은 퇴로가 막히는 곤란한 지경에 빠질 위험성이 컸다.

금성 북문과 서문으로 나누어 배치한 왜국과 백제 연합군은 다시 앞뒤로 갈라 고구려군과 금성의 신라군을 각기 맡아 공방전을 벌여야만 했다. 소가노 마치는 고민을 거듭했으나 이러한 위급한 상황을 벗어날 뾰족한 방안이 떠오르지 않았다.

마침내 소가노 마치는 고구려 원군 5만을 왜국과 백제 연합군 2만으로는 대적하기 어려우므로, 금성의 4대문 앞에 주둔해 있는 왜국 연합군 전체를 하나로 모으는 길밖에 없다고 생각했다. 따라서 그는 제3대 왜국 연합군과 백제군을 북문과 서문 쪽에 두 부대로 나누어 배치하여 고구려 원정군과 맞서기로 했다. 이렇게 고구려 원군과 공방전을 벌이다 사태가 위태로워지면 북문 쪽의 군사들은 동문 쪽에 있는 제1대 왜국 연합군과 합류히고, 서문 쪽의 군사들은 남문 쪽의 제2대 왜국 연합군과 합류하도록 하라는 작전 명령을 내렸다. 이미 그러한 작전은 피아간의 공방전보다는 퇴각을 전제로 한 것이었으므로, 군사들의 사기가 저하될 수밖에 없었다.

소가노 마치는 동문의 왜국 연합군 대장군 오호하마노에게 전령을 보냈다. 금성을 지키던 신라군이 성문을 열고 쏟아져나와 고구려 원군과 협공을 벌이게 되면, 왜국 연합군 세력도 전체가 하나로 뭉쳐 항전하는 길밖에 없다는 소견을 알린 것이었다. 퇴각하는 것은 전적으로 대장군의 판단을 따라야 하므로 일단 그렇게만 자신의 의견을 전달하였다.

동문에서 제1대를 이끌고 전투를 지휘하던 대장군 오호하마노 역시 소가노 마치의 전략에 손을 들어주었다. 그는 일찌 감치 근오지현으로 상륙하여 금성을 들이쳤지만, 십여 차례나 공격했는데도 불구하고 성벽을 넘지 못했다. 더구나 근오지현 쪽에서 느닷없이 고구려 기병들이 공격하는 바람에 사상자가 많이 발생하였다. 대략 1천 가까이 되는 고구려 기병들은 모두가 말을 타고 있었으므로, 기습 공격을 한 후 발 빠르게 후퇴하는 전략을 구사하여 대적하기가 힘들었다. 그도 그럴 것이 왜 군들은 말을 탄 장수들을 빼면 거의 보병들이었다. 왜국에선 중원이나 서역에서 말을 수입할 지리적 여건이 안 됐기 때문에 기병을 많이 기를 수 없었다. 그런데 뒤미처 패잔병으로 근오지현에서 달려온 군사들의 말에 의하면 부두에 정박한 군선들이 갑자기 나타난 고구려 기마대에 의해 모두 불타고 말았다는 것이다.

'이크, 큰일이로군! 퇴로가 막히지 않았는가?'

오호하마노는 가슴이 철렁 내려앉았다. 대장선에 감추어둔 금괴와 미녀는 어찌 됐단 말인가. 창망한 중에도 그런 걱정까지 하였다. 그에게 있어서 금괴와 미녀는 너무 아까운 보물단지였다.

그런데다 오호하마노가 이끄는 제1대의 왜군들을 부단히 괴롭힌 것은 근오지현에서 왜국의 군선들을 불태우고 금성으로 달려온 두치의 기마부대였다. 등 뒤에서 일진광풍처럼 갑자기 몰아치는 고구려 철갑기병들에게 왜군 보병부대는 속수무책으로 당했다. 하지만 1천여 철갑기병으로 1만 5천에 달하는 왜군 병력과 공방전을 벌이기엔 군세로 볼 때 중과부적이었다.

그래서 일단 두치의 기마부대는 곧 황산하를 도강해 금성으로 달려온 대장군 추수가 지휘하는 고구려 원군과 합류하였다. 그때 마동이 대장선에 올랐다가 화상을 입어 대장 석규명의 저택에 병치료를 하도록 휘하에 군사 일부를 남겨두고 왔다는 말에, 대장군 추수는 말없이 고개만 두어 번 끄덕거렸다. 두치의 기마부대가 합류하면서 선봉대의 전력은 크게 강화되었다.

대장군 추수는 왕당군 소속의 흑부군 장수 어연극과 고구려의 인질이 된 신라 출신의 실성, 그리고 뒤에 합류한 말갈군 장수 두치를 불러 말했다.

"어연극과 실성 두 장군은 서문을 맡아 2천의 기마군단을 이끌고 선봉으로 공격토록 하시오. 두치 장군은 왜국 제1대 군사들과 여러 차례 격전을 치른 경험이 있으니, 북문을 공격하되 쫓기는 적들을 몰아 동문 쪽으로 이동하도록. 왜군이 성벽을 넘지 못하게 방해하면서 계속 추격을 가해, 저들을 사냥몰이하듯 남서쪽으로 밀어붙여야 하오."

추수는 왜국 연합군 제1대가 다시 군선을 정박해둔 근오지현 쪽으로 후퇴할까 염려가 되었던 것이다. 이미 그들도 자신들이 타고 온 군선들이 모두 불타버렸다는 사실을 알고 있겠지만, 만에 하나 적들이 그쪽으로 퇴각할 경우를 우려해서였다. 화상을 입어 치료 중인 아들 마동과 4백여 휘하 군사들이 위험에 처할 수도 있다고 생각했던 것이다.

선봉대에게 작전 명령을 내린 후 추수는 다시 선봉장 실성을 따로 불렀다.

"달리 하명하실 말씀이라도?"

투구를 깊이 눌러쓴 실성은 상기된 얼굴로 추수를 바라보았다. 그의 눈빛에선 강렬한 의지가 뿜어져 나오고 있었다. 실로 8년 만에 금성으로 돌아오는 길이므로 감개가 남다를 수밖에 없었다.

"실성 장군은 고구려 기마군대의 선봉으로 금성의 서문 앞에 진을 친 왜국과 백제 연합군을 들이치되, 적들이 후퇴하도록 놔두고 곧바로 서문을 통해 입성토록 하시오. 그동안 성을 지키던 신라군과 합류하여 남문을 열고 나와 적을 추격하는 임무를 맡기기 위해서요. 그대의 부친인 대서지 장군이 금성을 방어하는 신라군을 이끌고 있다고 들었소. 부자가 합세하여 나라를 구하는 데 앞장설 절호의 기회라 생각하시오. 따라서 우리 고구려 원군이 성 밖에서 적을 추격할 때 신라군이 성문을 열고 나와 합동작전을 편다면, 적들을 사지로 몰아넣을 수 있을 것이오. 지리적 여건상 적들은 도망갈 구석이 오직 황산하 하류에 있는 가야의 종발성밖에는 없소. 이번 작전은 왜국 연합군 모두를 종발성 안으로 몰아넣어 일망타진을 하는 것이오. 종발성에서 남문이나 서문을 열고 나가면 황산하와 바다가 만나는 합수 지점인데, 바로 그곳에 왜국 연합군의 배들이 정박해 있소. 그러므로 왜군들의 퇴로는 그 길밖에 없을 것이니, 적을 추격하되 남서쪽으로 밀어붙여 들판의 염소를 우리로 몰아넣듯 종발성으로 들어가도록 해야 할 것이오."

"네, 대장군! 분부대로 거행하겠나이다."

실성은 감동한 나머지 자세를 바로 하며 손을 들어 군례를 올렸다.

"이는 본관이 아니라 태왕 폐하께서 특별히 분부하신 일이니 그리 아시오."

추수는 따로 어연극에게 언질을 주어, 금성 안의 신라군이 기마부대를 이끄는 선봉대장을 실성으로 인식하도록 최대한 배려를 아끼지 말라고 일렀다. 이 또한 태왕 담덕의 특별 지시였다.

마침내 대장군 추수는 전군에 진격 명령을 내렸다. 고구려 원군 본대 역시 두 부대로 나누어, 금성의 북문과 서문을 동시에 공격하였다. 그리고 양측에서 선봉대가 기마군단으로 적의 중심부를 쐐기처럼 파고들어가 좌우로 갈라놓으면, 바로 그 뒤에 배치된 본대의 보병들이 쫓기는 적들을 일제히 소탕하는 작전을 구사하였다.

일단 추수는 보병부대의 휘하 장수들에게 북문 쪽을 맡기고, 자신은 서문 쪽으로 진격해 왜적들을 추격하였다. 높은 언덕 위에서 바라보니 서문 쪽으로 공격하는 어연극과 실성의 선봉대가 기세 좋게 기마군단을 이끌고 왜국 연합군 제3대의 중심부를 향해 돌진해 들어갔다.

그 무서운 기세에 눌린 왜국 연합군은, 쾌속으로 질주하는 군선 앞에서 바닷물 갈라지듯 겁을 집어먹고 양쪽으로 부대가 나누어졌다. 그것을 본 대장군 추수가 자신이 이끄는 보병부대를 향해 소리쳤다.

"적들이 당황해 갈팡질팡하고 있다. 전군 총공격해 가차없이 적들의 목을 쳐라. 적의 수급을 가져오는 자들에겐 후한 상을 내리겠다."

이미 50대의 노장이지만, 추수는 그동안 전쟁터에 나가지 않고 국내성만 지키고 있었으므로 근육이 다 근질거릴 정도였다. 그 순간 그는 비육지탄(髀肉之嘆), 즉 유비(劉備)가 '넓적다리 살이 올라 한탄을 했다'는 고사를 떠올리며 말을 달렸다. 오랜만에 말을 타고 전장을 누비는 감회가 새로웠다. 그는 말을 타고 달리면서 멀리 있는 적은 화살로, 가까이 있는 적은 칼로 난자하면서 추격해 들어갔다.

예상했던 것처럼 서문을 공격하던 왜국 연합군 제3대는 남문 쪽으로 방향을 틀어 퇴각하기 시작했다. 마찬가지로 북문 쪽 적들도 고구려 원군에게 쫓겨 동문 쪽으로 달아났다.

남문 쪽에는 왜군과 가야군이 연합한 제2대가 포진해 있었다. 왜국 연합군 제2대는 황산하 하구의 황산진에 군선을 정박시키고, 미리 약속한 대로 가야 도성 봉황성의 군대와 합류하여 동래와 삼량진을 거쳐 북진하여 금성에 이르러 남문에 군진을 쳤다.

왜국 연합군 제2대를 이끄는 장수는 규슈(九州) 출신의 쿠마히로유키(熊弘行)였다. 그리고 가야군의 장수는 이시품왕의 아들 좌지(坐知) 태자였다. 왜국의 가야 도래인 세력 1만, 가야군 5천, 도합 1만 5천의 군세로 금성 남문에서 수차례에 걸쳐 공격을 시도했다. 그러나 금성의 방위벽을 뚫는 데는 한계가 있었다. 그도 그럴 것이 금성 내의 신라군 2만과 태왕 담덕의 명을 받고 일찍이 입성한 국원성의 고구려군 5천이 죽음을 불사하고 지켜냈으므로, 사방 어디서고 공성 전투가 마음먹은 대로 되지 않았다.

그런데 느닷없이 동쪽과 서쪽에서 급히 퇴각하는 왜국 연합군의 제1대와 제3대를 맞게 되자, 제2대의 왜국과 가야 연합군은 적이 당황하지 않을 수 없었다. 더구나 남문이 열리면서 금성을 지키던 신라군이 대거 쏟아져나오자, 그 또한 대처할 방안도 찾지 못한 채 후퇴 명령을 내릴 수밖에 없었다.

"일단 황산진으로 퇴각한다. 거기서 군선을 타고 바다로 나가면 위기를 모면할 수 있을 것이다."

쿠마히로유키는 전투 의욕을 잃고 쉽게 무너졌다. 고구려 원군 5만과 또한 2만 이상 되는 신라의 금성 군사들을 상대로 대결한다는 것은 무리였다. 그들 7만과 왜국 연합군 5만은 수적으로도 밀릴 뿐만 아니라, 파죽지세로 공격의 날을 세우는 고구려의 기마군단 기세를 도무지 꺾을 자신이 없었다.

"황산진 앞에는 종발성이 있는데, 가장 빠른 퇴각로로는 그 길밖에 없습니다."

가야 태자 좌지도 더 이상 싸울 의지가 없었다.

이렇게 가장 먼저 왜국 연합군 제2대가 종발성으로 퇴각하기 시작하자, 뒤따라서 제1대와 제3대도 그 길을 택할 수밖에 없었다. 고구려 기마군단의 맹위를 떨치는 추격이 무서웠으므로, 이합집산을 이루며 제각기 흩어진 왜군들은 장수의 명령을 따를 겨를도 없이 살길 찾기에 바빴다.

5

왜국 연합군 제3대를 이끄는 장수 소가노 마치는 고구려 원군에게 쫓기는 가운데, 다른 한편으로는 황산하를 건너 백제 땅으로 회군하고 싶은 마음이 간절하였다. 아무리 급해도 왜국 연합군 전체가 종발성으로 입성한다는 것은 적군의 전략에 넘어가는 꼴밖에 되지 않기 때문이었다. 오래전의 얘기지만 그는 '목만치'라는 이름으로 참여했던 평양성 전투에서 고구려의 지장(智將)으로 알려진 을두미의 전략에 속수무책으로 당해 패수(대동강)에 빠져 물귀신이 될 뻔했던 기억을 떠올리지 않을 수 없었다.

만일 왜국 연합군 전체가 후퇴를 거듭하여 종발성으로 들어가게 될 경우, 말 그대로 고구려와 신라 연합군 세력에게 '독 안에 든 쥐'의 신세를 면치 못할 것이었다. 종발성은 황산하 하류의 바다와 면해 있어 남문 이외의 3개 문은 고구려와 신라 연합군에게 포위될 위험성이 높았다. 만약 그렇게 된다면 단지 바다로 통하는 남문이 유일한 퇴로였다. 그런 오도 가도 못하는 난감한 상황에 처하게 된다면, 만약의 경우를 상상하는 것만으로도 정말 끔찍한 일이 아닐 수 없었다. 왜국 연합군이 그 한쪽의 남문으로 빠져나가려고 아우성칠 때의 아비규환은, 생전에 겪어보지 못한 지옥도라고밖에 생각되지 않았다.

남쪽을 향해 말을 달리면서 소가노 마치는 고심을 거듭하였다. 근오지현 항구에 정박한 왜국의 군선이 고구려 원군 특공대에 의해 불태워지는 바람에 오호하마노가 이끄는 제1대까지 종발성으로 후퇴한다는 말을 들었다. 그때 황산하 하류 기슭의 바다와 만나는 지점인 황산진에 정박한 왜국의 가야 도래인 출신 군사들이 타고 온 제2대의 군선에 전군 모두 승선한다는 것은 불가능한 일이었다. 군선은 적고 군사들은 많았다. 퇴각하는 왜국의 전군이 그 군선에 오르려고 할 경우, 아귀다툼을 벌이다 헤아릴 수 없을 정도로 많은 군사가 바다에 빠져 물귀신이 될 것이었다. 더구나 뒤에서는 고구려 원군이 추격하여 화살을 쏘아대고, 거기에 불화살까지 날아오게 되면 죽기 살기로 군선에 오른 군사들이 불을 끄다가 또 화염지옥으로 떨어질 수 있었다.

그런 상상을 하다가 소가노 마치는 자신도 모르는 사이에 부르르 진저리를 쳤다. 무조건 남쪽의 종발성을 향해 말을 달리던 그는 퇴각하는 자신의 군사들을 멈추게 하였다.

"안 되겠다. 일단 방향을 바꾸어 서쪽으로 달려가 황산하를 건너자. 일단 도강하여 백제 땅을 밟으면 살길이 열린다. 그리고 우리는 백제 땅에 들어서면 여유를 가지고 안전하게 서남쪽의 상대포구로 집결해 군선을 타고 회군할 수 있을 것이다."

소가노 마치는 휘하 장수들에게 명령하여 퇴각로를 바꾸어 군사들로 하여금 황산하를 바라보고 무조건 서쪽으로 달려가게 하였다.

그러나 백제의 한성에서 사두가 보낸 밀사의 말처럼, 황산하는 그 물줄기를 따라 방어하는 고구려의 군선들이 곳곳에 진을 치고 있었다. 더더구나 그들이 양안의 어선들까지 모두 징발하여 군선으로 운영하고 있었으므로, 달리 도강할 뚜렷한 방도를 찾지 못했다. 일단 황산하를 건너갈 배를 구할 수가 없었던 것이다.

"늦었지만, 이 길로 다시 종발성을 향해 가자."

소가노 마치의 이 같은 번복된 명령은 휘하 군사들을 더욱 지치게 만들었다. 그래서 왜국 연합군 제3대는 전군 중 가장 늦게 퇴각할 수밖에 없었다. 퇴로를 찾아 헤맬 때 곳곳에서 출몰하는 고구려와 신라 연합군 때문에 또한 시간이 많이 지체되었다. 개중에는 퇴각하다 본대에서 밀려나 산중으로 숨거나, 도망치는 군사들까지 속출하였다.

종발성 가까이에 이르렀을 때, 소가노 마치는 자신의 실수를 깨달았다. 왜국 연합군 제1대와 제2대가 서문과 북문을 통해 종발성으로 들어가고 있었는데, 문은 좁고 군사들은 많아 서로 먼저 들어가려고 아우성치는 소리가 하늘을 찔렀다.

"동문은 괜찮을 것이다. 동문으로 가자."

소가노 마치는 다시 휘하 군사들에게 명령했다.

그러나 종발성의 동문 역시 마찬가지였다. 여기저기 흩어졌다 겨우 성을 찾아 몰려든 왜군들이 한꺼번에 몰려들어 동료들의 어깨를 밟고 문으로 머리를 들이밀었고, 개중에는 가까스로 줄을 던져 성벽을 붙들고 기어오르는 자들도 보였다.

더 이상 방법이 보이지 않았다. 그래도 성벽을 타고 오르는 것이 성문으로 들어가길 기다리는 것보다 빠를 것 같았다. 소가노 마치도 추격하는 고구려 원군이 들이닥치기 전에 성안으로 들어가려고 가장 먼저 앞장서서 성벽으로 달려갔다. 그 뒤를 휘하의 많은 군사들이 따랐다.

"나란히 성벽 밑에 엎드려라. 등 위에 다시 엎드리고 그 위에 다시 엎드려 성벽을 기어오를 수 있는 인간 계단을 만들어라."

소가노 마치는 어린 시절에 즐겼던 말타기 놀이에서 착상을 얻어, 인간 계단을 만들어 성벽을 넘으려는 것이었다. 먼저 등을 계단으로 제공한 군사들은 좀 손해를 보지만, 자주 임무 교대해가며 오르다 보면 한 명이라도 더 성을 넘을 수 있기 때문이었다. 그리고 먼저 성안으로 들어간 군사는 팔을 뻗어 성벽을 오르는 자들을 끌어올리거나, 줄을 내려 혼자서 오를 수 있는 군사들에게 도움을 줄 수 있도록 했다.

그러나 그와 같은 방법도 그 많은 군사들로 하여금 성벽을 타고 넘게 하기에는 역부족이었다. 뒤에는 고구려와 신라 연합군이 추격해오고 있었다. 언제 종발성까지 들이닥칠지 몰라 성벽과 많이 떨어져 있는 곳에서 차례를 기다리는 군사들은 그저 발만 동동 구르고 있었다.

이때 매우 난감한 지경에 처한 것은 고구려 도래인 세력의 장수 고마 히로였다. 소가노 마치의 제3군에 속하여 줄곧 그의 명령에 따라 움직였으나, 뒤로 처지면서 휘하 군사들과 함께 성벽에서 멀리 떨어져 있었다. 퇴각하는 도중 그가 이끌던 휘하 군사들도 상당수 잃어버렸다. 적의 화살이나 총칼에 희생되거나 달아난 자들이 태반은 넘었다.

이때 고마 히로는 대마도를 떠날 때 부친이 한 말을 떠올렸다.

'장수는 휘하 군사들을 이끌어야만 하므로 사지에서도 끝까지 살아남아야 한다.'

『오자병법』의 '사즉생, 생즉사!'를 예로 들어, 새로운 해석을 가한 '위기에서 살아남는 법'을 고마 히로는 긍정적으로 받아들인 바 있었다.

'지금이 바로 그때가 아닌가?'

고마 히로는 고구려와 신라 연합군이 들이닥치기 전까지 종발성으로 들어갈 자신이 없었다. 그의 휘하 군사들도 생목숨을 잃을 판이었다.

"여기 가야 군사들 없소?"

고마 히로는 주변을 돌아보며 소리쳤다. 그는 급한 나머지 얼떨결에 왜국 말이 아닌 어린 시절에 익혔던 고구려 말을 쓰고 있었다.

"제가 가야 군사입니다."

바로 그 옆에서 누군가 손을 들었다.

"허면 이 근처에 종발성 이외에 다른 가야 성은 없소?"

"있긴 합니다. 성염성이라고. 그리 멀지 않은 곳에 있긴 하나 보수를 하지 않은 고성으로 오래도록 비워두고 있습니다. 지키는 군사들이 없고, 그저 성안에는 어부들이 바람막이 수준의 귀틀집을 지어 살고 있습니다."

"그리로 안내하라!"

고마 히로는 휘하의 군사들에게도 자신을 따르라고 명령했다. 그들은 대부분 고마성의 군사들이므로 성주 고마 헤이의 아들 명이라면 절대적으로 복종하였다.

성염성을 가르쳐준 가야 병사도 제2군에 속해 있다가 낙오되어 도저히 종발성으로 입성할 자신이 없었다. 결국 그 역시 살아남기 위해 앞장서서 고마 히로의 군사들을 이끌고 급히 그곳을 벗어났다.

가야 병사의 뒤를 따르면서 고마 히로는 사지(死地)에서 생지(生地)로 가는 기분으로 마음이 사뭇 들떠 있었다. 어찌 됐든 일단 이 위기에서 벗어나면 차후 왜국으로 돌아갈 길이 열릴 것이라고 생각했다. 그를 따르던 군사들은 눈대중으로 어림잡아 5백은 되어 보였다.

종발성에서 우회하여 고마 히로의 군대가 막 산등성이 하나를 넘었을 때, 언덕 너머에서 고구려와 신라 연합군의 함성이 들려왔다. 그들이 종발성을 발견하고, 미처 성안으로 들어가지 못한 왜국 연합군들을 향해 외쳐대는 소리였다.

언덕에 숨어 종발성 앞 들판 가득 밀려드는 고구려와 신라 연합군의 군세를 보며 고마 히로는 안도의 숨을 쉬었다. 그의 군대는 간발의 차이로 적들을 따돌릴 수 있었다. 그들이 가는 성염성은 오래도록 비어 있으므로, 피아를 막론하고 그곳에 전혀 신경을 쓰지 않을 것이 분명해 보였다.

피로에 지친 고마 히로는 몸이 천근처럼 무거웠다.

"이제 안심해도 되니 천천히 속도를 조절해가며 가자."

고마 히로는 휘하 군사들에게 말하고, 자신도 말고삐를 늦추었다.

다시 언덕 하나를 넘어서자 멀리 고성이 시야에 들어왔다. 성벽은 빠진 이빨처럼 허물어진 곳이 듬성듬성 있었으나, 견고한 석성이라 당분간 군사들을 숨기기에 최적의 조건을 갖추고 있었다. 특히 바다 쪽으로 난 성벽은 튼튼했고, 그 아래는 바로 절벽이라 파도와 해풍을 막아줄 수 있었다. 길 안내를 해준 가야 군사의 말처럼 고성이 되어 성을 지키는 군사들은 없지만,

성안 곳곳에 민간인들이 집단을 이루어 살고 있었다. 그들은 주로 바다에 나가 고기를 잡는 어부들이었다.

"이곳이 성염성입니다. 바다를 끼고 있어, 성벽 아래로 내려가 갯바위 낚시를 할 수도 있습니다."

가야 군사의 말이었다. 얼핏 군량미가 떨어지면 당분간 고기를 잡아 연명할 수도 있다는 생각이 들어, 고마 히로는 다소 안심이 되었다. 촌각을 다투는 다급함 속에서도, 그는 이곳에 사는 어부들로부터 배를 구할 수만 있다면 대마도까지 가는 데 큰 어려움이 없을 거라는 생각도 해보았다.

그때 문득 고마 히로는 부친 고마 헤이가 말한 생지와 사지에 대한 생각이 번뜩 뇌리를 스쳤다. 만약을 모르지만 그가 찾아온 성염성이 생지라면, 종발성은 사지임에 틀림이 없어 보였다. 비록 5백여 군사밖에 안 되지만, 그는 휘하 군사들을 이끌고 사지에서 탈출해 생지로 온 것을 천만다행으로 생각했다.

"자, 다들 성안으로 들어가자."

이렇게 야심차게 외치며 고마 히로가 휘하 군사들을 이끌고 막 무너진 성벽 사이로 들어서고 있을 때였다. 동쪽 해변을 따라 난 둔덕으로부터 한 떼의 군마들이 달려오고 있었다. 멀리서는 피아를 구분하기가 어려웠으나, 그 질풍노도 같은 기세는 고구려의 기마대일 가능성이 컸다.

"저 성으로 들어가는 무리들은 왜적이 아닌가? 아군에게 쫓겨 도망치는 적들이 분명하니 가서 일격에 처부수자!"

맨 앞에서 말을 달려오는 장수는 다름 아닌 마동이었다. 그 뒤를 4백여 기의 기마대가 따르고 있었다.

근오지현을 떠난 마동은 금성으로 달려갔으나, 이미 그때는 왜군들이 고구려 원군에게 추격당해 남쪽으로 도주한 뒤였다. 금성 동문에서 싸우던 왜국 연합군 제1대의 도주로를 수소문해가며 남쪽을 바라보며 질주, 해변의 둔덕길을 따라 다시 서쪽으로 달려오는 도중 때마침 고마 히로의 무리들을 만난 것이었다.

고구려 기마대는 말을 달려오면서 성벽의 허물어진 틈새를 비집고 성안으로 들어가려고 아우성치는 왜적을 향해 화살을 쏘았다. 등자 덕분에 두 손이 자유로웠고, 고삐를 이용하지 않고 양발의 움직임만으로도 말을 마음대로 몰 수 있었다.

기마대는 순식간에 왜군의 뒤를 바짝 추격하였고, 급한 나머지 뒤돌아서서 방어하려는 적들을 창칼로 도륙하였다. 그들은 곧 성벽을 넘어 추격의 고삐를 바짝 조였다.

왜군들은 말을 탄 군사들이 별로 없었다. 그래서 말을 탄 적장을 쉽게 구별할 수 있었다.

마동은 투구와 갑옷 차림에서 금세 적장임을 알아보고, 말을 달려 그를 쫓았다. 적장만 무릎 꿇리면, 그를 따르던 졸개들은 전투 한 번 제대로 치러보지도 못하고 항복하게 마련이었다.

말을 달릴 때 마동 앞을 가로막는 적들은 없었다. 도주하는 무리 가운데로 말을 달려가며 칼을 휘두르자, 그 양편으로 적 군들이 갈라지며 비명을 질러댔다. 쓰러지는 자는 칼에 맞은 것이고, 땅에 엎어진 자들 때문에 발에 걸려 넘어지는 자들도 속출하였다. 얼떨결에 다시 일어나던 자들은 뒤에 추격하던 고구려 기마대에게 다시 칼을 맞거나 말발굽에 짓밟혀 쓰러졌다.

"왜장은 거기 섰거라! 비겁하게 도망치지 말고 항복하라! 이 성이 그다지 넓지 않으니 너는 독 안에 든 쥐다!"

마동은 소리치면서도, 다소 여유가 있었다. 왜적의 수가 많지 않은데다, 적장의 말 타는 솜씨도 그리 뛰어나지 못한 것 같았다. 말타기의 명수라면 금세 알 수 있는 일이었다.

"에잇! 이곳이 생지인 줄 알았더니 사지로구나!"

고마 히로는 자신도 모르는 사이에 고구려말을 썼다. 그 말을 바짝 뒤쫓던 마동이 알아들었다.

"네, 이놈! 왜놈이 어디서 우리 고구려말을 배웠느냐? 수상한 놈이로다! 어서 항복하지 못하겠느냐?"

마동이 이렇게 외칠 때, 갑자기 고마 히로가 말을 돌려세우며 공격 자세를 취하였다.

"요시! 이크조, 카쿠고세요!(좋다! 간다, 각오해라!)"

고마 히로도 추격하는 고구려 장수에게 자신의 정체가 드러날 것이 두려워 바로 왜국 말로 바꾸어 소리쳤다.

"허헛, 그놈! 고구려말과 왜국말을 자유자재로 쓰는구나! 아무래도 네놈의 정체가 수상하다. 내가 기어코 사로잡고 말겠다."

마동은 적장이 항복하지 않으면 단칼에 베어 명줄을 끊어놓을 생각이었으나, 순간적으로 생각이 바뀌었다. 적이지만 졸개가 아니고 장수이므로, 사로잡아 국내성으로 끌고 가면 왜국에 관한 좋은 정보를 얻을 수도 있다고 판단했다. 호위무사로 태왕 담덕에게 중요한 정보를 제공하는 업무까지 주어져 있었으므로, 순간적으로 그런 생각까지 들었던 것이다.

'흐음, 태왕 폐하께 좋은 선물이 될 수도 있겠군!'

마동은 여유롭게 만면에 미소를 머금으며 고마 히로의 공격을 받아냈다.

적장이지만 칼 다루는 솜씨가 제법이었다. 마동은 단단히 칼자루를 움켜잡은 채 상대를 어떻게 사로잡을 것인가 궁리를 거듭했다.

몇 차례 칼을 부딪치며 말끼리 서로 아슬아슬하게 옆으로 비켜 지나갔다. 두 장수의 근처에서도 왜군과 고구려군의 공방전이 한창 벌어지고 있었다.

마동은 십여 합을 싸운 끝에 이제는 대결을 마무리 지어야겠다고 마음먹었다. 그는 또 한 차례 칼을 부딪치며 서로 스쳐 지나갈 때 재빨리 말안장에 걸어둔 밧줄을 들어 뒤쪽으로 던졌다. 미리 올가미를 지워놓은 밧줄이었는데, 그것이 날아가 곧바로 고마 히로의 몸통을 엮어버렸다.

급히 말고삐를 잡아채 돌아선 마동은, 밧줄에 걸려 마상에서 떨어져 질질 끌려오는 고마 히로를 바라보았다. 그는 훌쩍 말 위에서 뛰어내려 손에 쥔 밧줄로 적장의 몸통을 더욱 단단히 묶어버렸다.

6

고구려와 신라 연합군이 종발성에 다다른 것은 왜군들이 상당수 성안으로 들어간 직후였다. 그들의 추격이 늦어진 이유는 왜국 연합군의 본대에서 사방으로 뿔뿔이 흩어진 낙오병들을 처단하는 데 시간이 걸렸기 때문이다. 만약 왜군 낙오병들을 그대로 방치해 두면, 그들이 민가를 덮쳐 온갖 학살과 약탈을 일삼을까 염려되었기 때문이다. 이는 고구려 원군 선봉대를 이끄는 장수 실성의 간절한 부탁을 받고 대장군 추수가 결단한 일이었다.

그러나 아직도 종발성 남문을 제외한 세 개의 문은 성안으로 들어가려는 왜군들이 아우성을 치고 있었다. 고구려 원군 선봉대가 먼저 달려와 왜군의 뒤를 덮쳤다. 기마군단의 창칼 앞에서 쓰러지는 적들을 다시 말발굽이 밟고 지나가면서 성문 앞 벌판은 아수라장으로 변했다. 목이 달아난 시신들에서부터 배가 터져 내장이 흘러나왔는데도 비명을 지르며 안간힘을 쓰는 자들, 상처를 입고 엉금엉금 기어 달아나려다 언 땅에 엎어지는 자들, 창칼을 버리고 무릎을 꿇은 채 두 손을 싹싹 비비는 자들까지 지옥도를 방불케 하는 전장이 연출되고 있었다. 개중에는 뒤로 돌아 대적해보려고 창칼을 휘두르다 이리 닫고 저리 닫는 말발굽에 밟혀 개죽음당하는 자들도 속출하였다.

이렇게 되자 성안으로 들어갈 엄두를 못 내고 고구려 기마군단을 피해 인근 산야로 달아나는 왜군들도 많았다. 그들은 선봉대 뒤를 이어 달려온 고구려와 신라 연합군 보병들에게 난자당해 저승길로 가거나, 더러는 붙잡혀 포로가 되는 자들도 있었다.

일단 나머지 왜군들이 성안으로 다 들어간 후, 고구려와 신라 연합군은 종발성 앞 언덕 너머에 군막을 쳐서 영채를 마련하였다. 며칠이 될지 모르지만 공성 전투를 벌여야 하므로, 성을 완전히 포위하여 쥐 새끼 한 마리 빠져나가지 못하도록 해야만 하였다.

그날 밤 추수는 대장군 막사로 제장들을 불러 긴급 전략회의를 열었다. 고구려와 신라 장수들 전원이 함께한 자리였다.

"왜군들이 성 한 곳으로 몰려 들어갔으니, 이젠 독 안에 든 쥐를 소탕하는 일만 남았습니다. 남쪽은 바다와 접해 있고 바로 황산하 맞은편은 가야의 도성 봉황성인데, 그쪽 군사들이 견제하고 있어 물길로는 아군의 접근이 쉽지 않습니다. 그러나 바다와 황산하의 물길로 통하는 남문을 남겨두고 동·서·북 세 개의 문만 봉쇄하면, 아군의 피해를 최소한으로 줄이면서 큰 성과를 거둘 수 있을 것입니다."

"그러면 종발성 남문이 열려 있어 적들이 그쪽으로 도망쳐도 상관이 없다는 말씀입니까?"

이렇게 되받은 것은 실성이었다.

금성에서 신라군을 이끌고 왜군 추격에 나설 때, 실성의 친부 대서지는 성을 수비하기 위해 남았다. 이때 신라군 장수로 나선 사람은 병부령 박실상이었다.

박실상은 유심히 실성을 관찰하고 있었다. 어찌 돼서 고구려에 인질로 간 인물이 원군 선봉장이 되었는지, 그것이 무척 궁금했던 것이다.

"적의 숨통을 완전히 틀어막으면 반드시 반발하게 돼 있습니다. 절반은 살려서 왜국으로 되돌아가게 만들어야지요. 그래야 저들이 본국에 가서 우리 고구려와 신라 연합군이 강하다는 것을 그들의 입으로 선전하지 않겠습니까? 적들이 남문을 통해 바다로 나가는 것도 그냥 놔두지는 않을 것입니다. 이미 황산하에서 적의 퇴로를 봉쇄하고 있던 배들을 하류로 이동시켜 갈대밭 속에 숨겨놓았으므로, 종발성 남문으로 왜군들이 탈출을 시도할 때 일제히 공격하도록 작전 명령을 내려놓았습니다. 이제 곧 날이 밝으면 종발성을 공격해야 할 터인데, 이 자리에서는 아군의 피해를 최소한으로 줄이면서 적에게 최대한의 피해를 줄 수 있는 방법을 논의하고자 하는 것입니다."

왼쪽 눈을 검은 가죽 안대로 가린 추수는 오른쪽 눈을 꿈쩍거리며 제장들을 두루 둘러보았다.

"적을 바다로 몰아내 수장시키자는 전략 아니겠습니까?"

실성은 이미 추수의 전략을 눈치채고 있었다.

"같은 말을 해도 듣는 이에 따라 달리 해석될 수 있겠지요. 본관은 왜군을 반 이상 살려 보내자는 쪽인데, 실성 장군은 반을 수장시키는 쪽으로 이해했군요. 허허, 헛! 좋습니다. 결국 그 말이 그 말이니까. 그보다 지금은 당장 종발성을 공략할 전략이 필요합니다. 제장들은 어찌 생각하십니까?"

"소장의 생각으론 지금 종발성에는 그 많은 왜군들이 먹을 식량이 마련되어 있지 않을 것입니다. 아마도 닷새를 넘기기 어려울 터인데, 그때는 우리가 예상했던 대로 적들이 죽기 살기로 남문을 열고 나가 바다로 뛰어들겠지요. 황산진에 정박한 왜국 군선들을 타기 위해 아귀다툼을 벌이게 될 것입니다. 이때를 기다려 성벽을 넘어 적들을 남문으로 몰면 쫓기는 적들을 소탕하기 어렵지 않을 것입니다. 그런데다 대장군께서 말씀하신 대로 황산하 갈대숲에 숨겨둔 아군의 배들이 일격에 들이쳐 물로 뛰어든 적들을 공격하면 태반은 물귀신이 되고 말겠지요."

실성의 말에 감탄하여 그저 입만 벌린 채 바라보고 있는 것은 신라 병부령 박실상이었다.

"소장이 생각하기에도 실성 장군의 말이 맞을 것 같습니다. 내일 아침부터 공성 전투를 벌이되, 치고 빠지는 식으로 적들을 놀리면 제풀에 지치고 말 것입니다. 더구나 날이 지나갈수록 허기를 견디다 못해 마침내는 남문을 열고 도망치겠지요."

신라의 병부령 박실상도 실성의 말에 힘을 실어주었다.

마침내 대장군 추수는 빙그레 미소를 지었다. 그가 유도한 작전이 먹혀들고 있다고 생각한 것이었다.

바로 그때 마동이 대장군 군막의 회의 석상으로 뛰어들었다. 그의 옆에는 몸통이 줄로 꽁꽁 묶인 고마 히로가 서 있었다.

"오, 마동 장군이 살아 돌아왔다!"

이렇게 소리친 것은 말갈부대 장수 두치였다.

두치는 달려가 마동을 두 팔로 끌어안았다.

"마동아, 잘 와주었다. 그런데 옆에 포박해 끌고 온 자는 누구인가?"

추수가 덤덤한 표정으로 아들 마동을 바라보았다.

"이곳 종발성으로 달려오는 도중 폐허가 된 고성으로 숨어들어가는 왜군을 발견하고 추격해 적장을 사로잡았습니다. 왜국말과 고구려말을 다 쓰기에 의문스러워 살려서 데려온 것입니다."

마동의 말에 추수는 고개를 갸우뚱거렸다.

"이리 데려와보거라."

추수는 마동이 데려온 고마 히로를 가까이에서 유심히 바라보았다. 좌중에 오랜 침묵이 흐르도록 그는 말없이 적장을 직시했다. 외눈이지만 그 눈은 날카롭고 무서웠다.

그 외눈에서 비치는 선뜩하게 날이 선 눈빛을 보면서, 고마 히로는 잔뜩 겁에 질린 얼굴로 부르르 진저리를 쳤다.

추수는 한참 동안 고개를 주억거리더니, 가까이에 있는 마동에게만 들리게끔 작은 소리로 말했다.

"마동아, 잘 살려서 데려왔다. 태왕 폐하께 큰 선물이 될 것 같구나. 곁에서 잘 보호하고 있다가 국내성으로 데리고 가자."

마동은 부친 추수의 의향을 잘 몰랐지만, 태왕에게 큰 선물이 될 것이라는 말에는 어느 정도 공감할 수 있었다.

다음날부터 고구려와 신라의 연합군은 종발성을 향한 공성 전투를 개시하였다.

흔히 애간장이 녹는다는 말이 있는데, 종발성으로 입성한 왜국 연합군들의 마음이 그러하였다. 특히 제3대를 이끄는 장수 소가노 마치는 실로 난감한 지경에 빠지지 않을 수 없었다. 어릴 적에 하던 말타기 놀이처럼 인간 계단을 만들어 겨우 성벽을 넘었으나, 얼추 눈어림으로 계산해보니 군사가 태반으로 줄어 있었다. 그뿐만 아니라, 휘하 장수 중에 고마 히로가 보이지 않았다. 분명히 종발성까지 뒤따라온 것을 목격했는데, 성벽을 넘느라 군사들이 아귀다툼을 벌이는 사이에 어디론가 사라져버리고 말았던 것이다.

"대체 어찌 된 노릇인가?"

소가노 마치는 하늘을 쳐다본 채 혼잣소리로 중얼거렸다.

만약 고마 히로를 찾지 못하고 대마도로 회군한다면 명색이 사돈인 고마성 성주 고마 헤이를 어떻게 볼 것인가. 그야말로 그런 생각만 해도 애간장이 타고 환장해 미칠 지경이었다. 아들이 사라진 것도 모르는 채, 고마 헤이는 고구려로 출병하기 위해 대마도 산속에 휘하 군사들을 숨기고 학수고대하며 대륙에서 전해올 희소식을 기다리고 있을 것이었다.

왜국 연합군 대장군 오호하마노가 각 부대 장수들을 소집한다는 전갈을 받고, 소가노 마치는 회의 장소로 가면서도 줄곧 고마 히로의 묘연한 행방 때문에 머릿속이 짚수세미처럼 복잡하기만 했다. 이미 고구려와 신라 연합군에게 종발성이 포위되어 있었으므로, 성을 벗어나 그의 행방을 찾을 수도 없는 노릇이었다.

전략회의가 시작되자, 오호하마노가 먼저 입을 열었다.

"고구려 원군이 그렇게 빨리 신라를 구원하러 올 줄 몰랐소.

그들이 오기 전에 금성만 탈취했어도 이렇게 낭패한 꼴은 당하지 않았을 것이오. 이제 본국으로 회군하는 길밖에 없는데, 사방이 적들에게 포위된 상황이오. 제장들은 어떻게 퇴로를 확보할 것인지 말해보시오."

그때 제2대에 소속되어 있는 가야 태자 좌지가 성큼 앞으로 나섰다.

"방법은 단 하나뿐입니다. 이곳 종발성 맞은편 황산하 건너에 우리 가야의 도성 봉황성이 있습니다. 아직 종발성 남문은 아군의 세력권에 속하므로 적들이 접근하지 못하고 있습니다. 맞은편 봉황성의 군사들이 두렵기 때문입니다. 그러므로 봉황성으로 구원을 요청하는 방법밖에 없습니다. 지금 봉황성에서도 부왕께서 어떤 작전을 짜서 종발성에 갇혀 있는 아군을 구해야 할까 노심초사하고 있을 것입니다. 따라서 소장이 부왕께 친필로 서찰을 작성해 봉황성에 구원을 요청해 이곳 종발성이 일촉즉발의 위기에 처한 것을 알리면 도움을 받을 수 있습니다. 문제는 이곳 종발성 상류의 황산하를 막고 있는 고구려 군선들입니다. 소장이 서찰에 봉황성 군사들로 하여금 황산하를 지키고 있는 고구려 군선들을 불태우도록 하겠습니다. 고구려 군선들이 불타는 것을 기회로 삼아 아군은 종발성 남문을 열고 퇴각할 수 있을 것입니다."

좌지의 말을 가만히 듣고 있던 오호하마노가 말했다.

"가야 태자의 말에 일리가 있습니다. 근오지현 부두에 있던 우리 군 제1대의 군선들을 적군이 불태운 것을 생각하면 분통이 터집니다. 이에는 이 눈에는 눈이라는 말이 있습니다. 고구려 군선들을 불태운다면 보복하는 길도 되고, 퇴각할 시간도 벌 수 있으니 좋은 전략 같습니다."

이와 같은 오호하마노의 말을 들으면서 제3대를 이끄는 소가노 마치 역시 오래도록 가슴 깊이 새겨두었던 옛날의 기억을 떠올리며 자신도 모르는 사이 부르르 진저리를 쳤다.

소가노 마치는 뜻밖에도 그 순간, 백제와 고구려의 패수 전투를 떠올리고 있었던 것이다. 그가 근구수왕과 함께 군선을 타고 패수로 거슬러 올라가 평양성을 공격할 때, 백제 군선을 불태우는 을두미의 전략에 속아 겨우 목숨만 건졌던 기억이 가슴 저 밑바닥에 뱀이 똬리를 틀 듯 도사리고 있다가 번쩍 고개를 쳐들어올렸다. 하필이면 공교롭게도 을두미의 수제자 추수가 지금 고구려 원군을 이끄는 대장군이 되어 종발성을 포위하고 있었다.

"황산하 기슭에 매어둔 고구려 군선을 불태우는 것은 아주 좋은 전략 같습니다. 아군이 안전하게 남문으로 퇴각할 수 있으려면 최대한 시간을 벌어야만 합니다. 다만 문제는 아군의 수는 많고 타고 갈 군선은 적습니다. 근오지현 부두에 정박했던 군선이 적군에 의해 모두 불타버렸으므로, 제1대는 제2대가 타고 온 황산진의 군선을 이용해 퇴각해야 할 것입니다. 제3대를 이끄는 소장은 군선을 백제 서남쪽 항구인 상대포구에 정박해 두었으므로, 황산하를 건너면 가야와 백제 땅을 거쳐 그곳으로 달려가 배를 타고 바다를 건너겠습니다. 아무리 위급한 상황이라 하더라도 제2대가 타고 온 군선에 아군 전체가 승선할 수는 없기 때문입니다. 따라서 제1대와 제2대가 퇴각하는 시간을 벌기 위해 우리 제3대는 이곳 종발성을 끝까지 사수해 적의 공격을 막겠습니다."

왜국 연합군 제3대 장수 소가노 마치로서는 뾰족한 방법이 달리 없었다. 그들의 군대까지 황산진으로 가서 군선을 타게 되면 배가 가라앉을 수도 있다고 판단했기 때문이다.

"소가노 마치 장군, 고맙소이다. 본관도 사실은 그 점을 고민하고 있었습니다. 제1대와 제2대 군사들이 군선에 승선해 바다로 진출하는 데까지는 시간이 적지 않게 걸릴 것입니다. 아군이 퇴각한다는 기미를 눈치채면 적군도 가만히 있지 않을 것이므로, 이곳 종발성으로 총공격을 감행할 것은 불을 보듯 뻔한 노릇. 여하튼 제3대가 종발성 방어에 나서주겠다고 하니, 천만다행이 아닐 수 없습니다."

오호하마노는 박수를 치며 소가노 마치에게 감사의 뜻을 전하고, 곧 작전 회의를 마쳤다.

다음날부터 고구려와 신라 연합군의 공성 전투는 연일 계속

되었다. 그들은 치고 빠지는 전략으로 종발성의 왜군들을 지치게 만들었다. 공격할 때 적으로 하여금 화살을 쏘게 하여 군세를 최대한 약화시키려는 것이었다. 그 전략은 주효하였다. 불과 며칠 안 되어 종발성의 왜군들은 화살도 다 떨어져 방어 능력을 상실할 위기에 봉착했다.

다행히도 그 며칠 사이, 봉황성에서는 가야 태자 좌지의 지원 요청을 받아들였다. 가야의 이시품왕은 무엇보다도 아들 좌지가 심히 걱정되어 노심초사하고 있던 차에, 때마침 그의 서신을 받고 곧바로 봉황성의 군사를 일으켰다.

가야 도성인 봉황성은 황산하 하류 서남쪽 바다와 가까운 지역에 자리잡고 있었다. 나이가 칠순에 이른 이시품왕은 곧 태자에게 왕위를 물려주려고 했는데, 왜국 연합군의 지원 요청을 거절할 수 없어 군사 5천을 주어 전장에 내보낸 것에 대해 몹시 후회하고 있던 참이었다.

원래 이시품왕은 봉황성을 지키는 장수 중에서 내보내려고 했는데, 태자 좌지가 불쑥 자원을 간청하는 바람에 출진을 허락했던 것이다. 신라가 고구려와 군사연맹을 맺었으므로, 가야는 백제와 친연관계를 갖지 않으면 살아남을 수 없었다. 따라서 명색이 백제를 돕기 위해 바다를 건너왔다는 왜국 연합군의 지원 요청을 거절할 수 없는 처지임을 잘 알기에, 장차 가야의 국정을 이끌어갈 태자 좌지가 그 중요성을 인식하고 자청하여 전장에 나간 것이었다.

태자 좌지의 지원 요청을 받은 날 밤, 이시품왕은 봉황성을 지키는 장수 김지후를 편전으로 불러들였다.

"바로 앞 황산하 건너편 종발성이 위기에 처해 있다. 왜국 연합군과 우리 가야와 백제 지원군까지 모두 그 성에 오도 가도 못하고 갇혀 있는 신세가 되어버렸다. 종발성은 우리 금관가야 동쪽의 신라와 경계를 이루고 있는 요새가 아니더냐? 무엇보다도 우리 태자와 가야군이 절체절명의 위기에 처해 있으니, 시급히 구출 작전에 나서지 않으면 안 될 일이다."

이렇게 시급한 상황을 설명하면서 이시품왕은 김지후에게 출동 명령을 내렸다.

다음날 새벽, 김지후는 도성을 지키던 위병들 중 3천을 가려 뽑아 출동하였다. 그는 이미 고구려 군선이 황산하 서편 기슭의 갈대숲에 정박해 있다는 사실을 알고 있었다. 적들이 봉황성으로 접근하는 것만 저지하면 된다는 생각에 방어 태세를 갖춘 채, 전황을 예의 주시하는 입장을 견지했다. 이번 전쟁에서 가야가 너무 주도적 입장을 취하게 될 경우, 졸지에 도성인 봉황성까지 위험해질 수 있다고 판단했던 것이다.

가야의 봉황성은 1만의 군대가 지키고 있었으나, 태자 좌지에게 5천의 군사를 주어 왜국 연합군 세력에 가담케 했으므로 도성 방어 병력이 5천에 불과하였다. 그중 3천을 특공대로 조직해 황산하 서쪽 기슭의 고구려 군선을 치러 가게 되면 도성에는 2천밖에 남지 않았다. 만약 고구려와 신라의 연합군이 종발성을 공략하고 나서 곧바로 도강하여 봉황성을 치게 되면 나라의 존망이 걸린 위태로운 지경에 처할 수밖에 없었다.

그럼에도 불구하고 당장 급한 것이 종발성을 위기에서 구해내는 일이었다. 이시품왕으로선 우선 태자 좌지의 생사가 걱정되어 봉황성 방어 병력을 전장으로 내보낼 수밖에 없었고, 도성 방어를 맡은 장군 김지후도 그 명령에 따르지 않으면 안 되었다.

그래서 김지후는 어둠이 걷히기 전의 이른 새벽부터 바쁘게 움직였다. 겨울이었고, 황산하 기슭의 갈대들은 바짝 말라 있었다. 그는 출동 직전에 활을 잘 쏘는 군사들에게 기름먹인 화살과 유황을 준비하라고 일렀다. 지리에 익숙한 가야 군사들은 황산하 둑길이 아닌 숲이 우거진 산속의 송림을 택해 고구려 군선이 정박한 갈대숲 쪽으로 접근해 갔다.

새벽이 희부옇게 밝아올 무렵이면 안개가 수면 위로 무럭무럭 피어올라, 가야군의 기동하는 모습을 숨겨주기에 알맞았다. 김지후가 이끄는 가야의 특공대는 동이 트기 전에 고구려 군선 가까이 접근하여 부두 언덕 너머에서 불화살을 쏘았다. 유황도 주먹만큼씩 천에 싸서 화살 끝에 매달아 날렸다. 바짝 마른 갈대들은 금세 불바다를 이루었고, 고구려군은 미처 닻을 올릴 사이도 없이 갈팡질팡하다가 군선을 모두 불태우고 말았다. 선착장이 좁아 고구려 군선들은 한군데 바짝 붙어 있었는데, 배에서 배로 불이 옮겨붙으면서 하늘 높이 불길이 치솟아올랐다. 멀리 종발성에서도 그 화광이 눈에 환하게 잘 들어왔다.

이때를 기다려 종발성에 갇혀 있던 왜국 연합군 제1대와 제2대 군사들이 남문을 열고 나갔다. 봉황성에서는 미리 고구려 군선을 기습할 군사들을 출동시키기 직전에, 황산진의 왜국 군선들로 하여금 종발성 남문 가까이 와서 대기하라고 파발을 보냈다. 퇴각하는 왜군들이 바로 군선에 오를 수 있도록 하기 위한 사전 조치였다.

봉황성의 세 개 문 앞을 빙 둘러막아 철벽처럼 진을 치고 있던 고구려와 신라 연합군은 뒤늦게 황산하의 군선들이 봉황성의 가야군에게 기습당했다는 보고를 받았다. 그 사이를 틈타 왜군들이 남문을 열고 퇴각하여 군선에 올라 바다를 빠져나가고 있다는 말에, 대장군 추수는 일제히 전군에게 세 개의 성문을 부수고 종발성으로 쳐들어가라고 명령했다.

종발성 남문 하나로 왜군 병력이 빠져나가는 데는 시간을 많이 잡아먹을 수밖에 없었다. 왜국 연합군 제3대는 그러한 시간을 최대한 벌기 위해 세 개의 성문으로 들이닥치는 고구려와 신라 연합군을 상대로 치열한 공방전을 벌였다. 닥치는 대로 서로 찌르고 베면서 군사들의 악을 쓰고 비명을 질러대는 소리가 종발성의 새벽하늘로 메아리쳤다.

"죽고자 하면 살고, 살고자 하면 죽는다! 도망가는 자는 이 칼이 용서치 않을 것이다. 성벽을 타고 넘어오는 적들을 죽여야 우리가 산다!"

소가노 마치는 적들이 쇠갈퀴 같은 것을 매단 줄을 걸어 성벽을 타고 넘어오는 것을 막기 위해 휘하 군사들에게 악을 써댔다. 왜군들의 화살이 다 떨어진 것을 안 고구려와 신라 연합군은 거침없이 성벽을 타고 넘었고, 다른 한편으로는 보유하고 있는 충차를 전부 가동해 일제히 세 개의 성문을 부수는 데 전력하였다.

동문·북문·서문이 동시다발적으로 부서지고, 고구려와 신라 연합군이 한꺼번에 성안으로 밀려들었다. 소가노 마치는 이제 더 이상 방어할 능력을 잃어버렸다고 판단했다. 그러나 이제는 그가 이끄는 제3군 군사들까지 퇴각시켜야 하므로, 그들을 돕기 위해선 사생결단을 하지 않을 수 없었다.

"제1대와 제2대 군사들은 배를 타고 거의 바다로 빠져나갔다. 이제 우리 차례다. 제3대 군사들은 어서 빨리 남문을 빠져나가 대기하고 있는 배에 올라타라. 그리고 신검 무사들은 아군이 배를 타도록 끝까지 버티며 나와 함께 몰려드는 적들을 막자. 최대한 시간을 벌어야만 한다."

소가노 마치가 말하는 '신검 무사'는, 그가 '목만치'란 이름으로 행세하던 시절 부친 목라근자의 검술을 전수하여 훈련시킨 자들이었다. 당시 목만치는 백제의 침류왕을 죽이고 진사왕을 추대한 진고도와 진가모 부자 세력에 대항하다 실패하여, 그를 따르던 신검 무사들과 함께 왜국으로 망명했다. 그는 아소성의 사위가 되어 성씨와 이름까지 '소가노 마치'로 바꾼 후, 신검 무사들과 함께 아소산 무술 도장에서 군사들에게 검술을 가르쳤다.

이번 왜국 연합군 제3대로 편성된 군대에서 신검 무사들은 소가노 마치의 호위를 겸하여 특공대 역할까지 맡고 있었다. 백제에 있을 때부터 그가 곁에 두고 검술 훈련을 시킨 제자들이므로, 신검 무사들은 생사를 같이하기로 맹세한 혈맹관계라고 할 수 있었다.

고구려와 신라 연합군이 종발성 안으로 들이닥쳐 남문으로 몰려오자 소가노 마치와 신검 무사들이 그 앞을 가로막았다. 그들은 불과 50명 남짓한 병력이었는데, 남문으로 빠져나가는 제3대 군사들을 돕기 위해 등을 돌려 일제히 기합을 넣으며 고구려와 신라 연합군 군사들을 향해 칼을 휘둘렀다.

소가노 마치는 백제 최고의 검술을 자랑하는 부친 목라근자가 물려준 환두대도를 빼든 채, 사정 두지 않고 좌우로 베고 찌르며 앞으로 나갔다. 그와 동시에 신검 무사들도 남문 앞을 지키며 넓게 벌려 서서 칼을 휘둘렀다. 새벽 공기를 가르는 그들의 칼은 어둠이 벗겨진 하늘에 붉게 핏줄기를 그었다. 워낙 빨라서 칼날이 지나가는 것은 보이지 않았으나, 그때마다 피가 공중으로 튀어 물보라처럼 퍼져나갔다. 그것은 마치 칼의 군무를 연상케 할 정도로, 동작이 음악의 박자를 맞추듯 균일하고 세련된 모습을 보여주고 있었다.

고구려와 신라 연합군은 추격을 멈추고 주춤거렸다. 앞에서 추격을 차단당하자, 뒤에서 달려오던 군사들이 덮쳐오면서 한 무더기로 엎어졌다. 그 엎어지는 군사들도 여지없이 소가노 마치와 그의 신검 무사들 칼에 난도질당했다.

"대체 무슨 일인가?"

뒤에서 달려오던 고구려와 신라 연합군 선봉대장 어연극이 소리쳤다. 뒤미처 도착한 실성과 마동도 엎어지고 넘어지는 군사들의 무리 너머로 소가노 마치와 신검 무사들이 휘두르는 칼의 군무를 목격했다.

"저리들 비켜라. 고구려 무명검법의 진수를 보여주마!"

마동이 말에서 뛰어내려 엎어져 무더기를 이룬 군사들을 훌쩍 뛰어넘었다.

"감히 무적의 고구려 군사들 앞길을 막다니······."

어연극도 마동과 거의 동시에 소가노 마치와 신검 무사들을 향해 몸을 날리며 소리쳤다. 그 역시 왕당군의 흑부군을 이끄는 장수로 대장군 우적에게 무명검법을 두루 익혔던 것이다.

마동은 먼저 소가노 마치와 대결을 하였고, 어연극은 신검 무사들을 상대로 칼을 휘둘렀다. 뒤따라 달려온 말갈군 장수 두치가 역시 말에서 뛰어내려 신검 무사들과 맞섰다. 그러자 도무지 어찌할지 몰라 멀뚱하게 바라보고만 있던 실성도 가담하였다. 나중에는 고구려와 신라 연합군 본대가 들이닥쳐 소가노 마치가 이끄는 신검 무사들과 일대 공방전을 벌였다. 그러나 한꺼번에 많은 군사들이 엉겨붙어 싸우기에 공간이 협소했으므로, 나머지 군사들은 그저 멍하니 서서 구경하는 처지가 되어버렸다.

칼끝은 날카로웠고, 칼날은 매끈하고 날렵했다. 무사들의 찌르고 베는 그 날렵한 동작, 칼과 칼이 비끼면서 내는 공기를 가르는 소리와 쇠끼리 부딪치는 파열음, 짧게 끊어 외치는 '흡' 또는 '협' 같은 기합인지 호흡인지 모를 소리, 그때마다 겨울 차가운 공기 속으로 뿜어지는 허연 입김, 그 모든 것들이 한데 어우러져 촌음의 순간을 난도질하고 있었다.

갑자기 전쟁터가 무도장으로 바뀐 분위기였다. 종발성 남문 앞이 무대이고, 고구려 무명검과 백제의 신검 무사들이 연출하는 검무를 보는 듯한 착각을 일으킬 정도였다. 어찌 된 일인지 왜군 추격에 나섰던 고구려와 신라 연합군들도 관객의 입장이 되어 그 무대의 공연을 관망하고 있는 듯했다. 그도 그럴 것이,

무명검과 신검의 현란한 검법 대결이 감히 누구도 범접할 수 없도록 만들기에 충분했다.

뒤늦게 남문에 도착한 고구려 원군 대장군 추수와 신라 병부령 박실상도 그 검무와도 같은 대결을 보게 되었다. 방금 전까지 벌였던 피아간의 혈투와는 달리, 피도 한 방울 흘리지 않고 서로 칼을 휘두르며 기예를 선보이고 있는 것이 거의 신기에 가까웠다. 그만큼 양편의 검술이 뛰어나 상대의 실수를 비집고 들어갈 틈이 보이지 않았다.

고구려 기마군단 중에서 활을 잘 쏘는 군사들은 말 위에 높이 앉아 활시위를 당겼다. 그러나 화살을 날리지는 못하고 이리저리 겨눠보기만 하고 있었다. 바로 앞의 가까운 곳에서 벌어진 싸움인데다 무사들의 동작이 너무 빨라 피아를 구분하기 어려웠다. 자칫 화살을 날렸다가는 아군을 쏠 수도 있었으므로, 활을 당기긴 했으나 정작 화살을 날리지 못하고 있었다.

그러나 몇몇 화살이 날아가 왜군 신검 무사들의 가슴이나 등에 꽂혀 쓰러지는 자가 있었다. 옆에서 동료가 화살을 맞고 쓰러지는 것을 목격하고도 그들은 끝까지 항전하며 남문을 내주지 않을 기세였다.

"흐음, 적군이지만 그 용맹이 대단하다!"

대장군 추수의 입에서는 자신도 모르는 사이에 그러한 말이 튀어나왔다.

"그래도 밀어붙여야 하지 않겠습니까?"

이렇게 말한 것은 신라의 병부령 박실상이었다.

그런데 그 순간, 추수의 입에서는 엉뚱한 말이 튀어나왔다.

"대결을 멈추어라!"

그 목소리가 매우 커서, 결전을 벌이던 무사들도 순간 멈칫하지 않을 수 없었다.

"대체 어찌하시려고?"

박실상이 의아한 눈빛으로 추수를 바라보며 물었다.

"피아를 막론하고 모두 칼을 거두어라. 적장이지만, 실로 대단한 장수가 아닌가?"

추수의 말에 양편의 무사들은 싸움을 멈추었다.

"왜 멈추라 하십니까?"

어연극이 여전히 상대에게 칼을 겨눈 자세로 물었다.

"마동과 대적하는 자가 적의 수장인 것 같은데, 이름이라도 알고 싶소."

추수는 소가노 마치를 손으로 가리켰다.

그때 소가노 마치는 칼을 거두고 추수를 향해 돌아섰다.

"오래전 백제의 상수였던 목라근자의 아들 목만치라 하오. 백제에서 변란이 일어나는 바람에 왜국으로 망명해, 지금은 '소가노 마치'라고 이름을 고쳐 부르고 있소."

"목라근자 장군의 아들이라. 과연 대를 이은 검술의 대가라

할 만한 실력이오. 결사적으로 항전하는 걸 보니, 절대로 항복하지 않을 것임을 알겠소. 항복하면 목숨을 살려 중히 쓰고 싶지만, 그것은 의를 숭상하는 그대에겐 수치이니 강요할 수가 없소. 우리는 그대들을 더 이상 쫓지 않을 것이니, 안심하고 퇴각하시오."

추수는 백제 장군 목라근자뿐만 아니라, 그 아들 목만치에 대해서도 익히 들은 바가 있었다. 반가웠지만, 전장에서 적으로 만난 것이 못내 안타까웠다.

"장군께서도 의를 아시는 분이로군요. 목숨을 살려주시니, 그저 감읍할 따름입니다. 그럼, 물러가겠습니다."

소가노 마치는 군사의 예를 갖춰 추수에게 인사를 한 후 졸개들을 데리고 남문을 빠져나갔다.

제3장

군자(君者)의 도

1

태왕 담덕은 하루 사이로 두 개의 파발을 받았다. 먼저 온 것은 신라에서 고구려 원군이 왜군을 크게 무찔렀다는 소식이었다. 그리고 하루가 지난 다음날엔, 후연군 3만이 고구려 서북 국경에 있는 신성과 남소성을 기습 공격해 백성 5천여 호를 인질 삼아 요서로 끌고 갔다는 내용이었다.

일희일비라는 말이 있지만, 그렇다고 담덕은 웃을 수도 울수도 없는 복잡미묘한 감정에 휩싸였다. 두 소식 다 고구려 군사를 많이 잃었을 것이므로 이겼다고 해서 결코 기뻐할 일만도 아니고, 졌다고 마냥 실의에 빠져 있을 수도 없는 노릇이었다. 그래서 서로 다른 방향에서 온 두 가지 소식은 그의 마음속에 쉽사리 정리되지 않는 갈등 요소를 한꺼번에 덤터기로 안겨준 셈이었다. 왜국의 신라 침공이 실제로는 고구려를 노린 전략의 일환이므로 괘씸하기 짝이 없는 일이었지만, 고구려의 국서 내용이 교만하다는 이유로 기습 공격했다는 후연의 무도함도 안으로 삭이기 쉽지 않았다. 역으로 생각하면 사실상 두 나라 모두 오만의 극치가 도를 넘어 고구려를 얕잡아보고 감히 대드는 꼴이었다.

"모용성, 대체 이 작자의 버릇을 어찌 고쳐줘야 한단 말인가?"

용상에 깊숙이 몸을 묻은 채 담덕은 혼잣소리로 중얼거렸다.

후연의 모용성이 예상치 못하게 서북 변경의 성들을 급습한 것은, 고구려가 그 지역 군사 중에서 일부를 빼돌려 요동성 경계를 강화한 사실이 알려졌기 때문일 것이다. 담덕은 왜국 연합군이 쳐들어온 신라에 고구려 원병을 보낼 경우, 그 틈을 노려 후연이 요동성을 공격할 수도 있다는 생각에 남모르게 서북 변방의 군사를 이동시켰던 것이다. 그 정보가 새어나갔다면 분명 요동성에 후연의 밀정들이 은밀히 활동하고 있다는 증거가 아닐 수 없었다.

그러니까 3년 전 고구려군이 요동성에 무혈입성할 때, 요동태수 방연이 성을 버리고 요하를 건너면서 세작을 심어두고 간 것일지도 몰랐다. 성안에 남은 후연의 잔류 병력은 대부분 고구려 유민 출신들일 터인데, 그들 사이에 선비의 끄나풀이 숨

152   광개토태왕 담덕

어 있었을 가능성을 전혀 배제하기 어려웠다.

요동성에서 보낸 파발을 통해 알게 된 사실은, 후연의 모용성이 뒤늦게 고구려에서 보낸 친서를 면밀하게 살펴보고 나서 몹시 분개하여 군사를 일으켰다고 했다. 담덕이 보낸 고구려의 친서 내용과 빙례(聘禮)가 너무 거만하다는 것이 그 이유였다. 고구려가 보낸 사예품으로 호피가 있었는데, 그것은 예로부터 중원의 황제들이 제후들에게 내리던 대표적인 하사품이었다. 호랑이 머리에 임금 왕(王) 자가 새겨져 있어, 제후들을 왕으로 대접한다는 의미가 담겨 있었다. 모용성 스스로가 황제가 아닌 '서민천왕'이라 칭했으므로 고구려 태왕으로서 왕에게 내리는 하사품임에 틀림 없는데, 그것이 몹시 자존심을 상하게 한 모양이었다. 급기야 모용성은 자신보다 나이가 어린 열여섯 살 먹은 삼촌 모용희(慕容熙)를 표기대장군으로, 요동태수 방연을 부장으로 삼아 3만의 군사를 보내 고구려의 신성과 남소성을 기습하도록 했던 것이다.

홀로 고민하던 끝에 태왕 담덕은 문득 후연에 사신으로 갔던 태학박사 정호의 얼굴을 떠올렸다. 사신단의 보고에 의하면, 처음 용성에 도착했을 때 모용성은 다소 의심하는 눈초리였다고 했다. 그러나 태왕의 치서와 사여품을 받고 나서 모용성이 만면에 가득 기꺼운 웃음을 머금어, 고구려 입장에서 볼 때 나름대로 외교 성과가 있었다고 들었다.

그런데 사신단이 돌아온 지 불과 한 달 남짓한 사이에 모용성이 표변하여 고구려 서북 변경을 공격했다. 그것은 아무리 생각해도 도무지 풀리지 않는 매듭처럼 요령부득의 행위가 아닐 수 없었다. 이때 담덕은 직접 용성을 다녀온 정호를 만나 대화를 나누다 보면 뭔가 매듭 푸는 방법을 찾을 수도 있다는 생각이 들었다.

"왕후전으로 가자."

담덕은 내관에게 일렀다.

정호는 왕자 거련의 태부이기도 하므로, 왕후전으로 가면 만날 수 있기 때문이었다. 후연에 사신으로 다녀온 후 그는 이제 일곱 살이 된 왕자를 위하여 그동안 가르치지 못했던 경서 강독에 심혈을 기울이고 있다는 이야기를 들은 바 있었다.

담덕은 왕자 거련의 공부를 방해하고 싶지 않았다. 그래서 내관을 시켜 정호를 편전으로 오라고 해도 되겠지만, 오랜만에 아들이 공부하는 모습도 볼 겸 겸사겸사하여 직접 왕후전으로 행차하기로 마음먹은 것이었다.

편전에서 왕후전까지는 그리 멀지 않았으므로 걸어서 가기로 했다. 태왕의 바로 옆에선 호위무사 수빈이 한 발 뒤처진 거리를 유지하며 따라붙고 있었다. 아직 고구려 원군의 특공대를 이끌고 간 마동이 신라 땅에서 돌아오지 않은 관계로 궁궐 내에서의 측근 호위는 여성 호위무사 수빈 혼자서 맡고 있었다.

내관이 왕후전 가까이 가서 미리 태왕의 행차를 알리자, 왕후 아 씨가 마침 품에 아기를 안고 있다가 문 앞으로 나왔다.

"왕후께서 아기를 보고 있었군요."

담덕은 아기를 보자 금세 얼굴이 밝아졌다. 생글생글 웃는 아기의 얼굴을 보는 순간, 언제 고뇌에 찼던가 싶게 머리가 맑아지는 기분이었다.

둘째 왕자였다. 작년에 담덕이 초원로를 개척하고 돌아왔을 때 왕후 아 씨는 분만일을 한 달 앞둔 상태였다. 봄이 가고 여름으로 접어들던 6월에 아기가 탄생했으니, 이제 8개월이 된 셈이었다. 왕자 거련을 낳은 후 실로 오랜만에 얻은 아들이었다.

"태왕 폐하시다. 아가야, 인사를 해야지?"

왕후 아 씨가 아기의 얼굴을 담덕에게 보여주기 위해 가려진 담요를 살짝 들었다.

"오, 우리는 벌써 눈을 맞추고 인사를 했다오."

담덕은 차남의 이름을 '연우(連佑)'라고 지었다. 장남인 거련을 도와주라는 의미로 '연' 자 뒤에 도울 우(佑) 자를 붙였던 것이다.

"우리 연우가 똑똑하구나. 어느새 태왕이신 아버님을 다 알아보고."

왕후의 얼굴에도 함박웃음이 피어났다.

"자, 날씨가 추운데 들어가십시다. 아기가 바람을 쐬면 아니

되니."

담덕이 앞장서서 왕후전 내실로 들어섰다.

그때 호위무사 수빈은 왕후전 입구에 서서 담덕과 아기를 안은 황후가 나란히 내실로 들어서는 뒷모습을 지켜보면서, 그늘이 지는 표정을 지우려고 애써 먼 하늘을 쳐다보는 척했다. 하늘은 유난히 맑고 푸르렀는데, 쌀쌀한 공기 때문에 잔뜩 얼어붙은 것처럼 느껴졌다. 수빈은 자신도 모르는 사이에 부르르 진저리를 쳤다. 그 순간 언뜻 차가운 바람이 몰아쳤기 때문이기도 했지만, 허탈하면서 쓸쓸한 감정을 스스로 제어하기 어려웠다. 저 혼자 끙끙 앓는 사랑은 가까이 있으면서도 한없이 멀게 느껴지는 심리적 거리를 어찌할 수 없었다. 태왕을 호위하며 왕후전에 올 때마다 수빈의 가슴으로 밀려드는 이율배반의 내면 풍경이 그러했다.

왕후전 밖이 잠시 아기 때문에 소란스러웠으므로, 공부에 열중하던 왕자 거련과 태부 정호가 일어서서 태왕을 맞았다.

"이런, 공부에 방해가 되지 않았나 모르겠군!"

담덕은 허리 숙여 인사하는 거련의 머리를 쓰다듬어주었다.

"아닙니다. 방금 경서 강독을 끝내고, 물러가려던 참이옵니다."

정호가 역시 허리를 깊이 꺾었다.

"요즘 거련은 무슨 경서를 읽고 있나요?"

왜국의 신라 침공으로 담덕은 그동안 왕자 거련에 대해 전혀 신경 쓸 시간이 없었다.

"『논어』를 읽고 있는 지 얼마 되지 않는데, 총명하셔서 벌써 '학이편'은 거의 다 욀 정도가 되었습니다."

"그러면 문장의 뜻도 어느 정도 이해하겠군!"

담덕은 눈에 힘을 주어 아들 거련을 바라보았다.

"뜻풀이 정도는 할 수 있사옵니다."

거련이 대답했다.

담덕은 자신도 어린 시절 경서를 공부하면서 무조건 외웠던 것을 기억했다. 을두미 사부가 처음에 뜻도 모르면서 외도록 했는데, 어느 경지에 이르게 되니 저절로 그 뜻과 문장의 진수를 터득하는 묘한 경험을 한 바 있었다. 시가나 문장을 소리내어 읊조리며 그 맛을 감상하는 것을 '음미한다'고 말하는데, 눈으로 보고 입으로 소리를 내고 귀로 듣는 공부법이야말로 일석삼조의 효과가 있었다.

"거련아! 그러면 『논어』의 학이편 첫 대목 '자왈, 학이시습지, 불역열호(子曰, 學而時習之, 不亦說乎) 다음의 '유붕자원방래(有朋自遠方來), 불역낙호(不亦樂乎)'라는 문장을 어떻게 음미했는지 말해보아라."

담덕은 왕자 시절 마동과 함께 유랑할 때 중원의 드넓은 광야를 보고 문득 『논어』의 구절을 떠올리며 느꼈던 남다른 감회를 다시금 되새겨보았다.

거련은 잠시 의아한 눈으로 담덕을 쳐다보며 초롱초롱한 눈망울을 깜빡거렸다. 그가 머뭇거린 것은 『논어』를 배우게 되면 가장 기본이 되는 그 문장에 대해 누구나 알게 되므로, 왜 그리 쉬운 질문을 하는지 진정한 의도를 알 수 없었기 때문이다.

"그것은, 음……. 풀이하면 '벗이 먼 데서 오니 또한 즐겁지 아니한가?'라는 뜻입니다."

거련은 한문 그대로 정석적인 대답을 하였다.

그러나 담덕이 원한 것은 그것이 아니었다.

"그 벗은 그냥 어릴 때 같이 놀던 그런 친구가 아니다. 오래 사귄 벗도 아니다. 뜻이 서로 통하고, 의기가 투합될 수 있는 동지를 이르는 말이다. 우리가 배우는 경서는 주로 저 중원 땅에서 온갖 족속들과 나라들이 서로 치고받으며 전쟁하던 시절, 즉 '춘추전국시대'의 산물이라 할 수 있다. 세상이 시끄러우니, 고매한 학자들이 밝은 지혜로 어지러운 세상을 바로잡기 위해 고민하던 끝에 지어낸 책들이란다. 이 아비가 어려서 유랑할 때 말을 타고 저 중원의 너른 들판을 달려본 적이 있다. '벗이 먼 데서 온다'는 것은 말을 타고 한 달여를 달려 친구를 찾아오는 것을 말한다. 그렇게 먼 거리에서 왔으니 얼마나 기쁘겠느냐? 중원 땅은 그만큼 넓다. 아직 우리 고구려 땅은 말을 타고 한 달 동안 달릴 만큼 넓지 않다는 걸 느꼈다. 문장을 음미한다는 것은 내밀한 마음으로 그 깊이를 속속들이 파고들고, 다른 한편으로는 시야를 최대한 확대하여 그 넓은 세상을 바라보는 것에 다름 아니다. 아직 네겐 어려운 말이겠지. 그러나 차차 배움이 어느 경지에 이르면 알게 될 것이다. 장차 우리 고구려도 한 달 동안 말을 달려 찾아오는 벗을 맞이할 수 있는, 바로 그런 광야를 가진 나라로 만들어야 하지 않겠느냐?"

담덕은 자신도 모르는 사이에 이렇게 말을 하다가, 문득 거련의 태부 정호를 의식하고 겸연쩍게 웃었다.

"폐하, 대단한 통찰이십니다. 소신도 말을 타고 한 달간 달려가 벗을 만난다는 깊은 뜻까지는 몰랐습니다."

정호가 감동 어린 눈빛으로 담덕을 바라보았다.

"아, 아닙니다. 우리 거련에게 가르침을 준다는 것이 그만, 공자 앞에서 문자를 쓴 격이 되고 말았습니다."

담덕이 소리 내어 껄껄 웃었다.

"무슨 말씀을요. 오늘 소신도 태왕 폐하께 큰 가르침을 받았습니다."

정호의 말은 진정이었다. 사서오경이 그 넓은 중원의 학자들 저술이므로, 『논어』의 학이편 첫 문장에 나오는 붕(朋), 즉 '벗'의 뜻을 그렇게 해석할 수도 있다는 생각이 들었다. 경험만큼 가장 확실한 공부도 없다는 것을 다시금 느끼는 순간이었다.

"큰 가르침이라니, 과장이 심하십니다. 그보다도 사실은 선생께 가르침을 받고자 이렇게 찾아온 것입니다. 거련이 공부하는 모습도 볼 겸해서 말입니다."

"소신이 어찌 태왕 폐하를……."

정호는 '가르친다'는 말은 감히 쓸 수가 없어 뚝 끊고, 담덕의 눈을 주시했다. 그 눈빛에서 뭔가 중요한 이야기가 있음을 직감했다.

"오늘따라 날씨가 그리 춥지 않으니, 천천히 후원을 함께 걸읍시다."

곧 왕후전에서 나와 담덕이 앞장을 섰다. 정호가 그 뒤를 바짝 따랐다. 조금 못미처 내관과 호위무사 수빈도 따라나섰다.

왕후전 후원의 노송들이 전날 내린 눈을 소복하게 이고 있어, 파랗게 질린 하늘을 배경으로 한 눈꽃 모양이 몹시도 탐스럽게 보였다. 인기척이 느껴지자 소나무 가지에 앉아 있던 까치 한 쌍이 날아올랐고, 그 바람에 눈가루가 푸스스 땅으로 떨어져 내렸다.

"오늘 요동성에서 파발이 왔는데, 후연이 우리 서북 변경의 신성과 남소성을 기습해 5천 호의 백성들을 인질로 삼아 끌고 갔다고 합니다."

"네에?"

"선생께서 사신으로 갔을 때 후연의 군주 모용성을 직접 대면했으니, 그자의 용모를 보고 대략 성격이랄까 심성을 파악할 수 있었겠지요?"

담덕은 이미 후연에 대한 복수전을 생각하고 있었다. 그러기 위해서는 사전에 모용성의 인간 됨됨이를 알아둘 필요가 있었다.

"소신이 관상을 좀 볼 줄 아는데, 이마에서 눈썹까지는 초년운, 눈썹에서 코끝까지의 미간은 중년운, 인중에서 턱까지는 말년운입니다. 모용성은 이마가 훤하여 초년운은 아주 좋습니다. 중년운은 코가 우뚝하여 자존심이 강하고 적극적인 성격이라 활달합니다. 그러나 말년운은 하관의 턱이 뾰족하여 감정의 기복이 심하고 충동적인 성격의 소유자라 별로 좋지 않습니다. 그래서……."

정호의 말을 담덕이 끊었다.

"그런 관상학 말고, 직접 보고 들은 느낌을 얘기해달라는 것입니다."

"아, 네. 지금 바로 그 이야기를 하려던 참입니다."

정호는 그렇게 다그치는 태왕의 답답한 마음을 충분히 이해할 수 있을 것 같았다.

"사신으로 갔을 때 직접 모용성을 대해보니 어떠하던가요?"

"네, 폐하! 모용성은 폐하에 대해 여러 가지를 물었습니다."

"무엇을 가장 궁금해하던가요?"

"요동성의 무혈입성을 매우 불가사의하게 생각하고 있더군요. 피를 흘리지 않고 싸우는 전쟁도 있느냐는 것이었습니다."

"그래서, 어찌 대답하셨습니까?"

담덕이 옆으로 얼굴을 돌려 정호를 직시하며 물었다.

"소신이 대답하기를, '우리 태왕 폐하께서는 평화주의자로 박
애주의를 숭상한다'고 말했습니다. 그러자 모용성이 자칭 '서민
천왕'이라 한 것도 그와 다르지 않다면서, 후연과 고구려가 통
치 철학에서 통하는 바가 많다고 매우 흔감하게 생각하는 표
정이 역력했습니다."

"흐음, 그런데 갑자기 표변하여 아국의 서북 변경을 공격하다
니 실로 알다가도 모를 일이로군!"

담덕의 표정엔 심각한 고뇌의 그림자가 어려 있었다. 그는 자
신의 외교 실패를 인정하지 않을 수 없었다. 후연이 북위 때문
에 감히 군사를 일으키지 못할 것이라 여겼고, 혹여 비밀리에
특공대를 보내 요동성 중턱에 짓고 있는 7중목탑을 불태우는
공작을 펼칠지도 모른다는 생각에 사신단을 보내 위무하려고
했던 것이다.

"폐하께서 후연에 사신단을 파견한 목적이, 고구려가 신라
에 원군을 보낼 때 저들의 준동을 미리 막아보자는 것 아니었
사옵니까? 결과적으로 소신이 그 임무를 제대로 수행하지 못
해 몸 둘 바를 모르겠나이다."

"아, 아니오. 선생께선 사신단의 임무를 제대로 수행했습니

다. 그보다 혹시 선생께서 생각하기에 후연의 모용성이 어찌 그런 발상을 했는지, 그걸 짐작할 수 있는지 궁금해서 말입니다."

"잔잔한 호수에 돌 하나를 던지면, 그 여파로 인하여 사방으로 파동이 둥근 원의 물이랑을 만들며 번져나갑니다. 왜군이 바다를 건너와 신라를 치자, 그 주변 나라들이 모두 긴장하지 않을 수 없었습니다. 백제와 가야는 왜군을 도와 군사를 지원해야 했고, 아국은 신라에 원군을 보내야만 했습니다. 한 다리 건너지만, 그 파동은 후연에게도 미쳤을 것입니다. 아마도 그 파동의 여파로 인하여 후연이 아국의 서북 변경을 기습한 것이 아닌가 사료되옵니다. 그런데 묘한 것은 백제의 반응입니다. 왜군을 끌어들여 신라를 치게 한 것은 백제인데, 자국의 군사를 동원시킨 것은 그 규모로 볼 때 가야와 별반 차이가 없습니다. 백제의 도성이 침묵을 지키고 있는 것이 아무래도 이상하다는 생각이 듭니다."

정호의 말에 담덕이 공감한다는 뜻으로 크게 고개를 끄덕거렸다.

"잘 보셨습니다. 물의 속성은 끊임없이 흐름을 지속한다는 것입니다. 세월이 뒤돌아보지 않고 앞으로만 달리듯이, 물도 지형의 높낮이를 구분해 낮은 곳을 찾아 위에서 아래로 흐르는 것이 보편적 원리입니다. 그런데 간혹 폭우가 내리거나 태풍이 불면, 갑자기 쏟아지는 물로 인해 둑이 무너지고 산모퉁이를 깎아 졸지에 물길을 바꾸어버릴 때도 있습니다. 세상사가 또한 그러합니다. 이웃한 나라의 불상사가 다만 그 나라의 일이라고만 치부할 수 없다는 것을 이번에 왜국의 신라 침공이 시사해 주고 있질 않습니까? 세상은 어떤 보이지 않는 끈으로 치밀하게 연결고리를 맺고 있는 것 같습니다. 전쟁이 일어났을 때 접전하는 나라와 경계를 이루고 있는 나라들뿐만 아니라, 그 건너의 건너에 있는 나라까지도 영향을 주고받는 것을 무엇으로 설명할 수 있겠습니까? 보이지 않는 끈, 과연 그것의 정체는 무엇일까요?"

담덕은 갑자기 심각해졌다.

"허허, 허! 태왕 폐하께서 거기까지 생각하셨습니까? 소신이 듣기에는 문득 세상사가 아니라 우주론을 말씀하시는 것으로 알았습니다. 대단한 심안을 견지한 통찰이 아니십니까?"

정호도 담덕의 말에서 어떤 깊은 울림을 받은 느낌이었다.

"밤하늘에 뜬 별들은 이 세상을 한눈에 내려다보고 있습니다. 그런 심안을 갖고 세상을 경영한다면 나라와 나라끼리 시기하고 다툴 여지도 없겠지요. 별들이 늘 반짝반짝 빛을 발할 수 있는 것은 그 같은 총기에서 나오는 것 아니겠습니까?"

"폐하께서도 그런 총기를 가지고 계십니다. 지상의 별이시니까요."

"선생께선 사람을 부끄럽게 하는 놀라운 재주를 가지고 계시는군요. 별과 같은 능력을 지녔다면, 어찌 이 세상이 시끄럽겠습니까?"

담덕은 껄껄대고 웃었다.

어느 사이 담덕의 얼굴에 짙게 드리웠던 의미 모를 그림자가 지워지고 없었다. 만약 캄캄한 밤이었다면, 태왕에게서 별처럼 빛나는 광채를 보았을지도 모른다는 생각을 정호는 하고 있었다.

'군주는 그래야지. 지상의 별처럼 세상의 모든 이들에게 그 빛의 세례를 주어야지. 기쁨과 노여움, 슬픔과 즐거움을 함께 할 수 있어야지. 가공할 무력으로 전쟁을 그치고(武), 인내와 사랑으로 고통을 없애고(無), 모든 이들이 희열로 춤추는(舞), '무무무(武無舞)'의 세상을 만드는 것이 진정한 군주의 도가 아닐 것인가?'

정호는 그런 생각을 마음속으로 되뇌는 순간, 갑자기 가슴이 뻐근해져 오는 느낌을 받았다.

"오늘 두 가지 선물을 얻고 갑니다."

정호가 묵연하게 내면의 기쁨에 들떠 있는 사이, 문득 담덕이 그런 말을 했다.

"두 가지 선물이라 하시면?"

정호가 번쩍 정신을 차리고 태왕을 바라보았다.

"하나이면서 둘이라고 할 수 있는 선물이 그것입니다. 그 하나는 선생이 가르침을 주시는 거련과 아직 갓난아기인 연우입니다. 우리 고구려를 밝게 비추어줄 별이 아니겠습니까? 왕자들을 하늘이 내린 별이라고 한다면, 다른 하나는 선생이 학문을 통해 주신 지상의 별입니다. 사실상 하늘의 별과 지상의 별이 만나면 서로의 존재감이 비로소 무게의 중심을 잡으면서 빛나게 되는데, 불교적으로 말하면 그것이 바로 화두 같은 것 아니겠습니까? 그 두 별이 하나로 합쳐질 때 이 세상은 서로 싸우고 시기하는 피아의 구분을 넘어서 너와 내가 상응하고, 협력하고, 사랑으로 감싸주는 새로운 세상으로 바뀌지 않겠습니까?"

담덕은 말을 끝내며 빙그레 웃었다.

바로 그 순간, 정호는 태왕의 얼굴에서 문득 부처의 모습을 본 것 같았다. 그가 불교 용어인 '화두'라는 말을 꺼내서가 아니라, 바로 그의 얼굴 뒤에 둥근 광배가 비치는 듯한 느낌이 들던 것이다.

2

전쟁이 끝나고 나서 신라의 금성에서는 큰 연회가 베풀어졌다. 그것이 사나흘 계속되었다. 고구려와 신라 연합군 장수들뿐만 아니라 휘하의 군사들도 과분할 정도로 승전의 축하연을 즐기고 있었다. 모두가 전쟁으로 인한 상처를 이겨내고 충분히 피로를 풀었을 무렵, 마지막 연회의 자리에서 마립간 내물이 고구려 원군을 대표한 대장군 추수에게 거듭해서 치하의 말을 하였다.

"이번에 아국이 고구려 담덕 태왕께 입은 은덕을 무엇으로 다 갚을 수 있으리까. 나라의 존망이 걸린 이 전쟁에서 고구려 원군이 없었다면 어찌 신라 백성이 숨을 쉴 수 있었겠소? 회군 하시면 담덕 태왕께 그 은덕이 하해와 같음을 전해주시길 바라는 바이오."

"예, 그리하겠습니다."

추수는 이미 육순을 넘긴 내물 마립간에게 고개를 숙였다. 이제는 나이가 들어 술도 잘 마시지 못하는 걸 보면 기력이 많이 쇠진해 있는 것 같았다.

이때 바로 내물 옆에 있던 이벌찬 대서지가 나섰다.

"대장군! 내일 회군하실 때 실성도 같이 가야만 하는지요?"

대서지는 이 기회에 아들을 곁에 두고 싶었다. 하여, 고구려 인질에서 풀어달라는 말을 그렇게 슬쩍 비쳐보았던 것이다.

"그것은 태왕 폐하께서 결정하실 문제입니다. 이번 전투에서 실성 장군은 큰 공을 세웠고, 이제 인질이라기보다는 고구려의 엄연한 장수입니다. 고구려 장수는 고구려 군주의 명에 따라 움직여야 하지 않겠습니까?"

부친 옆에 있던 실성도, 귀를 쫑긋 세우며 대장군 추수의 말을 듣고 있었다.

"허긴, 그렇겠습니다. 실로 부자지간에 8년 만의 해후인데, 이렇게 헤어지게 되다니……."

대서지는 실망 가득한 눈으로 아들을 바라보았다.

곁에 있는 마립간 내물도 마음 한구석에 그들 부자에게 미안한 마음을 갖고 있었다.

"고구려군이 회군한 뒤, 제대로 준비를 갖춰 아국에서 사신단을 파견할 것이오. 그때 친서에 실성의 내용을 담아 태왕께 정식으로 인질을 풀어달라고 청하도록 하겠소."

내물은 이번 전쟁에서 실성이 세운 공을 모르지 않았다.

신라 백성들 사이에서도 실성은 영웅으로 떠받들어졌다. 그가 태왕 담덕과 담판을 지어 고구려 원군을 이끌고 올 수 있었다는 소문이 저잣거리에까지 자자하게 퍼져 있었다. 밀사로 다녀온 대서지 수하의 급찬 김대환이 직접 눈으로 본 실성의 이야기를 전했고, 신라를 위해 목숨을 걸고 자결할 결심까지 하면서 원군을 요청했다는 사실은 백성들을 감화시키기에 충분했다. 그 말을 듣고 눈물을 흘리는 사람들도 있을 정도였다.

내물은 곧 고구려 태왕에게 보내는 친서를 썼다. 처음에는 실성에게 친서를 맡기려고 했으나, 아직도 그를 신뢰할 수가 없어 대장군 추수에게 건네주었다.

다음날, 고구려 원군은 회군하기 위해 금성을 출발했다. 회군은 서두를 필요가 없었기 때문에 충분히 휴식을 취하면서 이동했다. 선봉에 섰던 기마부대는 말을 타고 있어 속도가 빨랐으나, 보병들은 걸어야 했으므로 대엿새가 되어서야 국내성에 입성할 수 있었다.

개선장군이 된 추수는 태왕 담덕에게 전과를 보고하는 자리에 특별히 실성도 참석시켰다. 신라 마립간 내물의 친서에 인질에 관한 내용이 들어 있을 것이므로, 당사자가 동석하는 것이 좋다고 판단했던 것이다.

추수는 왜국 연합군을 격퇴한 전황 보고를 한 후 태왕 담덕에게 신라 마립간 내물의 친서를 전했다.

담덕은 곧 내물의 친서를 읽고 나서 실성을 쳐다보았다.

"실성 공은 어찌 생각하시오? 신라왕은 이미 연로하여 정사를 보기에 힘겨울 것이므로, 다음 왕위가 걱정이오. 이번에 왜군이 물러가기는 했지만, 설욕전을 펼치기 위해 다시 바다를 건너올 것에 대비해야 하오. 신라왕이 뒤늦게 지천명의 나이에 왕자들을 내리 셋씩이나 두었다 들었소. 그러나 아직 첫째 왕자 복호는 스무 살이 채 안 된 나이라 역량이 다소 부족하다고 생각하오. 하여 실성 공을 신라로 보내는 대신, 복호 왕자를 우리 고구려로 오게 하여 군주의 도를 닦을 수 있도록 하고 싶소."

"네에? 그러면 신라는 누가 나라를 다스려야 하겠습니까?"

실성은 자신도 모르는 사이에 마른침을 삼켰다.

"애초에 아국에선 신라의 왕자를 고구려로 오게 하여 군주의 도를 가르치려고 했소. 신라왕은 왕자들이 어리다는 이유로 실성 공을 보낸 것 아니겠소? 이번에 가만히 눈여겨본 결과, 그동안 실성 공은 군주의 도를 제대로 익혔더군. 목숨을 버려서라도 나라를 구하겠다는 그 결단력이야말로 군주의 덕을 갖춘 것이라 생각했소. 실성 공도 진골 귀족으로 신라 왕실의 핏줄을 타고났으니, 다음 왕위를 이어받을 자격이 충분하오."

담덕은 두 눈에 힘을 실어 실성을 직시했다.

"태왕 폐하! 성은이 망극하오이다. 하오나 신라왕의 왕자들이 세 명이나 있는데, 어찌 그것이 가능한 일이겠사옵니까?"

실성은 내심 그 스스로 신라왕이 되는 것을 은근히 꿈꾸어보기는 했지만, 언감생심 그것이 실현되리라고는 생각조차 하지 못하고 있었다.

"이번에 왜군들을 물리치는 데 있어 혁혁한 공을 세웠소. 그리하여 신라 백성들 모두 실성 공을 백척간두의 위기에 처한 나라를 구한 불세출의 영웅으로 여기고 있다 들었소이다. 오래전에 실성 공에게 '순자(荀子)'를 읽으라 했었는데, 기억하고 있겠지요?"

"네, 어찌 그 기억을 잊을 수 있겠나이까?"

"그러하면, 실성 공도『순자』왕제편에 나오는 '군자(君者)의 도'에 대해 익히 잘 알고 있겠지요?"

"네, '군주는 배고, 백성은 물이다. 물은 배를 뜨게도 하지만, 뒤집기도 한다'는 금언을 말씀하시는 것 아니옵니까?"

실성의 말은 어떤 흥분으로 인해 떨려서 나왔다. 태왕 담덕이 왜 다시금 '순자'를 거론하는지 알 것 같았기 때문이다.

"이번 전쟁으로 신라 백성들은 많은 것을 깨달았을 것이오. 군주가 허약하면 백성들 고생이 자심한 법이오. 신라 백성들이 실성 공을 불세출의 영웅으로 우대하고 있으니, 그들이 그대를 물 위에 뜨는 배로 만들어줄 것이오."

실성은 벌떡 일어나서 담덕을 향해 큰절을 올렸다.

"폐하, 성은이 망극하오이다."

너무 감격하여 실성은 말이 사뭇 떨려서 나오는 걸 어쩌지 못했다.

실성이 물러가고 나서, 담덕은 추수와 이마를 맞대고 앉았다.

"우리 원정군이 신라로 떠나고 나서, 폐하께서 별도로 동해안 근오지현으로 특공대를 보내 항구에 정박해 있는 왜국 군선들을 불대우게 한 것은 참으로 기발한 전략이었습니다. 그바람에 왜국 연합군 본대인 제1대 병력까지도 종발성으로 몰아 한꺼번에 격퇴할 수 있었사옵니다. 이번에 대륙 출병 왜군

중 제2대는 가야 출신 도래인과 가야군, 제3대는 백제 출신 도래인과 백제군으로 이루어진 연합군입니다. 제3대에는 일부 고구려 출신 도래인도 포함되어 있었는데, 마동이 그 장수를 사로잡아 데려왔습니다."

이와 같은 추수의 말에 담덕은 문득 놀란 표정을 지우지 못했다.

"고구려 도래인이라면? 왜국으로 망명한 고구려 출신 군사들이란 말입니까?"

"그렇습니다. 마동의 말에 의하면 분명히 고구려 말씨를 써서 사로잡았는데, 그 이후 자신의 정체가 드러날까 두려워 함구로 일관하고 있다고 합니다. 포로가 된 이후 가끔 왜국 말로 지껄이긴 하는데, 고구려 말은 절대로 쓰지 않는다는 것입니다."

"흐음, 고구려 출신 도래인까지 이번 왜국 연합군에 가담했다면 좌시하고 넘어갈 일이 아닌 것 같습니다. 고구려 출신이 어찌? 뭔가 오해가 있을 수 있으니, 그 장수를 너무 겁박하지 말고 잘 보살펴주세요. 옥에 가두되 다른 포로들처럼 대하지 말고, 독방을 주도록 하는 것이 좋겠지요. 나중에 따로 만나 그 정체를 밝혀보도록 하겠습니다."

담덕은 왜국으로 망명한 이른바 '도래인'이라는 자들에 대해 다시금 생각해봐야겠다고 다짐했다. 그들이 길잡이가 되어 왜군들을 이끌고 바다를 건너와 대륙을 침략하다니, 실로 고약한 노릇이 아닐 수 없었다.

"백제 출신의 도래인 장수 중 목만치라는 자를 만났습니다. 오래전 백제 명장으로 소문이 난 바 있는 목라근자의 아들이지요. 이번 종발성 전투에서 끝까지 사투를 벌이면서 싸운 수십 명의 적들이 있었는데, 그들을 지휘하던 장수가 바로 목만치였습니다. 남문으로 빠져나가려는 자기 군사들의 퇴각할 시간을 벌기 위해 목숨을 걸고 싸운 자들인데, 소장은 적이지만 큰 감동을 받았습니다. 아군이 무력으로 밀어붙이면 저들의 목숨을 거두는 것은 여반장이지만, 그 용기가 가상하여 살려서 보내주었습니다."

"적을 용서할 줄 아는 것도 큰 용기라고 할 수 있지요. 아주 잘하신 일입니다. 그러나저러나 왜국으로 망명한 자들이 '도래인'이라 하여 자주 바다를 건너 대륙을 침략하면 그것 또한 아주 성가신 일이 아니겠습니까?"

"그 목만치라는 자도 스스로 '소가노 마치'라는 왜국 이름을 쓰고 있다고 말했습니다. 백제·가야·신라는 물론이고, 우리 고구려에서 망명한 무리들도 '도래인'이라 하여 다시 바다를 건너와 권토중래를 꿈꾸고 있다는 것을 이번 전투로 실감했사옵니다. 저들의 머릿수가 적을 때는 그저 좀도둑에 지나지 않는 '왜구'이지만, 이번처럼 연합한 세력으로 바다를 건너올 때는 가공할 '군대'가 되어 큰 근심거리가 아닐 수 없습니다."

추수의 말을 담덕도 십분 이해할 수 있었다. 왜국이 바다를 건너와 호시탐탐 대륙을 노린다는 것은 결코 좌시하고 넘어갈 문제가 아니었다.

"그보다는 장군과 더 급히 논의할 일이 있습니다."

담덕은 심각한 표정을 풀지 않은 채 말했다.

"폐하! 고구려 원군이 신라를 도우러 간 사이에 후연군이 요하를 건너와 우리의 서북 변경을 기습했다고 들었습니다."

추수도 회군하면서 평양성을 거칠 때, 그 성주로부터 후연의 기습 공격 사실을 듣고 놀란 바 있었다.

"서북 변경의 여러 산성에서 비밀리에 군사를 빼돌려 요동성 경계를 강화하도록 한 것이 잘못이었던 것 같습니다. 후연의 세작들에게 정보가 새어나간 모양인데, 모용성이 그 기회를 노려 신성과 남소성을 기습해 5천 호를 포로삼아 끌고 요하를 건너갔다는 것입니다. 한 가족을 4명 기준으로 할 때, 5천 호면 2만을 헤아리는 백성이 아니겠습니까? 아주 오래전 전연의 모용황이 5만의 백성을 화살받이삼아 끌고 갔다고 들었습니다. 이번에 잡혀간 백성까지 하면 무려 7만의 우리 고구려 백성이 후연의 도성인 용성은 물론, 그 주변의 크고 작은 성들과 들녘에 흩어져 살고 있지 않겠습니까? 포로 신세가 되면 성곽을 개보수하는 데 보내 노예처럼 막일을 시키든가, 개중에는 돈을 받고 노예로 팔아넘겨 대갓집 종노릇을 하도록 만든다고 들었습니다. 어찌하면 인질로 잡힌 우리 고구려 백성들을 다시 고향으로 데려올지, 그것이 참으로 걱정입니다. 그 생각만 하면 도무지 잠을 이룰 수가 없습니다."

담덕의 목소리는 탁하면서도 깊은 울림이 있었다. 감정이 격해지면서 목울대를 넘어오던 소리의 울림판 한쪽이 막혔고, 백성을 생각하는 마음의 진정성이 북소리 같은 둔중함을 견지하고 있어, 듣는 이의 마음을 깊이 적셔주었던 것이다.

"태왕 폐하! 고정하시옵소서. 소장이 반드시 요하를 건너가 적의 무리들을 소탕하고, 우리 고구려 백성들을 구해오겠나이다."

추수의 목소리도 떨리고 있었다.

"장군은 신라 땅에 가서 왜적의 무리들을 소탕하느라 너무 노고가 크셨소. 이제는 쉬셔야 할 때요. 그리고 지금 당장은 군사를 움직일 때가 아니오. 차근차근 군비를 갖춰 요동으로 갈 것이오. 적국이라 해서 전쟁을 이용해 무력으로 이웃나라 백성들을 살상하고, 착취하고, 괴롭히고, 무작위로 붙잡아 가는 것은 도척들이나 하는 짓이오. 천륜에 어긋나는 일이므로, 이는 하늘의 도를 모르는 무뢰배들의 망나니짓! 천군(天軍)을 이끌고 가서 반드시 하늘의 벌을 내릴 것이오."

담덕은 두 주먹을 불끈 움켜쥐며 부르르 떨었다.

"태왕 폐하께선 천손이시고, 우리 고구려는 천자국입니다. 소장은 이제부터 우리 고구려군을 천군으로 만드는 데 전력을 다하겠사옵니다."

추수는 감읍하여 담덕을 향해 깊이 고개를 숙였다. 그의 외눈에 눈물이 고이는 것을 감히 태왕에게 보여주기 민망했기 때문이다.

3

"바른대로 말하라! 너는 고구려인인가?"

태대형 추수는 감옥에 감금해두었던 포로 고마 히로를 끌어내 심문하고 있었다. 당상의 높은 의자에는 태왕 담덕이 자리하고 있었고, 그 아래 좌우로 문무 대신들이 참석해 심문 현장을 지켜보았다.

고마 히로 좌측에는 그를 사로잡은 마동이 허리에 칼을 찬채 서 있었고, 우측에는 근오지현 부두에서 왜국 연합군 제1대의 군선들을 불태울 때 대장선 안내를 맡았던 모리이의 졸개가 통역으로 나와 있었다.

모리이의 졸개는 신라 어부 출신으로 대마도에 오래 살아 왜국 말을 잘했다. 그가 모리이를 따라 대장선 길잡이로 승선할수 있었던 것도 왜국과 신라 말에 능통했기 때문이다.

추수의 거듭된 추궁에도 불구하고 고마 히로가 왜국 말로 같은 소리만 반복했다. 그래서 모리이의 졸개 이외에는 그 말을 알아들을 수 있는 사람이 없었다.

"저놈이 대체 뭐라고 씨부렁거리는 거냐? 바른대로 대지 않으면, 이 칼로 머리와 몸통이 따로 놀도록 해주겠다."

답답한 나머지 마동이 허리에 찬 칼을 빼들고 눈을 부릅뜨며 엄포를 주었다.

"자신은 왜국 사람이랍니다. 고구려 말을 전혀 모른다고 합니다."

모리이 졸개의 입에서 뱉어진 말이 그랬다.

"마동아, 당장 칼을 거두어라. 강압으로 해서 될 일이 아니다."

추수가 아들 마동의 섣부른 행동을 보고 준엄하게 꾸짖었다.

"진정 고구려 출신이라면 그대를 너그러이 용서해주겠다. 왜국 장수라면 아무리 목숨을 구걸해도 즉결처분을 할 것이다."

당상에서 태왕 담덕의 목소리가 우렁우렁 들려왔다.

그 소리에 고마 히로는 당상을 올려다보았다. 부친에게 수차례에 걸쳐 들은 바 있는 담덕을 그는 비로소 바로 쳐다볼 수 있었다. 좌우에 문무 대신들을 거느리고 있는 근엄한 자태에서 과연 태왕의 위엄이 느껴졌다. 그 순간, 그는 바꾸어 생각해보았다. 만약 부친이 당시 혁명에 성공하여 왕좌를 차지했다면, 그는 태자로서 고구려 제신들이 우러러 받드는 자리에 앉아 있을 것이었다. 그런데 지금 그는 밧줄에 꽁꽁 묶여 딱딱한 바닥에 무릎이 꿇려 있는 포로의 신세였다.

'아버님이 반역자가 되어 왜국으로 망명했으므로, 만약 내가 아들이라는 사실이 발각되면 역모죄로 다스려 죽음을 면치 못할 것이다. 그런데 태왕은 내가 고구려인이라면 목숨을 살려주겠다고 한다.'

이처럼 고마 히로는 마음속으로 되뇌면서 심한 내적 갈등을 겪고 있었다.

"어찌 말이 없는 것인가? 네 이름부터 대거라."

추수가 다그쳤다.

"모른다."

고마 히로는 왜국말로 소리치며 고개를 가로저었다. 이름만 대도 '고마(高麗)'가 곧 '고구려'를 뜻하므로, 그의 신분이 곧바로 발각될 것이기 때문이었다.

모리이 졸개의 통역으로 고마 히로의 말을 알아듣고, 추수는 자리를 박차고 가까이 다가가 죄인의 턱을 손으로 받쳤다.

"네가 자신의 이름도 모른다니, 감히 진술을 거부하겠다는 것인가? 태왕 폐하께서 앞에 계시다. 잔머리 굴리는 걸 용서치 않겠다."

추수는 그러면서 자신의 손으로 턱을 받친 고마 히로의 얼굴을 아주 가까이 끌어당겨 자세히 볼 수 있었다. 어딘가 낯이 익은 듯했다. 저절로 고개가 갸우뚱거려지는 것을 어쩌지 못했다. 왜국 역시 아주 오래전부터 대륙에서 건너간 사람들과 섬의 원주민 간의 피가 많이 섞였을 것이므로, 왜인이라고 해서 고구려인과 구분하기가 쉽지 않을 것이었다. 그것은 부여를 비롯하여 신라·백제·가야 등의 나라도 마찬가지란 생각이 들었다.

그런데 그때 마침 왕당군을 이끄는 대장군 우적이 뒤늦게 추국 현장에 나타나 고마 히로를 보았다. 깜짝 놀란 그는 갑자기 태왕에게 뭐라고 귓속말을 하더니, 추수 곁으로 달려왔다.

"해광아! 넌 해광이 아니더냐?"

우적이 고마 히로의 어깨를 짚으며 가까이 얼굴을 들이대고 말했다.

"대장군께서 이자를 아십니까?"

추수가 놀라 우적을 쳐다보았다.

"틀림없습니다. 해광이 맞습니다. 너와 열 살 적에 헤어졌지만, 내 눈을 속일 수는 없다. 그 무렵에 내가 네 아비와 너에게 무술을 지도했는데, 어찌 모른 척하는 게냐? 이자는 바로 해평의 아들이오."

우적의 말에 가까이 있던 추수뿐만 아니라, 당상의 태왕 담덕도 놀라움을 금치 못했다.

"뭐라? 해평의 아들이라고?"

담덕은 의자에서 벌떡 일어나 추국 현장으로 달려 내려왔다.

"스승님……!"

고마 히로는 가까이에서 우적의 얼굴을 대하자 크억, 하며 울음을 터뜨리더니 고개를 푹 숙였다. 차마 스승을 대면하기가 부끄러웠던 것이다. 포로 신세가 되어 추국장에서 스승을 만나리라곤 꿈에도 생각지 못한 일이었다.

"대장군! 이자가 해평의 아들이라니? 그게 정말이오?"

담덕은 우적에게 재차 고마 히로의 신분을 확인하고 싶었다.

"네, 태왕 폐하! 대여섯 살 때부터 열 살 남짓까지 무술을 가르쳤는데, 어찌 그 얼굴을 기억하지 못하겠습니까?"

"흐음, 그렇다면 우리는 6촌 사이가 되지 않는가?"

담덕은 반가운 나머지 손수 고마 히로의 몸통에 묶인 밧줄을 풀어주었다.

"어쩐지 아까부터 낯이 익다고 생각했습니다. 해평을 닮았네요. 해평의 아들이 틀림없습니다."

추수도 무릎 꿇린 고마 히로를 일으켜 세우며 말했다.

"네, 맞습니다. 제 아버님 이름이 '해평'입니다. 왜국에 가서 아버님은 '고마 헤이'라고 이름을 바꾸었고, 저는 '고마 히로'로 불렸습니다. 고마는 '고려'를 왜국 발음으로 음사한 것입니다. 즉, 고마가 성이 된 것이지요."

고마 헤이가 눈물 머금은 얼굴로 말했다.

담덕은 마동을 시켜 고마 히로에게 목욕을 시키고 깨끗한

옷을 갈아입혀 편전으로 데리고 들어오라 일렀다.

편전에 앉아 태왕 담덕은 고마 히로, 아니 '해광'을 기다리면서 스승 무명선사를 떠올리지 않을 수 없었다. 해광은 무명선사의 직계 손자였다. 무명선사가 고구려 국경에서 부여로 가면서 '고 씨'를 '해 씨'로 바꾼 것은, 거의 전설처럼 되어버린 천제의 아들 해모수의 성씨를 이어받겠다는 의지의 표현이었다. 원래 고구려를 건국한 추모왕은 해 씨였는데, 국호의 첫 글자를 따서 '고 씨' 성을 붙이게 되었던 것이다.

그런 일련의 역사와 맥락을 같이하여 태왕 담덕은 여러 갈래로 생각이 갈라지고, 엇갈리고, 중첩되면서 심란해진 마음을 애써 안으로 삭이고 있었다. 탁자 맞은편에 우적과 추수가 앉아 있었지만, 그들 또한 그와 비슷한 생각으로 깊이 침잠해 있었다. 편전은 마치 바다 깊은 곳으로 가라앉은 것처럼 묘한 분위기에 휩싸여 누가 먼저 말을 꺼내는 사람이 없었다.

"눈을 감고 오랜만에 무명선사를 떠올려보려고 했는데, 잘 기억이 나지 않는군요. 무명검법의 비급을 물려받은 제자로서 실로 부끄럽기 그지없소이다."

먼저 침묵을 깬 것은 태왕 담덕이었다.

"폐하! 너무 간절하면 백지상태와 다름없는 기억의 상실을 겪는 법이옵니다. 구중궁궐 같은 마음속에 깊이 간직해두었으므로, 기억으로 떠올리기 쉽지 않은 일이옵니다."

우적이 감고 있던 눈을 번쩍 뜨며 말했다.

"폐하의 무명선사에 대한 생각이 지극하기 때문 아니겠습니까? 사랑이 지극하면, 그 간절한 그리움이 앞을 가려 형상이 잘 떠오르지 않는 것이 인지상정이지요."

해평에 대한 생각에 잠겨 있다가 문득 깨어나 추수도 한마디 거들었다.

마침내 마동이 목욕시켜 새 옷으로 갈아입힌 해광을 데리고 편전으로 들어섰다.

"오오, 어서 오너라."

담덕은 해광보다 한 살 위였다.

굳이 촌수로 따지면 담덕에게 해광은 6촌 동생이 되는 셈이었다. 어찌 되었든 감회가 남다를 수밖에 없었다.

담덕은 해광을 자신의 옆자리에 앉혔다.

"해광아! 네 부친 해평은 잘 있느냐? 어디서 무엇을 하고 있느냐?"

마주 앉은 우적이 물었다.

"잘 계십니다. 고마성 성주이십니다."

"고마성이라면? 고마는 고려의 왜국 발음이라 들었다. 네 부친의 이름이 고마 헤이고, 네 이름이 고마 히로라고 하니, 그 성씨 그대로 성의 이름을 삼았구나. 네 부친의 고국을 생각하는 극진한 마음을 알겠노라."

담덕이 해광의 어깨를 감싸며 말했다.

"네, 고마산 중턱에 성을 지어 고마성이라 부릅니다. 아버님께서는 고구려를 잊지 않기 위해 성씨를 고마라 했고, 산이나 성 이름도 같이 쓰게 되었다고 합니다."

그때 해광의 말이 끝나기 무섭게 마동이 벌떡 일어섰다.

"폐하! 해평이 성씨는 물론, 그 산과 성의 이름을 '고마'라고 쓰는 것은 왜국에 가서도 반역의 기질을 버리지 못하고 있는 증거 아니겠사옵니까? 이번에 신라에 쳐들어온 왜국 연합군 중에는 대륙에서 망명한 고구려·백제·신라·가야의 도래인들이 대거 참전했다 들었사옵니다. '도래인'이란 바다를 건너온 사람을 뜻하는데, 이는 다시 대륙으로 돌아가겠다는 의지가 담겨 있는 명칭이옵니다. 여기 있는 해광도 이번에 고구려 도래인으로 바다를 건너와 우리 고구려를 전복시키겠다는 야욕을 꿈꾸고 있었던 것 아니겠습니까? 이번 전쟁도 그 순서가 다만 먼저 신라를 공략하고 나서, 그곳을 교두보로 삼아 고구려를 치겠다는 전략이라 추측됩니다. 태왕 폐하께서 왕자 시절 소신과 함께 작은 배를 타고 압록강에서 표류될 때의 기억을 잊으셨사옵니까? 그때 반란군 해평의 무리들에 의해 을두미 사부께서 비참하게 돌아가셨사옵니다. 소신은 그때의 일만 떠올리면 지금도 가슴이 부르르 진저리를 칩니다."

마동은 어떤 울분으로 인해 가슴을 쥐어뜯으며 말했다.

"무슨 말을 하는 거냐? 과거란 지나간 것이다. 좋은 건 오래 기억해도, 나쁜 건 빨리 잊어야 한다. 과거에 얽매인 사람은 발전을 기대하기 어렵다. 나라 또한 그러하다. 우리가 과거에서 가져올 것은, 오직 좋은 것을 거울삼아 더 좋게 만드는 일이다. 그래야 우리에게 미래가 열린다. 이미 동부의 반란은 잊은 지 오래다. 무명선사의 가르침을 받으면서 그 일에 대해서는 진즉에 해원(解冤)을 하였다. 당시 동부욕살 하대곤의 집사 겸 호위무사였던 조환 대인이나, 여기 계시지만 무술 사범이었던 우적 대장군이 모두 우리 고구려의 부국강병을 위해 몸을 바치신 분들이다. 만약에 당시 동부와 인연이 있던 분들을 악의 축으로 몰아 냉정하게 내쳤다면, 아국이 작금의 강성한 고구려를 이룩하기 어려웠을 것이다. 한에 사무친 원수든 적국의 사람이든, 가슴으로 끌어안아 우군을 만들 수 있다면 그리하는 것이 옳지 않겠는가?"

담덕의 말은 준엄하였다. 그렇다고 마동을 꾸짖는 것은 아니고, 애써 다독이고 설득하려는 심리가 그 말투에서 느껴졌다.

"폐하의 말씀이 구구절절 옳습니다. 하오나, 지난날 한성을 공략했을 때 백제왕 아신을 살려둔 것이 작금에 이르러 왜국의 군사들을 불러들이는 화근이 되고 말았지 않사옵니까? 그 아들이 이 자리에 있지만, 해평은 용서할 수 없는 자입니다. 동부의 반란을 기억하기 싫은 과거라 해서 잊는다면, 지하에 계신 을두미 사부께서 어찌 눈을 감으실 수 있겠습니까? 그리고 해평의 아들이라 하니, 해광 그대도 뼈저리게 느껴야 할 것이다."

추수 역시 벌떡 일어나서 담덕에게 직언한 후, 끝으로 맞은편의 해광을 향해 외눈을 번쩍이며 오금을 박았다.

"허허, 헛! 부자가 모두 해평에 대한 원한이 깊은 모양이구려. 그 한을 모르지 않습니다. 그러나 한을 한으로 삭일 수는 없는 법. 한을 평생 가슴에 두고 살면, 더욱 한만 깊어지지 않겠습니까? 태왕 폐하의 말씀처럼 한을 용서하는 마음으로 감쌀 때 사람과 사람 사이의 감화가 크게 일어나고, 깊은 사랑도 획득하게 되는 것이지요. 방금 말씀하셨듯이 태왕 폐하께서는 오래전 저 부여 땅에서 우리들에게 무명검법을 가르쳐주신 무명선사를 떠올리고, 그 손자인 해광을 가슴으로 끌어안으시려는 것 아니겠습니까?"

태왕을 포함하여 원탁에 둘러앉은 모든 사람 중 가장 연장자인 우적이 무겁게 입을 열어, 좌우를 두루 살피며 주위의 동의를 구했다.

"우적 대장군 말씀이 맞습니다. 해광을 살려서 이곳으로 네려온 마동이 얼마나 고마운지 모르겠습니다. 이 기회에 해광을 왜국으로 보내 부친 해평을 귀국하도록 하면 어떨까 생각합니다. 그리하여 우리 모두 힘을 합쳐 고구려를 왕도(王道)의 나라로 만들어 주변의 적들이 저절로 무릎 꿇고 들어오도록 한다면 그보다 좋은 일은 다시 없을 것입니다."

담덕은 우적의 말에 힘을 얻었다.

"아니, 태왕 폐하! 해광을 살려 왜국으로 돌려보내겠다는 말씀이십니까? 나 원 참! 이참에 화근을 도려내지 않는다면 나중에 필시 후회할 날이 있을 것입니다."

마동이 불끈해서 소리쳤다.

"무엄하구나! 태왕 폐하 앞에서 그 무슨 말버릇이냐?"

추수가 아들 마동을 꾸짖었다. 순간적으로 아들을 보호하겠다는 심리가 에멜무지로 준엄하게 야단치는 것처럼 보이도록 했다.

그러면서 한편으로 추수는 백제의 한성을 공략할 당시, 마동이 아신왕을 사로잡았을 때의 일을 떠올리지 않을 수 없었다. 그때 그가 아신왕을 그 자리에서 화살로 쏘아 죽이려고 하자, 마동이 태왕의 명이 떨어지기 전에는 해칠 수 없다고 주장하는 바람에 주춤하고 물러선 바 있었다. 그러고 나서 이번에 왜국 연합군과 싸우면서 당시 아신왕의 목숨을 거두지 못한 것을 뼈저리게 후회하였다. 아마 마동도 당시 아신을 죽여 화근을 없애지 못한 것을 한탄스럽게 생각하고 있었을 것이다. 그런 의미에서 부자간에는 통하는 바가 많았다. 하지만 태왕과 오래도록 생사고락을 같이한 호위무사지만, 마동이 급한 성질을 죽이지 못하고 함부로 나대는 것은 결단코 용서할 수 없는 일이었다. 그래서 태왕의 불호령이 떨어지기 전에 아들에게 경거망동하지 말라는 엄포를 준 것이었다.

"별도의 지시가 내려질 때까지 마동은 나가서 편전 밖에 대기토록 하라."

담덕도 몹시 심기가 상한 표정이었다.

그랬다. 이미 담덕은 마음속으로 해광의 일에 대해 어떤 결정을 내려놓고 있었다.

원로대신들도 이미 한일자로 다문 그 입을 통하여, 태왕이 해광을 너그럽게 용서해 우군으로 삼고자 하는 뜻을 읽어냈다. 하지만 그렇게 쉽게 용서할 수 있는 문제가 아니었다. 왜국에 해광의 아버지 해평이 버젓이 살아 있었다.

"해광, 그대에게 묻겠다. 어찌하여 이번 전쟁에 그대 아버지 해평이 오지 않았는가? 해평은 자신이 먼저 나서면 나섰지, 절대 아들을 앞세우거나 전쟁터에 혼자 보내지 않을 위인이다. 이실직고하지 않으면 단단히 그 죗값을 물을 것이다."

태대형 추수는 해평의 성격을 잘 알고 있었다. 이번 전쟁에 해평이 직접 나서지 않은 것을 보면 뭔가 꿍꿍잇속이 있는 게 분명했다.

"저……"

해광은 머뭇거리며 어찌 대답해야 할지 갈피를 잡지 못했다.

그도 그럴 것이 부친 해평이 대마도에서 대기하고 있다는 말은 군사 기밀에 속한 것이기 때문이었다.

"어찌 대답하지 못하는가? 이번 전쟁에서 백제 한성 군사들이 전혀 움직이지 않은 것이 아무래도 수상하다. 가야에선 태자 좌지가 도성인 봉황성의 군사 일부를 이끌고 왜국 연합군에 가담했다. 그러나 백제는 남쪽의 지방 군사들 일부를 참여시켰을 뿐, 도성인 한성의 군사들을 움직이지 않은 채 사태를 예의 주시하고 있었다. 이는 차후 또 다른 전략이 있다는 것을 의심하지 않을 수 없는 일이다. 그 의심이 풀리도록 명쾌한 답변을 하지 못하면 그대는 살아서 왜국으로 돌아가기 어려울 것이다."

추수는 바짝 말의 고삐를 조이며 해광의 심리를 떠보았다.

담덕도 추수의 말에 충분히 일리가 있다고 생각했다. 그 역시 신라를 지원하기 위해 고구려 원군을 보낼 때, 백제 한성의 군사들 움직임을 예의 주시하고 있었기 때문이다. 사실상 고구려에서 신라로 원군을 보낸 틈을 노려 백제군이 국내성을 칠까, 그것이 염려되어 일부 말갈군과 흑부군을 제외한 왕당군 본대를 남겨두어 시위 성격의 훈련을 시키도록 했던 것이다. 이는 순전히 남쪽의 백제군과 서북쪽 후연군에게 태왕 직속부대인 왕당군이 국내성을 사수하고 있다는 것을 알리기 위한 궁여지책이었다. 그 전략이 먹혀들어 백제는 한성의 군사들을 움직이지 않았으나, 후연은 고구려 서북 변경을 기습공격한 후 재빨리 회군하였다. 후연의 공격을 받은 것은 뼈아픈 일이지만, 어찌 됐든 시위 성격을 띤 왕당군의 훈련은 백제군의 공격을 막는 데 주효했다고 볼 수 있었다.

"듣고 보니 추수 대장군의 말에 일리가 있다. 백제와 왜국은 군사동맹을 맺고 이번에 신라를 공격하는 전쟁을 일으켰다. 원래 백제 아신왕의 성격으로 볼 때 고구려를 공격해야 마땅하거늘, 이번에 왜국 연합군은 부대를 제3대로 나누어 연차적으로 신라를 쳤다. 이는 고구려 원군을 유인하기 위한 전략임이 명약관화한 일. 백제는 고구려군이 대거 빠지면 그때를 노려 국내성을 치려는 것이었겠지. 해광아! 바른대로 말하거라. 네 부친인 해평이 백제와 어떤 비밀 작전을 펴려고 했던 것이 아니겠느냐? 이미 짐작은 하고 있다만, 진실을 말하면 네 부친이 있는 곳으로 보내주겠다. 왜국 연합군이 물러가면서 그 비밀 작전은 이미 수포로 돌아갔으므로, 지금 부친은 네가 돌아오지 않아 전전긍긍하며 기다리고 있지 않겠느냐? 실패한 작전이므로 사실을 말한다고 해서 결코 손해 볼 일은 없을 것이다."

담덕은 어떻게 해서든지 해광을 설득해 우군으로 만들고 싶었다. 추수와 마동 부자가 그런 기미를 기껍게 생각지 않는다는 사실을 잘 알고 있지만, 그럴수록 팔이 안으로 굽는다고 6촌 동생 해광을 포로의 신세에서 방면시켜주고 싶었다. 혈연적으로 왕족임을 강조해 곁에 두고 싶은 마음도 있지만, 일단 부친인 해평을 거론하여 아들인 해광의 마음을 되돌려놓고 싶었다.

이러한 담덕의 생각은 순전히 그에게 고구려 검술의 진수를 전수해준 스승 무명선사에 대한 그리움과 연결고리를 맺고 있었다. 그에게는 혈연으로 따져 작은할아버지지만, 해광에게는 엄연한 친조부였다.

그러나 해광은 묵묵부답인 채 고개를 숙이고 있었다. 침묵은 의외로 길게 이어졌다.

"태왕 폐하께서 그대의 답변을 기다리고 계시다. 어서 거짓 없이 명쾌한 답변을 고하지 못하겠는가? 나는 능히 그대 아비 해평의 비밀전략을 꿰뚫고 있다. 태왕 폐하께서 이미 나처럼 잘 알고 계시면서도 그대의 입을 빌어 말하게 함으로써 그 진의를 파악하려는 것이다. 그대는 포로의 신세임을 모르는가? 그대의 진정한 마음을 알게 되면 태왕 폐하께옵서 목숨을 살려준다고 하시지 않는가?"

추수의 말이 고개 숙인 해광의 머리 위로 떨어졌다.

바로 그 순간, 해광의 뇌리를 스친 것은 대마도를 떠날 때 부친이 '사즉생, 생즉사'란 『오자병법』의 말을 예로 들면서 특별히 당부한 말이었다.

'사지에서도 끝까지 살아남아야 한다.'

해광은 부친의 그 말이 마치 방금 자신의 머리 위로 떨어지고 있는 듯했다. 끝내 답변하지 않고 포로의 신세를 고집하는 것은 '죽는 길'이었고, 사실대로 말하는 것은 '사는 길'임을 다시금 깨닫는 순간이었다.

"네, 거짓 없이 솔직하게 말씀드리겠습니다. 부친께서는 대마도에서 군사 5천과 함께 대기하고 계셨사옵니다. 고구려군이 신라를 돕기 위해 원군을 파견하면 그때 연락을 받고 출동하여 군선을 이끌고, 백제의 항구 미추홀에서 한성의 사두 장군이 이끌고 온 백제군과 합류하여 국내성을 치기로 했었습니다. 한데, 왕당군이 국내성을 지키면서 훈련하고 있다는 소식 때문에 한성에선 군사를 움직이지 못했고, 대마도로 연락을 취하지 않았던 것입니다. 왜군이 패잔병을 이끌고 회군했지만, 지금도 부친께서는 고마성으로 돌아가지 못하고 대마도에 남아 소자를 기다리고 있으리라 생각됩니다."

해광은 말끝에 울음을 삼켰다.

"역시 짐작대로군!"

담덕이 머리를 끄덕거렸다.

"태왕 폐하께서도 그렇게 생각하고 계실 줄 알았습니다. 왕당군을 국내성 방어를 위해 묶어두신 것은 백번 잘하신 일이옵니다. 이미 그때부터 백제와 왜국의 기밀작전을 눈치채고 계셨군요?"

추수의 말이 끝나자, 담덕은 입가에 미소를 떠올리며 물었다.

"이젠 진실로 속내를 털어놓았으니, 추수 대장군께선 해광의 목숨을 살려주시겠지요?"

"소장은 그저 대장군으로서 해광을 포로의 신세에서 풀어줄 따름이옵니다. 이제 그대의 생사여탈권은 폐하께 달려 있네."

추수가 담덕에게 고개를 숙였다가 곧바로 들어 해광을 직시했다.

"폐하! 부디 용서해주십시오."

해광은 의자에서 벌떡 일어나더니 땅바닥에 급히 무릎을 꿇었다. 그의 눈에서 닭똥 같은 눈물이 두 볼을 타고 흘러내렸다.

"그대가 솔직하게 고백했으니, 약속을 지켜야겠지. 어서 일어나게."

담덕은 내관으로 하여금 해광을 일으켜 의자에 앉히도록 했다.

곧 우적과 추수가 물러가고 나서, 담덕은 내관에게 일러 이제 포로에서 풀려난 해광의 거처를 궁궐 내 모처에 따로 마련해주라고 일렀다.

4

신라 마립간 내물의 이마에는 깊은 골이 파여 쉽사리 지워지지 않았다. 이마의 깊은 주름은 연륜으로 치부할 수 있지만, 그 골 깊은 곳에 드리운 그늘에는 남다른 이유가 있었다. 며칠 전 고구려 태왕 담덕의 친서를 받았다. 파발을 통해 국내성에서 국원성으로, 국원성에서 금성으로 전해진 것이었다. 그 친서에는 왕자 눌지를 인질로 보내 실성과 교환하자는 내용이 적혀 있었다.

'어찌 아들 눌지를 고구려에 인질로 보낸단 말인가?'

눌지는 내물이 나이 마흔이 넘어서 뒤늦게 얻은 장자였다. 오래전에 왕후는 딸만 내리 넷을 낳고 죽었다. 그 뒤 미추 이사금의 딸 보반(保反)을 새롭게 젊은 왕후로 맞아들여 뒤늦은 나이에 눌지·복호·미사흔 등 내리 아들 3형제를 얻었다. 그런데 고구려 태왕이 장자 눌지를 인질로 보내라는 것이었다. 8년 전에 왕자들이 어리다는 핑계로 대서지의 아들 실성을 고구려에 보냈는데, 이젠 인질을 교환할 때가 되었다는 것이다. 이미 왕자 눌지의 나이가 스무 살이 넘었으므로 더 이상 핑계를 댈 마땅한 이유를 찾을 수가 없었다.

장고를 거듭하던 끝에 마립간 내물은 이벌찬 대서지를 편전으로 불러들였다. 이미 대서지는 내물이 무엇 때문에 고심을 하고 있는지 잘 알았다. 고구려 태왕이 실성을 대신하여 눌지를 인질로 보내달라고 요청한 사실은 이미 신라의 문·무대신들 사이에 널리 퍼져 있었다. 그래서 대신들도 함께 머리를 맞대고 인질 교환에 대하여 논의해보았지만 별 뾰족한 방도가 떠오르지 않았다.

"대신들은 고구려에 누구를 인질로 보내야 한다고 생각하고 있소?"

용상 깊이 몸을 파묻은 채 내물이 대서지에게 물었다.

"대신들도 실로 난감한 일이라 생각하고 있사옵니다. 하여, 소신이 고구려에 사신으로 가서 사정을 해보는 것이 좋겠습니다. 눌지 왕자는 장차 우리 신라의 군왕이 돼야 하므로, 인질로 보낼 수는 없는 일 아니겠사옵니까?"

대서지는 그러면서 은근히 내물의 눈치를 살폈다.

"허면, 둘째 왕자 복호를 보내달라고 할 땐 또 어찌할 것이오?"

"복호 왕자는 아직 스무 살이 안 된 데다 혼처가 정해져 있어 인질로 갈 수 없다고 이유를 대겠사옵니다. 그리고 셋째 왕자 미사흔은 아직 나이가 어리다는 것을 내세워 역시 인질로 불가함을 강조하겠사옵니다."

"허면 누구를 인질로 보낸단 말이오?"

내물은 답답하다는 듯 손으로 가슴을 두드렸다.

"실성은 소신의 자식놈입니다. 어차피 8년을 견뎠으니 인질로 고구려에 더 남아 있으라고 하겠사옵니다. 이번에 사신으로 가서 아들을 달래보도록 하겠사오니, 심려치 마시옵소서."

대서지는 그러면서 어찌 나오나 보려고 고개를 들어 똑바로 내물을 응시했다. 사실상 그는 마음에도 없는 말을 하고 있었다. 아들 실성이 결혼하자마자 고구려 인질로 끌려갔는데, 그 직후 며느리가 잉태하여 딸을 하나 두고 있었다. 그러므로 그의 집에서는 실성이 돌아오길 학수고대하고 있는 편이었다.

"이벌찬의 말은 고맙지만, 그렇게는 안 될 일! 이번 왜군이 쳐들어왔을 때 고구려 태왕이 5만의 원군을 보내주어 우리가 나라 존망의 위기에서 벗어날 수 있었소. 그러므로 인질 교환 조건을 들어주지 않을 수 없는데, 장고를 거듭한 끝에 내린 결론은 짐이 아들 눌지 대신 고구려에 가겠다는 것이오."

마립간 내물의 말은 전혀 뜻밖이었다. 대서지도 미처 예상치 못한 일이었다.

"네에? 폐하! 그건 아니 될 일이옵니다. 차라리 소신이 고구려에 가서 아들 실성 대신 인질로 있겠나이다."

"마음은 고마우나, 그것이야말로 아니 될 일이지. 이벌찬께서 아들 실성과 인질 교환을 하겠다고 하면, 고구려 태왕이 진노하고 말 것이오. 짐이 직접 사신단을 이끌고 가서 실성을 데려오도록 하겠소. 설마하니 고구려 태왕이 짐을 인질로 잡아두진 않을 것 아니오?"

내물의 결심은 굳건해 보였다.

"그것은 천부당만부당한 말씀이옵니다. 어찌 한 나라 군주가 다른 나라에 사신으로 갈 수 있단 말입니까? 지난날 백제가 고구려에게 한성을 공략당해 아신왕이 굴복했을 때도 노객이 되겠다며 항복했지만, 직접 사신으로 가서 굴욕적인 외교를 펼치지는 않았사옵니다."

대서지로서는 내물이 전혀 뜻밖의 결심을 밝혔기 때문에, 순간 당황하지 않을 수 없었다. 나라 최고의 관직에 오른 그로서도 자존심이 부쩍 상하는 판인데, 한 나라 군주가 직접 사신단을 이끌고 간다는 것은 도무지 있을 수 없는 일이었다.

"짐은 이번 왜국과의 전투에서 실성이 세운 공을 잊지 않고 있소. 왜국이나 백제, 또는 가야가 언제 군사를 일으켜 또다시 아국을 공격할지 모르오. 실성이 와서 우리 신라의 군사 기강을 바로잡아주길 바라는 마음이 간절하기에 짐이 사신으로 가서 고구려 태왕과 담판을 지어보겠다는 것이오. 다른 나라의 이목도 있으니 짐을 인질로 잡아두지는 못할 것이오."

내물의 말을 듣고 보니, 대서지로서는 더 이상 말릴 수 없다는 생각이 들었다. 그러나 신라의 군주가 가서 담판을 짓더라도 고구려가 순순히 인질을 내주지는 않을 것 같았다. 오히려 고구려 태왕을 진노케 해서 실성을 더 오래 인질로 묶어두게 하는 일이 발생할 가능성도 있었다.

"폐하! 다시 한번 심사숙고해주시길 간곡히 부탁드리옵니다. 아국은 고구려의 군사적 도움을 받던 전 왕정(석 씨 왕조) 시대에도 군주가 사신으로 가서 조회 참례를 하고 봉물을 바치지는 않았사옵니다. 마땅히 신하의 도리로 소신이 사신단을 이끌고 가는 것이 옳은 줄로 아뢰옵니다. 고구려 태왕에게 전할 내용을 친서로 써주시면, 소신이 전해드리도록 하겠사옵니다. 한 나라의 사신은 군주를 대신하여 소임을 맡고 가는 것이므로, 외교술에 능하다고 알려진 고구려 태왕도 그렇게 받아들일 것이옵니다. 다만 이번에는 사신단이 가지고 갈 봉물에 신경을 써서 크게 감동을 받게 함으로써, 고구려 태왕이 흔쾌히 인질을 풀어줄 수 있도록 해주시옵소서."

대서지는 자신이 사신단 정사가 되어 금은보화를 싣고 가서라도 아들 실성을 데려오고 싶은 마음이 간절하였다.

"봉물이라? 마땅히 분에 넘치도록 준비해야 할 것이오. 고구려 태왕의 입이 쩍 벌어질 만큼 금은보화를 수레에 가득 싣고 가야겠지요. 봉물이란 나라와 나라의 거래이니만큼 결코 손해 볼 일은 아니므로, 내탕금을 털어서라도 넉넉하게 준비해주기 바라오. 더구나 짐이 직접 사신단을 이끌고 가는 마당이니, 그 봉물의 질과 양에 있어서 결코 모자람이 없도록 해야 할 것이오."

마립간 내물은 대서지의 말 중 봉물만 받아들여 더욱 강조하고, 본인 자신이 사신단을 이끌고 가겠다는 것을 확고부동하게 못박았다. 더구나 사신단 구성과 봉물의 전반적인 준비를 이벌찬에게 맡김으로써, 더 이상 대서지가 나서지 못하도록 입을 틀어막았다.

신라 문무대신들이 참석한 조회에서 마립간 내물이 직접 사신단을 이끌고 고구려로 간다는 최종 결정이 내려지자, 이벌찬 대서지는 여러 가지로 바빴다. 일단 왜국 연합군이 쳐들어왔을 때 세 차례나 고구려에 파견되었던 밀사 김대환을 길 안내로 삼아 사신단을 꾸리고, 신라의 특산물과 보물들을 봉물로 준비하는 데 전력을 다하였다.

고구려의 거수국이 된 이후 신라는 해마다 사신단을 꾸려 봉물을 보냈다. 그러나 이번에는 전례가 없는 마립간 내물이 직접 고구려로 찾아가 입조를 하게 되므로, 가지고 갈 봉물도 특별할 수밖에 없었다. 더구나 태왕 담덕이 고구려군 5만을 원군으로 보내 왜국 연합군을 물리쳤기 때문에, 신라에선 마땅히 전쟁에서 이겼을 때 적국에서 획득한 전리품 이상 가는 봉물을 마련해야만 했다.

신라에서 고구려로 가는 사신단의 봉물은 십여 대가 넘는 수레에 실렸다. 금성의 월성천에서 나는 구상사금, 달천(達川, 울산) 철장에서 생산된 철정(鐵鋌), 고급 비단의 한 종류인 금총포(金總布), 그리고 보물 중에서는 신라 공방에서 특별히 제작한 각종 금속공예품 등이었다. 이러한 공예품은 오래전부터 김씨들이 대대로 운영하는 공방에서 제작된 것으로, 그 기술은 북방에서 전래된 것이었다.

금속공예품 중 특별히 마립간 내물이 아끼는 보물은 금관이었다. 신라의 왕계가 석 씨에서 김 씨로 바뀔 때, 그 기념으로 같은 김 씨 세력의 공방을 운영하는 세공사들이 특별히 금관을 선물하였다. 김 씨는 탈해 이사금 때 북방에서 이주해온 김알지의 후손이었다. 신라 김알지의 7대손으로 제13대 미추 이사금이 김 씨로는 처음으로 왕이 되었다. 석 씨 왕가의 후사가 없어 사위가 왕위를 이은 것이었다. 그러나 미추 이사금도 대를 이을 아들을 낳지 못해 다시 석 씨가 왕위를 이었다. 제17대에 이르러 또다시 석 씨를 대신하여 김 씨가 왕권을 잡았고, 이때 이사금 내물은 왕의 칭호를 '마립간'으로 고쳐 왕실의 권위를 새롭게 세우고자 하였다. '이사금'은 주로 석 씨 왕가에서 사용하던 호칭이므로, 앞으로 대를 이어 김 씨의 핏줄로 왕위를 잇게 하겠다는 의지가 담겨 있는 것이 바로 '마립간'이란 호칭이었다. 그래서 내물 마립간 시대에는 이사금이란 호칭도 겸해서 사용하고 있었다.

아무튼 석 씨 왕조를 무너뜨리고 김 씨 왕조로 역성혁명에 성공한 내물 마립간을 축하하는 의미에서 금을 잘 다루는 김 씨 세공사들은 공들여 금관을 만들어 바쳤다. 내물이 특별히 그 금관을 고구려에 가는 공물로 선정했을 때 대신들의 반대가 심했지만, 김 씨 공방에서 세공사들이 다시 더 좋은 것을 만들면 된다면서 고집을 꺾지 않았다. 어찌 되었든 고구려 태왕에게 잘 보여야만 백제와 가야, 그리고 바다 건너 왜국의 침입으로부터 신라의 안전을 도모할 수 있다고 판단했던 것이다. 머릿속에는 오직 그 생각밖에 없었다.

더군다나 내물 마립간도 후연의 모용성이 고구려 서북 변경의 두 성을 기습공격해 5천의 민호를 요서로 끌고 갔다는 소문을 들었다. 고구려 원군이 신라를 돕기 위해 출병한 틈을 타서 후연이 도발한 것임을 잘 알기에, 신라의 군왕으로서 큰 부담이 되지 않을 수 없었다.

고구려로 가는 신라 사신단은 마립간 내물이 이끄는 행렬이었으므로, 따로 정사로 병부령 박실상과 부사로 길안내를 맡은 급찬 김대환이 수행하였다. 1백여 명을 헤아리는 군사들이 동원된 사신단은, 그래서 봉물짐을 실은 수레까지 합쳐 사행(蛇行)처럼 긴 행렬로 이어지고 있었다.

내물은 연로하여 군주가 타는 말 네 마리가 끄는 화려한 장식의 수레를 이용하였다. 그 수레 안에는 황칠 도색의 나무 관에 넣은 금관도 고급 비단에 싸여 소중하게 보관되어 있었다. 그가 이처럼 금관을 고구려 태왕에게 바치려는 속내는 오직 태자 눌지의 인질 조건을 유예해달라는 요청을 하기 위해서였다. 이벌찬 대서지가 아들 실성의 인질 석방을 위해 자신이 사신단 정사로 가겠다고 자원한 것을 물리치고 그 자신이 직접 나서게 된 직접적인 이유가 바로 그것이었다.

'저 금관이 반드시 우리 눌지를 살려줄 것이다. 만약 이번에 고구려 인질로 눌지와 실성이 교환된다면, 태자에게 왕위를 잇게 할 수 없을 것이다. 그것은 아니 될 일……'

흔들리는 수레 안에서 내물은 이를 악물었다.

5

고구려에서는 파발을 통해 신라의 내물 마립간이 직접 사신단을 이끌고 온다는 보고를 받고, 문무대신들이 모인 자리에서 그들을 어떻게 맞을 것인지에 대한 논의를 거듭하고 있었다. 한 나라의 군왕이 사신단을 이끌고 온다는 것은 전례에 드문 일이라 쉽게 결론을 내기 어려웠다. 결국 태왕 담덕은 경서에 밝은 태학박사 정호까지 불러 외국 사신에 대한 빙례 의식에 대해 물었다.

이때 정호는 『시경』 한혁편(韓奕篇)에 나오는 한후(韓侯)의 예를 들었다. 주나라 때 한후가 입조하여 표범·말·곰의 가죽을 비롯한 조공을 바치자, 주여왕(周厲王)이 질녀 희 씨와 혼인시켜 인척을 맺고 온갖 종류의 보물을 희사하였다는 고사가 전해오고 있었다.

"이때 한후는 오래전 조선의 군왕일 것으로 추측됩니다. 조공으로 바친 대표적인 것이 표범가죽임을 볼 때 요동의 험준한 산에서 나는 산물일 가능성이 높습니다. 따라서 신라의 군왕이 입조할 때 무엇을 조공으로 바치는가를 보고 나서, 그 예우에 대해 논하는 것이 옳다고 생각됩니다."

정호는 그러면서 국빈에 준하는 예우를 갖춰 태대형이 국내성 남문까지 나가서 사신단을 맞도록 하는 것이 좋겠다고 말했다. 그리고 다음날은 '천자와 제후'의 관례에 맞춰 문무백관이 참석한 조회에서 태왕이 신라왕을 맞는 것이 어떻겠느냐고 의견을 제시하였다.

"전례에 없던 한 나라의 군왕이 사신단을 이끌고 오는 것인데, 그 접대가 소홀해선 안 되겠지요. 조회에서 신라왕을 맞이한다면 중원에서 황제가 제후를 다스릴 때의 흉내를 내는 것이나 진배없단 생각이 듭니다. 더구나 신라왕은 예순이 넘은 노구인데, 장유(長幼)를 따지더라도 당상과 당하로 격차를 둘 수 없는 법. 조회 때는 신라 사신단 정사와 부사를 들게 하고, 나중에 편전에서 신라왕을 맞는 것이 어떻겠소? 사신단의 내왕은 엄연히 정상적인 외교 행사이므로 관례에 따르고, 신라왕은 나라와 나라의 군주 자격으로 대등한 관계에서 접대하는 것이 좋다고 생각되기 때문이오."

태왕 담덕은 신라 마립간 내물이 직접 사신단을 이끌고 온다는 소식을 접하고 나서부터 내심 고민을 거듭하던 것이 바로 그 외교상의 예우 문제였다.

"폐하! 그건 아니 될 일이옵니다. 고구려는 마땅히 천자국이고, 신라는 거수국에 불과하옵니다. 이제는 신라를 제후국에 준하는 부용국으로 만들 필요가 있사옵니다. 오래전부터 신라 강역인 국원성에 우리 고구려군이 주둔해 있어, 이번에 왜적들을 무찌르는 데 큰 힘이 되었습니다. 마지막 종발성 전투에서 소장의 불찰로 국원성 군사들을 징발해 황산하 하류에 정박해둔 선박들이 불타는 바람에 뜻하지 않은 손실이 있었습니다. 신라왕도 그 사실을 잘 알고 있는 만큼, 장차 국원성에 군사를 더 많이 파견하여 만약의 사태에 대비할 필요가 있습니다. 아울러 국원성은 우리 고구려 남방의 교두보 역할을 하는 군사 요충지인 만큼, 신라 병부의 군사 작전권도 마땅히 가져와야 할 것이옵니다. 하여, 이번 신라왕이 입조할 때 확실하게 다짐받아 둘 필요가 있사옵니다. 이 기회에 국원성 서쪽 계립령(鷄立嶺)에서부터 그 동쪽의 함백산(咸白山) 너머 동해의 실직(삼척)에 이르기까지 고구려령으로 묶어두어야 하옵니다. 이번에 아국이 그 조건을 요구하려면 신라왕을 입조케 하여, 신라가 고구려의 번국(藩國, 제후국)임을 확실히 깨닫게 해줄 필요가 있지 않겠사옵니까?"

태대형 추수의 이 같은 주장은 이미 사전에 정호와 긴밀히 협의한 내용이었다.

"신라왕이 사신단을 이끌고 온다는 것은 이미 마음속으로 노객(奴客)이 되겠다고 맹세하는 의미를 담고 있다고 볼 수 있사옵니다. 한성을 공략했을 때 백제왕 아신은 태왕 폐하 앞에서 무릎을 꿇고 노객이 되겠다고 서약으로 맹세까지 했으나, 이번에 왜국과 군사동맹을 맺어 그들로 하여금 바다를 건너오게 하는 패악을 저질렀습니다. 신라의 경우도 마찬가지입니다. 우리 고구려가 군권을 장악하여 저들의 손발을 단단히 묶어놓지 않으면 언제 어느 때 도발할지 모를 일이옵니다. 만약 신라가 백제와 손을 잡는다면 아국의 남방 정책은 중동무이될 수 있음을 헤아려 주시옵소서."

이번에는 정호가 추수의 말에 힘을 실어주었다.

담덕 역시 오래도록 마음속에서 생각해오던 문제였으므로, 두 사람의 말을 바로 알아들었다. 그러나 그의 생각은 조금 달랐다.

"흐르는 물과 바위 중 무엇이 강하다고 생각하시오? 물론 잘들 아시고 계시겠지만, 물방울이 한 군데로 오래도록 떨어지면 바위에 구멍을 내듯이, 물은 부드럽지만 단단한 바위보다 더 강한 법이오. 사람 사이든 나라와 나라의 관계든 때에 따라 강온의 조절이 필요하겠지요. 이번 신라와는 부드러움으로 대하여 사신단의 경우 정사와 부사의 조례를 받고, 신라왕의 경우 편전에서 따로 대면하는 것으로 하겠소."

담덕의 이 같은 말에 추수나 정호도 더 이상 반대 의견을 낼 수가 없었다. 두 사람의 주장을 전면 거부하는 것이 아니라, 일부는 들어주면서 다른 방식으로 바꾸어 합의점을 도출하는 태왕 나름의 지혜로움이 느껴졌기 때문이다.

양자의 의견이 팽팽하게 맞설 때는 어떤 형식으로든 합리적인 조정이 필요한 법이었다. 담덕은 군신의 의견 대립을 스스로 조절할 줄 아는 능력을 갖추고 있는 군주였다. 그는 추수와 정호가 고구려와 신라의 관계 설정에 대해 말할 때, 문득 깨달은 것이 있었다. 오래전, 그러니까 한성을 공략해 백제왕을 무릎 꿇렸을 때, 너무 상대를 치욕적인 궁지로 몰아넣어 노예나 종복 취급을 한 것인지도 몰랐다. 군주와 군주의 대등 관계로 대해도 어차피 전쟁에서 패한 쪽은 몸을 낮출 수밖에 없었다. 만약 백제왕을 노객으로 다루어 수치심을 촉발시키는 일이 없었다면, 앙심을 품고 왜국 연합군을 끌어들이는 무리수를 두지 않았을지도 몰랐다.

드디어 신라 사신단이 압록강을 건너 국내성으로 입성하였다. 태대형 추수는 남문 앞에서 마립간 내물을 영접하였다. 두 사람은 왜국과의 전쟁에서 승리한 직후 금성에서 만난 적이 있으므로 두 번째의 해후라 더욱 도타울 수밖에 없었다. 적어도 겉모습으로는 그랬다. 일단 사신단은 외국 사절들이 머무는 국내성의 영빈관으로 안내되었다. 때마침 저녁 무렵이므로 태대형이 주관하는 연회가 약식으로 베풀어졌다.

다음날 조회에서 태왕 담덕은 정식으로 신라 사신단을 맞았다. 좌우로 고구려 문무대신들이 늘어선 가운데 정사인 병부령 박실상과 부사로 그 뒤를 따르는 급찬 김대환이 높이 올라앉은 용상 쪽으로 걸어 들어갔다. 부사는 양손으로 비단보에 싸인 상자를 받쳐 들고 있었다. 신라왕은 국내성 영빈관에 머물다 오후에 편전에서 태왕과 만나 정식으로 회담을 열고, 저녁에는 만찬 자리를 갖게 돼 있었다.

신라 사신단 정사와 부사, 두 사람의 걸음걸이는 매우 조심스러웠다. 그만큼 조회의 분위기는 높은 용상에 올라앉은 태왕 담덕의 위엄과 좌우 양쪽에 늘어선 문무대신들 위상이 천자국으로서의 근엄한 품격을 느끼게 하였다.

외교 관례에 따른 의식절차가 끝나고, 신라 정사 박실상은 부사가 들고 있던 비단보에 싼 상자를 태왕 담덕에게 바쳤다. 단하에 있던 태대형 추수가 그것을 받아 내관에게 전했고, 곧 그것은 용상 앞의 탁자 위에 놓였다.

"이것이 무엇이오?"

담덕이 물었다.

"신라국 마립간께옵서 태왕 폐하께 드리는 금관이옵니다."

정사 박실상이 머리를 조아렸다.

"금관이라면? 금으로 만든 관이란 말이오?"

담덕은 조금 놀란 표정이 되었다.

"아국의 도성에는 월성천이 흐르는데, 사금이 많이 납니다.

그 모래알 같은 알갱이가 아주 작은 구슬처럼 보여 구상사금이라고도 하는데, 일찍부터 장인들이 그 금을 녹여 금관은 물론 온갖 장식품을 만들곤 하였사옵니다. 한 번 상자를 열어보시지요."

박실상의 말이 끝나자, 내관이 얼른 태왕 곁으로 다가와 비단보를 풀었다. 곧 외관을 황칠로 처리한 나무 상자가 나왔고, 상자를 열자 그 안에서 금관이 모습을 드러냈다. 나무 상자 위에 올려진 금관은 유난히 반짝이는 영롱한 빛을 뿜어내고 있었다. 뫼 산(山) 자 모양이 3층으로 올려진 금장식 곳곳에 비췻빛 곡옥이 열매처럼 매달려 있었고, 그 사이사이 동그란 열매와 이파리 들이 미세한 흔들림에도 하늘거렸다. 금장식의 열매와 이파리 들은 아주 얇아서 바람도 없는 공중에서 팔랑거리며 사뭇 몸을 떨어댔다. 머리 테두리 양편으로 고리로 된 금장식 또한 귀걸이처럼 길게 늘어져 아롱거렸는데, 그 전체적인 금관의 모습은 눈이 부시도록 아름다웠다.

"흐음, 과연 놀라운 장식품이구려."

담덕은 벌어진 입을 다물지 못한 채 한참 동안 금관에 꽂힌 시선을 거두지 못했다. 과연 신라의 금 세공술은 놀라웠다.

"폐하! 금관이 마음에 드시옵니까?"

신라 사신단 정사 박실상이 용상을 올려다보았다.

"이 금관 하나만 보고도 신라의 문화를 알 것 같소이다. 방금 생각한 것인데, 이 금관을 보니 아국이 신라와 군사동맹뿐만이 아니라 더 나아가서 문화 교류도 활성화할 필요가 있음을 새삼 깨닫게 되었소."

담덕은 금관을 들어 요모조모 살펴본 후, 내관에게 잘 갈무리하라고 명령했다.

"이것은 저희 마립간께서 태왕 폐하께 올리는 친서이옵니다."

밀봉된 친서를 박실상이 올리자, 역시 태대형이 건네받아 내관을 통해 담덕에게 전달했다.

"이것은 짐이 나중에 천천히 읽고 나서, 오후에 편전에서 신라왕과 회담할 때 의견을 나누어보도록 하겠소."

담덕은 친서를 내관에게 주고 일어섰다.

신라 사신단의 입조는 외교의 빙례에 따라 진행되었으므로, 예정된 절차에 따라 치러졌다.

그날 오후, 태왕 담덕은 편전에서 신라의 마립간 내물과 정식으로 회담의 자리를 갖게 되었다. 고구려 측에서는 태왕을 비롯하여 태대형 추수와 태학박사 정호가, 신라 측에서는 신라왕을 위시하여 정사 박실상과 부사 김대환이 탁자를 마주하고 앉았다. 그리고 잠시 후 마동이 왕당군 대장군 우적과 실성을 안내하여 편전으로 들어와 자리를 함께했다. 우적과 실성은 모두 전날 신라 사신단과 만난 바 있으므로 간단하게 고개를 숙이는 인사로 대신하였고, 마동은 태왕 뒤로 돌아가 호위하는 자세를 취했다.

"노구를 이끌고 오시느라 고생이 자심하셨겠습니다."

담덕이 먼저 입을 열었다.

"이번에 고구려 원군을 보내주신 데 대한 고마움에 비하면, 그만한 것은 고생이라고도 할 수 없겠지요."

내물은 깊게 주름진 이마를 애써 펴 보이려는 듯 얼굴 가득 미소를 머금은 채, 젊은 혈기가 넘치는 담덕을 바라보았다.

"이번 전쟁에서 다소 미흡했던 점이 있다고 하는데, 원군을 이끌고 갔던 추수 장군께서 말씀해보시지요."

담덕이 태대형 추수를 바라보았다.

"네, 폐하! 우리 고구려는 육상전도 강하지만, 특히 해전에 일가견을 갖고 있습니다. 서해의 해상권을 고구려가 잡고 있어 해적들이 자취를 감추어, 저 멀리 남양과 동진의 상선들이 마음 놓고 내왕할 수 있게 되었습니다. 이번에 신라의 동해 쪽으로 왜국 군선들이 쉽게 들어온 것은 그 지역의 해상권을 장악하지 못하고 있기 때문입니다. 육상전을 대비해 국원성에 고구려군을 주둔시켰듯이, 해상전을 대비해 실직에 고구려 군선들을 배치해야 동해안을 방어할 수 있습니다. 그렇게 해군력이 강화되면 감히 왜구들도 범접할 엄두를 낼 수 없게 될 것이옵니다."

추수의 이 같은 말은 미리 담덕과 협의를 거친 사안이었다.

국원성에서 동해까지 평행선을 그어 고구려의 실효적 지배 영토로 만들자는 추수의 의견이 있었고, 담덕은 그것을 동해안 방어 명목으로 실직에 고구려 해군기지를 만들어 군사들을 주둔시키는 쪽으로 일부 수정을 가했던 것이다.

"실직에 고구려 군선들을 배치한다는 것은……."

내물은 말을 하다 말고 바로 옆에 앉은 병부령 박실상을 바라보았다. 얼핏 듣기에도 고구려가 제안하는 조건의 겉 다르고 속 다른 점이 읽히기에 일순 망설여지지 않을 수 없었다. 그 겉모습은 신라를 도와주겠다는 것인데, 그 속내는 국원성처럼 실직의 부두까지도 고구려의 군사 요충지로 만들어 실효적 지배를 하겠다는 의도가 깔려 있었다.

"이번 왜군의 침입으로 근오지현 부두의 중요성을 알게 됐습니다. 그래서 아국은 더 많은 군선을 건조하여 해상 방위에 힘쓸 계획입니다."

병부령 박실상은 얼떨결에 마음속에 담아두고만 있던 생각을 불쑥 꺼냈다. 아직 마립간 내물과 의견을 나누지 않은 설익은 계획에 불과하지만, 실직에 세우려는 고구려의 해군기지 계획을 우회적으로 거절하기 위해 내놓은 궁여지책이었다.

"아국이 바다를 끼고 있는 남쪽과 동쪽은 왜구들이 자주 침범하는 곳이라 오래전부터 자체적으로 해군 방어력을 키우기 위해 노력하던 중이었습니다."

내물은 문득 병부령의 말에 힘을 실어줄 필요가 있다고 생각했다. 불과 여섯 해 전인 395년 8월에 갑자기 말갈군이 동해안을 따라 실직까지 쳐내려온 것을 급히 금성 군사들을 보내 막아낸 적이 있었다. 오래전부터 말갈은 고구려의 직접적 지배를 받고 있었으므로, 그 배후는 능히 짐작하고도 남음이 있었다. 이미 그때부터 고구려는 실직에 해군기지를 건설하겠다는 욕심을 갖고 있었다고 보아야 했다.

"그것 마침 잘 되었군요. 실직에 우리 고구려의 해군기지를 건설하게 되면, 그리 멀지 않은 근오지현의 신라 수군과 긴밀한 연락 관계를 취하게 되어 왜구의 침입에 대비할 수 있겠지요. 이번 전투에도 우리 왕당군의 말갈군 장수 두치로 하여금 특공대를 이끌고 동해안을 따라 실직을 거쳐 근오지현까지 가서 부두에 정박해 있던 왜국 군선들을 불태우지 않았습니까? 실직에 고구려 해군기지를 설립하게 되면 왜군은 물론이고 왜구와 같은 좀도둑들도 지레 겁을 먹고 준동치 못할 것입니다."

이렇게 나온 것은 우적이었다.

"저 산동반도에 해룡부를 세워 서해의 해적들 활동을 잠재운 장군을 아시는지요? 오래전부터 '일복상군'으로 이름을 떨친 추수 장군이 여기 계십니다. 백제의 관미성 공략도 추수 장군의 공이 매우 컸었는데, 그 이후 서해와 발해는 고구려가 해상권을 장악하여 해적은 물론 왜구들조차 발을 붙이지 못하도록 하고 있습니다. 실직에 고구려 해군기지를 건설하게 되면 동해의 해상권도 장악해 안전을 도모할 수 있을 것입니다."

담덕은 옆에 있는 추수를 바라보며 동의를 구했다.

"실직의 부두에 고구려 해군기지를 설립하게 되면, 산동반도의 해룡부처럼 강력한 해상방어체제를 구축하도록 하겠습니다."

왼쪽 눈을 검은 가죽 안대로 가린 추수는 외눈으로 맞은편 신라 사신단을 좌우로 죽 둘러보았다. 입으로는 점잖게 말했지만, 그 찌를 듯한 눈빛은 은근히 묵시적인 압박을 가하고 있는 것이었다.

"금성으로 돌아가게 되면 문무대신들과 논의를 해보도록 하지요."

내물도 더 이상 버티지 못하고, 그렇게 일단 한 발 물러설 수밖에 없었다. 그러나 그 말은 이미 고구려의 제의를 받아들인 것이나 다름없었다.

"만약 그렇게만 된다면 이제 신라도 육지와 바다 모두 방어체제가 구축되어 외적의 침입으로부터 안심할 수 있을 것입니다. 그리고 이번에 귀국에서 금관을 비롯하여 금은보화와 각종 특산물 등 많은 봉물을 가져왔는데, 아국도 그에 대한 보답을 아니할 수 없습니다. 동맹 간의 외교란 주고받는 미덕이 있어야 믿음도 생기는 것 아니겠습니까?"

담덕의 말은 '만약'으로 시작되었지만, 듣기에 따라서는 이미 실직에 고구려 해군기지를 건설하기로 결론을 맺고 있는 것처럼 보였다.

"동맹관계는 굳건한 믿음 위에 성립된다고 생각합니다. 마침 여기 실성이 있는데, 이제 신라로 돌아갈 수 있도록 해주셨으면 합니다."

내물은 문득 담덕의 말에서 '동맹'이란 말을 원용하여 인질 문제를 해결해보려고 했다.

"얼마 전에 보낸 국서를 받아보셨겠지만, 아국은 실성을 대신하여 눌지 왕자를 보내달라 했습니다. 그런데 이번 사신단에 눌지 왕자는 같이 오지 않은 모양입니다."

태왕의 친서를 쓴 태학박사 정호가 나섰다.

"눌지는 다음 왕위를 이을 아국의 태자입니다. 머지않아 태자에게 왕위를 물려주고 뒷전으로 물러나려고 하니, 부득이하게 인질 교환 조건을 받아들일 수 없음을 양지하여 주시기 바랍니다."

내물은 담덕을 바라보았다.

"동맹국끼리 인질이라니요? 가당치도 않습니다. 귀국의 태자를 보내달라는 것은 우리 고구려가 나라를 다스리는 군주의 도를 가르쳐드리려는 것입니다. 여기 태학박사도 계시지만, 아국의 태학에선 왕실과 귀족 자제들에게 학문과 무술을 두루 가르쳐 장차 국가 경영에 필요한 인재를 양성하고 있습니다. 여기 있는 실성 공도 오래전 귀국의 왕자를 대신해 유학을 와서, 아국의 태학에서 문무를 닦아 이번 전쟁에 나가 혁혁한 공을 세우지 않았습니까?"

담덕은 실성을 손으로 가리키며, 다른 한편으로는 그에게 은근한 눈빛을 보내 동조를 구했다.

"그동안 태왕 폐하의 큰 은덕을 입었사옵니다. 여기 계신 태학박사께서 문무의 가르침을 주셨다면, 폐하께서는 굳건하게 마음을 다지는 결단과 과감하게 행동으로 옮기는 용기가 무엇인지 깨닫게 해주셨사옵니다."

실성은 왜국 연합군의 침공으로 위기에 처한 조국을 구원하기 위해 고구려 원군을 요청하던 때의 기억을 떠올렸다.

"태왕 폐하! 이번에 실성 공을 사신단과 함께 신라로 돌아가도록 해주시옵소서."

사신단 부사로 온 김대환이 담덕을 향해 머리를 조아렸다. 그는 고구려 원군을 요청하기 위해 세 번씩이나 밀사로 파견된 적이 있어 담덕도 익히 잘 기억하고 있었다.

"김 공께서도 일전에 실성 공이 원군을 요청할 때 자리를 같이하고 있었으니 확실하게 보셨을 것이오. 방금 말한 실성 공의 결단과 용기가 과연 어디서 나오는지 말이오. 이번에 실성 공을 사신단과 함께 신라로 돌아가게 하고 싶지만, 그러나 아직은 여기에 남아서 더 체득해야 할 것이 있소이다. 아국이 원군을 보낼 때 우린 서로 혈맹의 술잔을 기울인 바 있는데, 장차 신라의 안전을 도모하려면 군자의 도를 더 닦아야만 하오. 군자의 덕은 배워서 되는 것은 아니고 같은 공간에서, 같은 숨을 쉬고, 같은 마음을 주고받는 가운데 체득하게 되는 것이라 생각하오. 하여 실성 공과 자주 술자리도 하고 마음 터놓고 담소하는 기회를 갖고자 하니, 1년만 기다려주시면 신라로 보내드리리다."

담덕은 애써 '군자의 도'를 내세워 실성을 붙들어두고자 했다. '군자'란 덕을 지닌 인격자를 말하는 것이지만, 공자는 요 임금과 순 임금과 주공(周公)을 군자라 할 만하다고 예를 들은 바 있었다.

내물도 이미 세 번이나 고구려에 밀사로 파견되었던 급찬 김대환을 통해 고구려 태왕과 실성이 서로 피를 섞은 술을 나눠 마셔 혈맹을 맺은 사이라는 걸 알고 있었다. 그런데 실상 담덕이 '군자의 도'를 내세우자 가슴이 뜨끔거리면서 순간적으로 마음의 갈피를 잡기 어려웠다. 그 역시 '군자'가 덕을 지닌 인격자이면서 동시에 덕을 지닌 군주를 뜻하는 것임을 잘 알고 있었다.

'흐음, 이건 실성을 장차 신라를 이끌어갈 군주로 키우겠다는 것 아닌가?'

내물은 마음속으로 신음을 깨물었다. 지금에 와서, 왕자들이 어리다고 하여 실성을 고구려에 인질로 보낸 자신을 탓할 수도 없는 일이었다. 아마도 고구려 태왕은 이번에도 실성과 교환하기 위해 태자 눌지를 데리고 오지 않은 일에 대해 크게 진노해 '군자의 도'로 에둘러 표현한 것이라고 생각했다.

"아국의 원로대신이신 이벌찬께서 아드님을 애타게 기다리고 계신 관계로……."

침묵이 좀 길어지자 부사 김대환이 입을 열어 말하다 말고 은근히 담덕의 눈치를 살폈다.

"물론 그러하겠지요. 아국으로 올 때 신혼이었다 들었습니다. 그 점 더욱 안타깝게 생각되지만, 참고 견디다 보면 좋은 날이 올 것입니다. 얼마 전에 맺은 혈맹인데, 그래도 해를 넘겨 우정을 나누어야 더욱 깊어지지 않겠습니까?"

담덕은 그러면서 좌우로 두루 고구려 사신단을 둘러보았다.

"폐하께서 그리 깊이 생각해주실 줄은 몰랐사옵니다. 앞으로 자주 불러주시면 군자의 덕을 체득해 마음속에 아로새기도록 하겠나이다."

실성은 감동한 나머지 벌떡 자리에서 일어나 담덕을 향해 허리를 깊이 숙였다. 그것은 스스로 인질로 계속 고구려에 남아 있겠다는 의지의 표현이기도 했다.

회담은 그것으로 마무리되었다. 담덕은 신라 사신단이 돌아갈 때 서역의 말 2백 두를 사여품으로 보내기로 했다. 이는 연전에 숙신 공략에 나섰을 때, 그들로부터 돌려받은 말들이었다. 담덕은 대상 하명재에게 부탁하여, 그 말들을 사여품으로 내놓는 대가로 신라에서 봉물로 보내준 금괴를 상단 자금으로 활용토록 하겠다고 마음먹었다.

"이번에 왜군을 무찌를 때 고구려 기마대의 전투력을 보고 깜짝 놀랐습니다. 아국의 경우 남해를 통해 동진과 교류를 해야만 뱃길로 말을 들여올 수 있는데, 백제의 방해가 심해 어려움이 많습니다. 귀한 서역의 말을 선뜻 주시니 정말 감사할 따름입니다."

신라로 떠나는 자리에서 신라 마립간 내물이 태왕 담덕에게 인사를 대신하여 말했다.

"연전에 우리 고구려가 북방 초원로를 개척했습니다. 연해주에서 금산에 이르는 길을 따라 대상들을 위한 역마를 설치하였지요. 앞으로 실직에 고구려 해군기지가 설립되어 동해의 해양방어체계가 구축되면, 신라도 상선으로 북상하여 연해주를 통해 대상들이 초원로를 오가며 서역과 거래할 수 있도록 주선하겠습니다. 그렇게 되면 말 교역도 동진을 통한 중간 유통을 거치지 않고 서역과 직거래하는 길이 열릴 것입니다."

담덕은 그러면서 실직의 고구려 해군기지 건설을 확고부동한 것으로 만들었다. 이것이야말로 되로 주고 말로 받는 외교

적 상술이었다.

6

태왕 담덕은 신라 사신단 맞을 준비와 접견을 하느라 바빴던 열흘 동안 해광에게 국내성 안팎을 두루 둘러볼 기회를 주었다. 성내에서는 왕실과 귀족 자제들에게 경서와 무술을 가르치는 태학을 비롯하여 궐내의 여러 관사 건물과 유적 들을 관람하게 하였다. 국내성 밖의 왕당군 훈련장과 야철장, 하명재 상단이 있는 압록강 중류의 부두, 그리고 일반 백성들이 사는 모습까지 체험하는 시간을 갖도록 배려하였다. 그 모든 것을 태왕은 마동으로 하여금 수시로 안내하도록 했다.

담덕이 해광에게 국내성 안팎을 둘러보게 한 것은, 이 기회에 그를 왜국으로 돌려보내지 않고 고구려에 묶어두고 싶은 욕심 때문이었다. 이번 왜국 연합군의 대륙 침략은 그에게 더 큰 세상을 보게 하는 새로운 눈을 뜨게 하였다. 그는 이제까지 고구려 남쪽의 신라·백제·가야 3국과 서북쪽의 후연, 그리고 북쪽의 숙신과 부여 등에만 긴장을 곤두세우고 있었다. 그런데 바다 건너 섬나라 왜국이 새로운 적으로 부상하였다. 고구려는 서해와 동해를 접하고는 있으나 왜국과 가까운 남해와는 좀 거리를 둔 관계로 그다지 크게 신경 쓰지 않았었다.

'왜국에 해평이 가서 고구려 도래인 세력을 모아 고마성을 구축해 성주 노릇을 하고 있다? 왜국으로 간 각 나라의 망명객들이 다시 대륙으로 돌아오겠다는 꿈을 꾸고 있단 말이렸다? 흐음, 도래인이라……'

담덕은 이 같은 깊은 생각에 잠겨 있다가 자신도 모르는 사이 신음을 깨물었다.

어찌 되었든 해광은 왜국의 이모저모에 대해 잘 알고 있을 것이었다. 적어도 현재 고구려 내에서는 그만큼 섬나라 사정에 대해 깊이 알고 있는 사람이 없었다. 책성에 있을 당시 해평은 동부욕살 하대곤의 양자가 되면서도 자신의 성씨까지 합쳐 그대로 이름으로 썼다. 그래서 양아버지의 성을 따서 하해평이라 불렸다. 그의 친부 즉 무명선사는 부여 땅에 머물면서 고구려를 건국한 추모(고주몽)왕의 부친 해모수의 성씨를 따라 고 씨에서 해 씨로 바꾸어 '해무'가 되었다고 한다. 해평이 아들 이름을 해광이라 지은 것은 조상에 대한 자부심이 그만큼 강하기 때문일 것이었다. 왜국으로 망명해서 고마성(고려성)을 건설하고, 성씨까지 '고마'라 한 것을 보면 조국 고구려에 대한 남다른 자긍심을 갖고 있다고 보아도 좋았다.

군주의 덕은 하늘처럼 넓은 아량을 가지고 있어야 한다고 담덕은 생각하였다. 철천지원수가 된 적도 끌어안을 줄 아는 덕을 겸비해야만 장차 큰 나라를 경영할 수 있다는 것이 그의 정치 철학이었다. 오래전 해평은 고구려 왕실을 뒤엎으려고 모반했다가 왜국으로 망명하였다. 당시 반역의 무리들에게 스승 을두미가 희생당했지만, 이제 해평을 용서할 때도 됐다고 생각했다.

그래서 담덕은 해평의 아들 해광을 왜국에 돌려보내지 않고 자신의 곁에 두고 싶었다. 앞으로 고구려를 주변 어느 나라도 넘볼 수 없는 강국으로 거듭나게 하려면 최측근에서 도와줄 믿을 만한 조력자가 필요했다. 왜국에 있는 해평도 비록 바다 건너 섬나라에 떨어져 있긴 하지만, 조국의 번영을 위해 헌신할 수 있을 것이었다. 그렇게만 된다면 아마도 스승 무명선사가 하늘나라에서 흐뭇한 미소를 지으리란 생각도 해보았다.

담덕의 상상은 끝이 없었다. 만약에 해광을 중용하여 크게 쓰면, 그의 부친 해평과 긴밀한 연락 관계를 취하게 돼 장차 고마성을 섬나라 왜국 안에 둔 고구려의 지방정권으로 삼을 수도 있으리란 생각이 들었다. 지금 당장은 실현 가능성이 희박한 일이지만, '만약에'라는 기대치는 처음 뜬구름 같은 거리감이 느껴지다가도 어느 순간 손에 잡힐 듯 가시적인 형태로 다가올 수도 있는 것이었다.

꿈이 많은 사람은 불가능을 실현 가능한 것으로 만드는 연금술사와도 같았다. 적어도 담덕은 그것을 믿었고, 고구려 태왕이 되고 나서 숱한 전쟁을 치러오면서 마음속의 꿈을 밖으로 끌어내 현실로 만들어왔다. 여느 전쟁도 쉽게 승리를 장담할 수 없었다. 끊임없이 마음속에서 거미줄 같은 희망의 끈을 놓지 않고 끝까지 매달려 사투를 벌인 끝에 궁극적으로는 마침내 목표를 달성하였다.

'그래, 만약에 섬나라 왜국에 고구려 지방정권을 세울 수만 있다면……'

용상에 깊숙이 몸을 파묻고 있던 담덕은 벌떡 허리를 펴면서 순간적으로 탁, 하고 무릎을 치기까지 했다.

"어서 가서 해광을 불러오게."

마침내 담덕은 호위무사 마동에게 명을 내렸다.

얼마 후 마동은 해광을 데리고 편전으로 들어섰다.

"폐하, 불러계시옵니까?"

어느 사이 해광은 고구려 왕실 예법을 익혀 대신들처럼 양손을 겹쳐 배 아래 두고 깊이 허리를 숙였다.

"거기 앉거라."

태왕 담덕은 환하게 웃는 얼굴로 해광을 대했다.

"신라에서 사신단이 다녀갔다 들었사옵니다. 그 사이 국내성 궁궐 안팎을 두루 돌아볼 수 있었사옵니다."

해광은 이제 여유까지 찾고 있었다.

"그래 둘러본 소감이 어떠하냐?"

"고구려군이 왜 강한지 알 것 같았사옵니다."

"허어, 그래? 듣던 중 반가운 소리로군. 왜국에 가지 말고 여기 국내성에서 살면 어떠하겠는가?"

담덕은 여전히 웃음을 지우지 않은 채 물었다.

"왜국에 아버님이 계십니다. 또한 결혼한 몸이라 처자식까지 있어서……."

해광은 숙였던 고개를 들어 담덕을 바라보았다. 간절하게 애원하는 눈빛이었다.

"하긴 그럴 테지. 어서 빨리 왜국으로 돌아가고 싶은 게로구나. 돌아가는 것을 허락한다면, 차후 가족들을 데리고 다시 올 수 있겠는가?"

"그것은……."

"부친께서 원치 않으실 거란 말이지? 그러면 너와 네 처자만이라도 다시 이곳으로 올 수 없겠는가?"

"……."

"그것 역시 부친의 허락이 전제되어야 하겠지."

어느 사이 담덕의 얼굴에서 웃음이 지워지고 어두운 그늘이 드리웠다.

사실상 해광은 대마도에서 자신을 목 빠지게 기다리고 있을 부친 생각으로 가득 차 있었다. 목숨을 건져 바다를 건너간 왜국 연합군들은 이미 대마도를 떠나 각자의 본거지로 돌아갔을 것이었다.

"지금 다른 왜군 병력은 대마도를 떠났어도 아버님께선 거기 남아 계실 것이옵니다. 제가 살아 돌아오리라 굳게 믿고 있을 것이 틀림없사옵니다. 그러하오니, 제 목숨을 살려주신다면 하루라도 빨리 돌아갈 수 있도록 해주시옵소서."

해광이 이렇게까지 나오는데, 아쉽지만 담덕도 결국 그를 왜국으로 돌아가도록 허락하고 말았다.

다음날, 담덕은 대상 하명재를 불러 편전에서 마주 앉았다.

"폐하, 무슨 부탁하실 일이라도 있으신지요?"

부름을 받고 달려온 하명재가 먼저 입을 열었다.

"이것 참, 매번 외숙께 어려운 부탁만 드려 죄송합니다."

"무슨 말씀을요?"

"요전에 신라 사신단이 돌아갈 때 사여품으로 말 2백 두를 선뜻 희사해주시지 않았습니까? 그 대가로 신라 사신단이 가져온 금괴를 드리도록 하겠습니다."

담덕의 말에 하명재가 손사래를 쳤다.

"당치도 않으신 말씀입니다. 그 금괴는 봉물이니만큼 국가 재정에 보태야 하지 않겠습니까? 폐하의 내탕금으로 쓰셔야지요."

"아닙니다. 운양금광이 이제 개발되어 채굴 작업이 한창인데, 광부들을 동원하려면 많은 자금이 필요할 것입니다. 그곳 모처에 있다는 비밀 창고에 넣어두었다 필요할 때 요긴하게 쓰십시오."

"정 그러하시다면, 태왕 폐하의 비밀 창고에 넣어두었다 나라 재난이 닥칠 때 쓰실 수 있도록 하겠습니다."

"운양에 두 개의 비밀 창고가 있다고 들었습니다. 다른 하나는 외숙이 상단의 자금 운영을 위한 것으로 아는데, 거기 넣어두고 그곳에서 가까운 장연의 국제무역항 부두를 활성화하는 일에 쓰일 수 있도록 하십시오. 그리고 압록강 부두에서 상선에 금괴를 싣고 갈 때, 왜국에서 온 해광을 태워 장연 국제무역항까지 데려다주시기 바랍니다. 기왕이면 반도의 연안 해역을 거쳐 명주까지 가는 동진의 상선에 태워, 백제 상대포구에 내릴 수 있도록 주선해주세요. 상대포구에선 수시로 대마도로 가는 어선이나 상선이 있으니, 해광이 안전하게 귀국할 수 있지 않겠습니까?"

담덕은 그러면서 호위무사 마동이 해광과 동행하여 안전을 도모할 수 있도록 하겠다고 말했다.

"결국 해광을 제 부친에게 보내주시기로 하셨군요?"

"해광의 부친이 대마도에서 아들이 오기만을 학수고대하고 있다는데, 억지로 붙들어둘 수도 없는 노릇 아니겠습니까?"

담덕은 쓸쓸하게 웃었다.

마침내 해광을 왜국으로 떠나보내기 전날, 태왕 담덕은 오찬을 같이하면서 말했다.

"해광아, 네 부친의 허락이 떨어져 다시 국내성으로 돌아오게 된다면 그때 무명선사의 비급을 주겠다. 네 조부의 무명검법 비급이니, 네가 보존토록 해야 하지 않겠느냐?"

담덕의 그런 약속은, 기대하기는 어렵지만 해광이 다시 돌아오길 바라는 마음에서 일종의 미끼를 던져준 것이라고 할 수 있었다.

다음날 아침, 담덕은 마동을 불러 하명재 상단의 배를 타고 해광을 장연 부두까지 안전하게 데려다주라고 명령했다.

장연은 대동 지역에서 서해로 돌출한 상어의 콧잔등처럼 생긴 반도인데, 흔히 그 뾰족한 곳을 일러 '장산곶'이라 했다. 이 반도에는 장산곶을 가운데 두고 그 북쪽에 몽금포, 그 남쪽에 구미포가 자리를 잡아, 세 부두의 연안을 따라 국제무역항이 형성돼 있었다. 그리고 그 인근의 내륙으로 좀 더 들어가면 사금을 채취하는 운양금광이 개발되어, 보기 드물게 큰 마을을 형성하고 있었다. 오래전부터 담덕의 명에 의해 대상 하명재가 책임을 맡아 금광을 관리했는데, 장연의 세 포구가 고구려의 대표적인 국제무역항이 된 것은 바로 그 금광에서 흘러나온 재력 덕분이었다.

하명재는 해광과 대마도 어부 출신인 모리이의 졸개를 대동하고, 압록강 중류 부두에서 상선을 타고 바다로 나가 일단 장연 국제무역항에 도착했다. 그 항구에는 하명재 상단에서 운영하는 상선이 여러 척 정박해 있었고, 시전거리에는 직영으로 물건을 사고파는 도매 점포도 성업 중이었다.

상선에서 내린 해광은 국제무역항 부두에 즐비하게 정박해 있는 상선을 보고 놀라지 않을 수 없었다. 동진뿐만 아니라 남양에서 온 각 나라의 상선들이 저마다 울긋불긋한 깃발을 펄럭이고 있었는데, 그 배의 형태도 나라마다 각기 달랐다. 부둣가에 형성된 도매 점포들과 그 사이를 오가는 사람들도 피부가 갈색인 사람, 코가 크고 눈이 푸른 사람 등등 가지각색이었다. 점포에 진열된 각종 향료의 색깔이 화려하고 눈부시게 빛났으며, 그 향기도 저마다 독특하기 이를 데 없었다.

하명재 대인이 하루 전에 미리 연락을 취해놓아서 운양금광 운영을 책임지고 있는 행수 소철이 직영하는 도매 점포에 와서 미리 대기하고 있었다.

"말과 수레는 준비되어 있겠지?"

하명재는 소철에게 물었다.

"네, 분부하신 대로 대기시켜 놓았습니다. 그리고 동진의 상선 사정을 알아보았는데, 때마침 사흘 후에 이곳을 출발하여 백제 연안을 따라 상대포구에서 명주(明州, 영파)로 가는 배가 있다고 합니다. 그 상선의 대행수에게 두 사람을 태워 상대포구에 내리게 해달라고 부탁해놓았습니다. 일단 시간적 여유가 좀 있으니 다 함께 운양으로 가시지요."

소철은 여러 마리의 말과 수레도 준비해 놓았으므로, 각기 말을 타고 이동하면 한나절이면 운양에 도착할 수 있을 것이라고 했다.

"우선 배 안에 있는 나무 궤부터 싣도록 하게. 중요한 것이니 조심스럽게 다루게."

하명재는 태왕의 부탁대로 신라 사신단이 봉물로 가져온 금괴를 상선에 싣고 왔다. 그가 수레를 준비하라고 한 것은 바로 그 금괴를 운양금광까지 싣고 가기 위해서였다.

운양금광 인근에는 백사장이 넓은 큰 개천을 끼고 마을이 형성되어 있었는데, 그 주민들은 모두가 사금채취를 하며 노임을 받고 살았다. 하명재 일행의 맨 앞에서 금괴 실은 수레의 말을 끄는 행수 소철은 마을에서 가장 규모가 큰 솟을대문 기와집 앞에 멈추었다. 대문은 높고 넓어서 말과 짐을 실은 수레까지 안마당으로 너끈히 들어가도 남았다.

하명재 일행이 도착하자, 장정들이 안에서 우르르 몰려나와 수레의 짐부터 내리기 시작했다. 그들은 곧 금괴가 든 나무상자를 어딘가 저택 안의 비밀 창고로 날랐다.

한편 소철은 말에서 내린 마농과 해광 일행을 객사로 안내하였다. 그들이 탔던 말들도 장정들이 고삐를 잡아 마구간으로 끌고 갔다. 기와를 올린 객사는 방이 여러 개 길게 이어져 있었고, 모두가 널찍널찍했다. 외부에서 온 다른 대상의 장정들이

묵어가도록 마련한 숙소였다.

국제무역항 장연 부두에서 곧바로 동진으로 가는 상선이 있었다면 해광 일행을 지체하지 않고 태워 보냈을 터인데 사흘 후에나 출항하므로 하명재는 그들을 애써 운양의 금광마을까지 데려왔다. 그 바람에 마동도 소문으로만 듣던 운양금광을 둘러볼 수 있는 기회가 생겼다. 사흘 동안 객사에서 무료하게 죽치고 앉아 있을 수는 없었으므로, 행수 소철의 안내를 받아 운발산에서 흘러내리는 큰 개천가에 마련된 사금채취 현장을 구경하였다.

사금을 채취하는 방법은 생각보다 간단하였다. 개천의 모래를 퍼서 주발 같은 것으로 쌀을 일듯이 흔들어 모래를 제거하고 그릇 밑바닥에 남은 미세한 금가루를 채취하는 것이었다. 금이 섞여 있는 자갈이나 돌의 경우 쇠망치로 깨뜨려 모래처럼 가루를 만든 후, 주발을 이용해 같은 방법으로 채취하는 경우도 있었다.

사금채취 현장을 둘러보고 온 날 밤이었다. 내일이면 동진 상선을 타기 위해 장연 국제무역항으로 출발해야 하므로, 하명재는 해광 일행에게 산해진미가 가득한 술상까지 차려 대접하였다. 태왕 담덕이 그들에게 후한 접대를 해주라고 부탁했기 때문이다. 저녁 식사를 겸하여 술까지 곁들인 그들은 일찌감치 잠자리에 들었다.

술을 마셔서 그럴까, 해광은 가랑이 사이의 아랫도리가 묵직하여 문득 잠에서 깨어났다. 객사의 숙소에서 나와 뒷간을 찾았다. 깊은 밤중이었고, 취중이어서 방향 감각을 잃어 뒷간을 찾는 데 애를 먹었다. 결국 그는 헤매다가 정원의 큰 소나무 둥치에 몸을 기댄 채 소변을 보았다. 그러고 나서 후련한 기분으로 건듯 부는 바람에 몸을 맡겼다가 돌아서는데, 마침 불이 환하게 켜진 별채의 한 방에 그의 눈길이 멎었다. 밤늦은 시간인데, 우렁우렁하는 여러 사람의 목소리가 들려왔다.

밤공기는 소리를 전달하는 매질의 효과가 있어, 작은 소리도 잘 들렸다. 해광이 가만히 불이 켜진 방 쪽으로 다가가 들어보니 하명재와 소철, 그리고 마동의 목소리가 흘러나왔다.

"신라 사신단이 가져온 금괴는 월성천에서 나는 구상사금을 채취한 것이라고 합니다. 지난 전쟁 때 신라의 구상사금에 대한 얘기를 들은 바 있어 지금도 기억이 새롭습니다. 제가 근오지현 부두에 정박한 적선들을 불태울 때 왜국 대장군 오호하마노가 신라 대상 석규명 상단에서 훔친 금괴를 군선에 숨겨놓았던 걸 발견했지요. 전쟁이 끝나면 왜국으로 가져가려던 것을 제가 졸개들을 데리고 불타는 대장선으로 뛰어들어 금괴를 찾아냈습니다. 그 금괴도 구상사금이었다고 들었습니다."

마동의 목소리에 취기가 묻어나고 있었다. 아마도 술상을 마주하고 세 사람이 대화를 나누고 있는 모양이었다.

"허어, 그래서 그 금괴는 어찌하였는가?"

하명재의 목소리였다.

"일단 석규명 상단 창고에 넣어두었는데, 저보고 목숨을 걸다시피 해서 찾은 금괴이니 전리품으로 생각해 가져가라고 하더군요. 그러나 상단의 귀중한 보물인데 도둑질하는 것 같아 사양했습니다. 그보다 당장 금성으로 가서 왜적을 무찌르겠다는 마음이 급했기 때문이지요."

이렇게 말할 때 마동은 문득 근오지현에 있을 석사비를 떠올리지 않을 수 없었다. 석규명의 부인은 딸을 구해준 대가로 그에게 금괴를 주겠다고 약속한 바 있었다. 아니, 그보다도 근오지현을 떠나기 전날 밤 술에 몹시 취해 석사비와 마치 몽환처럼 겪었던 열락의 순간을 결코 잊을 수가 없었다.

"허어, 구상사금이라? 구슬처럼 생겼다는 것이니, 그 알갱이의 순도가 아주 높지 않겠습니까?"

소철이 누구에게랄 것도 없이 물었다.

"그렇다 들었습니다. 구상사금이 신라의 월천에서 난다고 합니다. 월성 앞에 있어 월성천이라고 부르지요. 주발 같은 것으로 모래알을 건져내고 그릇 바닥에 가라앉은 금가루를 채취하는 방법은 같은 터인데, 그곳에서 나는 금은 구슬 같은 알갱이인 모양입니다."

마동이 말했다.

"아무튼 잘 보관하게. 태왕 폐하께서는 이번에 신라 사신단에 사여품으로 보내는 말 2백 두의 값으로 구상사금을 우리에게 주셨는데, 나는 그것을 상단 자금으로 쓰지 않을 생각이네. 그래서 따로 태왕의 내탕금을 보관하는 비밀 창고에 넣어두라 한 것이네. 지금은 태평성대지만 언제 가뭄이 와서 흉년이 들고 괴질이 돌아 백성들을 아사지경에 이르게 할지 모르네. 그때 구휼미를 구하는 데 쓰기 위해서라도 잘 보관해두어야 할 것이야. 나라에 기근이 들면 우리 상단이 저 너른 땅 중원을 통해서라도 곡물을 들여와야 하지 않겠는가? 작은 장사꾼은 그와 같은 위기가 닥쳤을 때 가족이나 마을을 구하지만, 큰 장사꾼은 나라를 구해야 한다네."

하명재는 그런 의미에서 큰 장사꾼이었다.

발자국 소리가 나지 않게 객사의 숙소로 돌아온 해광은 그날 밤 통 잠을 이룰 수가 없었다. 어서 빨리 부친이 있는 대마도로 돌아가겠다는 생각과 아울러, 태왕 담덕의 요청대로 다시 고국을 찾아올 수 있을지에 대한 번뇌에 휩싸였던 것이다. 그 순간만큼은 적어도 여러 가지 여건으로 볼 때 섬나라 왜국보다 대륙의 나라인 고구려가 더 사람 살기에 좋다는 생각이 그의 마음을 온 통 지배하고 있었다. 섬나라에서는 기근이 들면 창칼로 무장하고 바다를 건너 육지로 처들어와 곡물을 마구잡이로 약탈해가야만 했다. 그런데 대륙의 나라들은 대상단이 거래를 통해 곡물을 수입해 기아에 허덕이는 백성을 구했다. 그런 면에서 왜국과 고구려가 다른 점이 확연히 드러났다.

다음날 일찌감치 하명재 일행은 운양에서 말을 타고 장연으로 달려갔다. 해광과 모리이의 졸개가 동진 상선에 오를 때 마동이 문득 한마디 했다.

"잘 가시게. 우리가 악연이라 다시 만날 수 있을지는 모르지만, 그래도 태왕 폐하의 간절한 소망이니 고구려로 돌아와 장차 좋은 인연이 맺어지길 바라는 바이네."

마동은 그 말만 남긴 채 해광과 모리이의 졸개를 뒤로 하고, 곧 하명재 상단의 배를 타고 국내성으로 돌아갔다.

제4장

불타는 숙군성

1

잔머리는 잘 굴리나 덕이 부족한 군주는 권력의 맛을 아는 순간부터 세상을 보는 눈이 흐려질 수밖에 없었다. 역사 이래로 권력은 끝없는 욕망을 낳고, 욕망은 눈과 귀를 막아 고집불통의 오만한 군주를 만들어내곤 했다. 주변 사람 누구도 믿지 못하기 때문에 고집불통의 독선적인 성격으로 변하고 마는 것이었다. 권력의 부패는 그 고집에서부터 곰팡이처럼 피어나기 시작하며, 세상을 흙탕물 속으로 가라앉게 하는 원흉이었다.

후연의 모용성은 바로 그러한 권력의 두엄자리에 화농성 종기와도 같은 독버섯을 키우고 있었다. 제위에 오른 직후 자칭 '서민천왕'이라 하던 그는, 고구려가 신라에 원군을 보낸 틈을 타 기습적으로 신성과 남소성 공략에 성공한 후 갑자기 '전제

군주'로 변해 폭정을 일삼기 시작했다. 나라의 경영이나 상업적 돈벌이나 그 성공에 있어서는 반드시 빛과 그림자가 있는 법이었다. 그 빛은 미래의 발전 가능성을 예견해주는 반딧불 역할을 하지만, 그 뒤에 숨은 그림자는 자칫 더욱 욕망을 부추기는 충동성을 내재한 암적 존재가 되기도 하였다. 광활한 들판에서 너무 잘 달리는 말은 간혹 고삐를 잡아채 속도 조절을 할 필요가 있었다. 자칫 말과 주인이 속도감에 같이 취해 바로 앞에 깎아지른 절벽이나 웅덩이가 있는 줄 모르고 달리다 돌이킬 수 없는 낭패를 보게 될 우려가 있기 때문이었다.

모용성은 명색이 모용보의 장자였지만, 후비 소생이라는 이른바 '서자'의 굴레에서 결코 벗어나지 못했다. 그런 심리적 약점 때문에 태자의 자리도 정실이 낳은 어린 동생 모용책에게 양보했던 것이다. 그 후 모용책을 제거하고 모용 씨 세력을 몰아낸 난 씨 형제들에 반기를 들어 권력을 독차지한 후에도, 모용성은 눈치를 보며 '서민천왕'을 자처하고 나섰다. 이렇게 그는 짐짓 덕이 있는 군주로 가장했지만, 제위에 오른 지 불과 2년 만에 그 야심이 겉으로 드러나면서 '전제군주'로 표변하고 말았다.

"왓, 핫핫핫핫! 우리 막내 삼촌 최고! 단숨에 고구려의 야코를 죽여놓다니 정말 대단해!"

모용성은 자신보다 열두 살이나 아래인 삼촌 모용희를 볼 때

마다 두 손을 붙들고 하늘 높이 추켜세웠다.

모용희는 모용수와 젊은 황후 단 씨 사이에서 태어난 막내 아들이었다. 난 씨 형제들이 반란을 일으켜 모용보 세력을 제거할 때 그가 살아남을 수 있었던 것은, 난한의 사위인 모용성이 적극적으로 보호해주었기 때문이다. 모용희는 한때 모용수가 귀여워하여 채 열 살도 안 된 나이에 하간왕(河間王)에 책봉되었는데, 난한은 그의 작위를 요동공(遼東公)으로 격하시켜 겨우 목숨만은 부지할 수 있게 해주었다. 당시 요동은 고구려가 차지하고 있었으므로 기실 허명만 존재하는 작위에 불과하였다. 그런데 난 씨 세력을 제압한 모용성은 그를 하간공(河間公)으로 승격시켜, 곁에 두고 중책을 맡겼다. 아무리 찾아봐도 가까이에 믿을 만한 모용 씨 핏줄이 드물어 궁여지책으로 어린 삼촌을 우군으로 만들었던 것이다. 그래서 고구려의 변경을 기습할 때 열여섯 살 된 모용희를 표기대장군으로 삼아 3만의 원정군을 지휘토록 했다.

당시 실전 경험이 많은 후연의 장수들이 있었지만, 모용성은 만약에 모를 그들의 준동을 미리 막기 위하여 어린 삼촌 모용희의 휘하에 두어 아예 기를 꽉 죽여놓았다. 모용희가 기습작전으로 고구려의 신성과 남소성을 공략하고 5천 호의 민간을 방패막이삼아 볼모를 이끌고 귀환했을 때, 모용성은 그를 극찬해 마지않았다. 모든 공을 나이 어린 삼촌에게 돌려 작위를 올려주고 후한 포상을 내리자, 전쟁터에 나가 목숨을 걸고 싸운 장수들은 그런 비합리적인 논공행상에 당연히 불만을 토로할 수밖에 없었다.

그러나 모용성은 자신의 논공행상 처리에 대해 불만을 제기하는 장수들을 가차 없이 처단하였다. 고구려 변경 기습작전의 성공은 그에게 자신감, 아니 자신감이라기보다는 기고만장한 오만함을 심어주었다고 해야 옳았다. 높은 자리에 오르면 밑에서 우후죽순처럼 솟아나는 세력이 두려운 법이었다. 위험하다고 느껴지는 세력은 아예 싹부터 제거하고 싶은 것이 너무 쉽게 권력을 틀어쥔 군주의 심리였다. 쉽게 얻은 권력은 무너지는 것도 순식간이기 때문에, 그것을 아는 자들은 특히 그 심리적 불안감 때문에 무소불위의 권력을 휘두르게 되어 있었다.

장수들의 불만은 주로 술자리에서 터져나왔다.

"작전을 짜고 앞장서서 싸운 것은 우리인데, 왜 어린아이에게 몰아서 포상을 주는 거냐구?"

기습으로 신성을 공격한 전상장군 진여의 불만이 폭발하였다.

"이건 너무 불공평한 처사 아닌가?"

선봉장으로 가장 먼저 남소성 성벽을 뛰어넘은 단찬도 맞장구를 쳤다.

"이런, 제기랄! 나도 명색이 모용 씨인데, 어찌 가까운 황실의 종씨들만 감싸고 도느냔 말이야."

좌장군 모용국도 울화가 치밀어 술잔으로 탁자를 내리쳤다.

모용성이 모용 씨 중에서도 황족 출신을 중용한 데는 다 이유가 있었다. 가까운 인척인 모용 씨 이외에는 도무지 믿을 수가 없었던 것이다. 그는 모용희 이외에 모용운에게도 도성 경비의 중책을 맡겼다. 모용운은 원래 고구려 유민 출신으로 고운이지만, 모용보의 양아들이 된 이후 모용 씨로 대우를 받았다. 더구나 모용운은 모용보의 자식들에게 무술을 가르치는 사범이었으므로, 모용성에게는 스승이나 다름없었다. 그래서 모용성은 모용희와 모용운을 좌우에 거느리고 있으면서, 반역의 기미가 보이는 세력들을 가차없이 처단하였다. 모용보의 피를 이어받은 형제들은 난 씨들에게 거의 주살당했으나, 모용 씨지만 당시 황실과는 거리가 먼 종친 중 살아남은 자들이 많았다. 특히 그중에서도 여차하면 군사를 일으켜 모용성을 척살하려고 음모를 꾸미는 세력들을 도외시할 수 없었다.

따라서 모용성은 반역을 모의한 자들을 밀고하면 큰 상을 내리겠다고 만천하에 공표하였다. 그렇게 누군가의 밀고를 받아 모용 씨 중 여러 명이 처단되었다. 전혀 반역을 꿈조차 꾸지 않은 모용 씨도 억울하게 죽임을 당한 경우가 허다하였다. 억울한 사연은 소문이 빠르게 퍼져나가는 법이었다. 백성들은 그러한 소문을 듣고 쉬쉬하며 입단속을 하기에 여념이 없었다.

401년 중추절을 맞아 진여와 단찬은 술을 마시다 취중에 모용성에 대한 불만을 털어놓았다. 그때 누군가 엿듣고 있다가 곧바로 일러바쳐, 마침내 그 소문이 모용성의 귀에까지 들어갔다. 모용성은 즉시 군사를 보내 두 사람을 잡아들이라 명령했다. 그들이 좌장군 모용국을 황제로 세우겠다며 반란을 모의했다고 소문이 나돌았던 것이다. 결국 모용국을 비롯하여 진여와 단찬 세 장군이 모용성의 군사들에게 잡혀 몸과 머리가 따로 노는 들판의 무주고혼 신세가 되어버렸다.

이렇게 되자 급히 성에서 도망친 진여의 아들 진흥과 단찬의 아들 단태는 전장군 단기에게로 달려갔다. 단기는 단찬의 종친으로, 평소 모용성에게 많은 불만을 품고 있었다.

"장군! 아버님께서 반란을 도모한 적이 없는데 억울하게 돌아가셨습니다. 군사를 빌려주시면 당장 궁궐로 쳐들어가 모용성을 주살하겠습니다."

단찬의 아들 단태는 무릎을 꿇고 읍소하였다.

"단찬 장군이 모용성에게 억울한 죽임을 당했단 말이지?"

"장군! 저의 아버님은 진여 장군이십니다. 이번에 누군가의 모함으로 단찬 장군과 함께 희생당하셨습니다."

진여의 아들 진흥도 눈물로 호소하였다.

"서민천왕이라 하더니, 과연 그게 가면을 뒤집어쓴 허울이었구나. 내 모용성의 얼굴에 뒤집어쓴 가면을 벗겨 만천하에 공개

하리라."

단기는 휘하의 군사를 일으켜 단태와 진홍을 좌우에 거느리고 궁궐로 진격해 들어갔다. 갑자기 반군이 들이닥치자, 모용성은 놀란 나머지 급히 궁궐을 지키던 군사를 이끌고 그들을 격퇴하기 위해 나섰다. 그러나 그는 반군과 싸우는 과정에서 크게 상처를 입고 말았다. 뒤늦게 그 소식을 들은 모용운과 모용희는 관군을 이끌고 궁궐로 쳐들어가 반군을 처단하였다.

모용성은 가까운 거리에서 가슴에 화살을 맞아 예상외로 상처가 깊었다. 결국 그는 상처의 후유증으로 고통을 받다가 불과 29세의 나이로 재위 3년 만에 세상을 뜨고 말았다. 그의 갑작스러운 죽음으로 인하여 다음 제위를 누가 이을 것인가를 놓고 모용 씨들 사이에서 암투가 벌어졌다. 태자 모용정이 너무 어렸으므로, 모용성의 동생 모용원이 은근히 야망을 드러냈다. 어린 삼촌 모용희도 처음에는 조카 모용원이 제위에 오르는 것을 찬동하는 듯했다.

그러나 모용희 역시 황제의 자리를 탐내, 당시 황실의 큰어른으로 황태후 자리에 있는 정 씨에게 비밀리에 접근을 시도하였다. 모용성의 친모는 이미 죽었기 때문에 모용수의 전처 단씨 소생의 아들인 모용전의 아내 정 씨가 헌장황태후가 되어 황실의 내명부를 관장하고 있었다. 당시 17세의 나이인 모용희는 일찍부터 여색을 알았다. 그는 다음 제위를 자신이 차지하기 위하여 촌수로는 형수인 황태후 정 씨를 꾀어내 남몰래 사통하였다. 오래도록 과부로 지냈던 황태후 정 씨는 막내 시동생 모용희와 잠자리를 같이하면서 모처럼만에 색정이 달아올랐다.

헌장황태후 정 씨는 오래도록 젊은 시동생과 밀애의 쾌락을 즐기고 싶었다. 그래서 황실 내명부의 권한을 내세워 모용희에게 다음 제위를 잇게 하였다. 이때 황태후 정 씨는 두 가지 욕망을 꿈꾸었다. 그 하나는 밤마다 밀실에서 황제가 된 모용희와 색정을 나눌 수 있다는 것이었고, 다른 하나는 계속 황태후의 자리를 고수하여 내명부를 마음대로 휘두르겠다는 야심이었다.

모용희는 보위에 오르자마자 모용성의 동생 모용원을 주살하였으며, 자신의 즉위에 반대하던 제신들을 가차없이 처단하였다. 또한 연호를 '광시(光始)'라 하여, 전에 모용성이 애써 '서민천왕'이라 하던 제왕에서 황제로서의 권위를 한껏 높여 전제군주로 군림하였다.

뿐만이 아니라 모용희는 402년에 전진의 부견과 가까운 황족인 부모(符謨)의 두 딸 부융아와 부훈영을 귀인과 귀빈으로 삼았다. 그는 밤마다 돌아가며 색정의 잠자리를 즐겼는데, 이들 자매 중 특히 동생 부훈영을 총애하였다.

이렇게 되자 나이 많은 헌장황태후 정 씨의 첫 번째 욕망인 모용희와의 황음은 도로가 되고 말았다. 결국 시샘이 극에 달하여 한때 정인이었던 모용희를 폐위시키려고 시도했다. 그러나 그 비밀이 새어 모용희의 귀에 들어갔고, 그는 즉시 졸개들을 시켜 황태후 정 씨를 제거하였다.

이때 황태후와 모의를 도모했던 모용 씨들이 또 한 차례 수난을 당하였다. 그러나 모용운은 이때도 용케 살아남았는데, 그는 고구려 유민 출신이므로 몸속에 모용 씨의 피가 흐르지 않는다는 것이 행운으로 작용하였다. 더구나 그는 용성을 방위하는 장군으로 휘하에 고구려 유민 출신 군사들을 많이 거느리고 있어 함부로 제거하기 쉽지 않았다. 모용희로서는 용성에 사는 백성 중에는 고구려 유민 출신들이 많았으므로, 그들을 다독여야만 오래도록 황제 자리를 유지할 수 있다고 판단했던 것이다.

2

402년(영락 12년) 2월, 태왕 담덕은 파발을 통해 신라에서 마립간 내물이 죽고 그 뒤를 이어 실성이 왕위에 올랐다는 보고를 받았다. 고구려는 사신단을 이끌고 왔던 신라왕과의 약속대로 1년 전에 인질 실성을 신라로 돌려보낸 바 있었다.

신라 마립간 내물은 사신단을 이끌고 고구려에 다녀온 후부터 시름시름 앓기 시작했다. 정신적 박탈감이 심해 약을 써도 안 듣는 지경에 이르러 사경을 헤매면서도, 그는 끝까지 장자 눌지에게 왕위를 물려주려고 했다. 그러나 결국 죽는 순간까지 그 소망을 이루지 못했다.

눌지에게 왕위를 물려주는 것은 나라를 도탄의 위기에 빠트리는 일이 된다면서, 신라 문무대신은 물론 백성들까지도 반대가 심했다. 신라는 건국 초기인 박혁거세 시대부터 화백제도라는 것이 있었다. 여섯 부락의 촌장들이 모여 만장일치로 우두머리를 뽑는 제도였는데, 그것이 나중에는 골품제가 확립되면서 진골 출신들의 회의로 굳어졌다.

신라의 왕은 박·석·김 세 가지 성씨가 대를 이어갔는데, 내물 마립간 때부터 완전히 김 씨 세습으로 이어졌다. 그가 죽고 나서 진골 출신 대신들의 회의에서 눌지가 아닌 실성을 마립간으로 추대한 것이었다. 10년 가까이 고구려에 인질로 끌려가 있던 실성이 신라로 돌아올 때, 백성들은 그가 금성으로 들어서는 연도에 나와 만세를 부르며 환대하였다. 이미 백성들 사이에서 그는 왜군을 무찌른 영웅으로 잘 알려져 있었다. 그로부터 1년 후 내물이 죽었을 때 장자 눌지보다 대서지의 아들 실성이 왕위를 이어야만 다시 쳐들어올지 모르는 왜군을 무찔러 나라의 안전을 도모할 수 있다고 백성들은 믿었으며, 대신들 또한 하나같이 그런 주장을 하고 나섰다. 그러한 신라인들의 믿음은 실성의 배후에 고구려 태왕 담덕이 굳건한 버팀목 역할을 해주고 있었기 때문에 가능한 일이었다. 가깝게는 백제와 가야, 바다 건너 멀리는 왜국이 호시탐탐 노리고 있어, 신라인들은 늘 심리적으로 불안감을 안고 살았다. 만약의 경우 다시 외적이 쳐들어온다면 실성이야말로 고구려에 원군을 요청할 수 있는 최적의 인물임을 그들도 잘 알고 있었던 것이다. 태왕 담덕과 실성이 피를 섞은 술을 나누어 마시면서 혈맹을 맺은 사실이 이미 신라 전역에 다 퍼져 있었다.

실성이 신라의 마립간이 되고 나서, 전에 밀사로 여러 번 파견된 적이 있는 급찬 김대환이 다시 사은사가 되어 고구려를 방문하였다. 실성이 왕위를 이어받으면서 그의 부친인 이벌찬 대서지는 관직에서 물러났고, 김대환이 이찬으로 전격 승진되어 고구려에 사신단을 이끌고 온 것이었다.

태왕 담덕은 조회 때 신라 사신단의 접견을 끝내고 나서, 저녁 연회 자리에서 정사 김대환에게 덕담을 한마디하였다.

"그동안 귀국이 실직에 고구려 해군기지를 건설하는 데 도움준 것을 감사하게 생각하는 바이오."

이미 고구려는 신라의 동해와 면한 실직에 해군기지를 건설하고 나서, 한창 군선을 건조하고 있었다.

"태왕 폐하의 하해와 같은 은덕에 힘입어 실성 공이 새로운 마립간으로 등극하게 되었사옵니다. 실직에 들어서는 해군기지도 장차 왜국에 알려지면, 감히 아국을 침략하겠다는 흑심을 더 이상 품지 못할 것이옵니다."

김대환이 머리를 조아렸다.

"더는 왜국이 침략하지 못하도록 군사력을 키워 방비를 튼튼히 해야 할 것이오. 그리고 다른 한편으로는 외교술로 적을 달래는 전략도 필요하다고 생각하오. 그래서 전에 짐이 그대의 나라에서 왜국에 사신을 보내 선린 외교를 펼치는 것이 좋다고 하였는데, 어찌 돼가고 있소?"

담덕은 완벽하게 남쪽의 안전을 도모할 수 있어야만 안심하고 서북의 후연을 공격할 수 있었다. 그런 점에서 신라와 왜국의 호의적 관계 조성은 필수적 조건이었다. 국가 간의 외교 전략은 비록 전날 철천지원수 사이였다 하더라도 전격적으로 우호 관계로 돌아설 수 있었다. 그것이 상생의 법칙이었다.

"네, 폐하의 말씀대로 작년에 왜국에 사신단을 보낸 바 있사옵니다. 그러나 왜국왕 응신이 아국 왕자를 보내달라고 하는 바람에 내물 마립간께서 내심 고민하던 중 서거하셨사옵니다."

"짐도 내물 마립간의 붕어 소식을 듣고 마음이 적잖이 아팠소. 허나, 작금의 현실을 직시하지 않을 수 없소. 실성 마립간에게 부탁하니, 누구든 내물 마립간의 자식들 중 하나를 왜국에 인질로 보내도록 하시오. 그리하면 당분간 아국이 눌지를 보내달라는 건은 보류해두도록 하겠소."

담덕은 실성을 신라로 돌려보내면서 강력하게 내물 마립간의 왕자들 중 맏이인 눌지를 인질로 요청한 바 있었다. 그런데 왜국에서 신라에 인질을 원한다면 일단 고구려가 양보하는 것이 옳다고 판단되었다. 실성이 새로운 마립간이 되었으므로, 신라와의 굳건한 신뢰 관계가 형성된 만큼 더 이상 마음 쓸 이유가 없었던 것이다.

"폐하! 그렇게만 해주신다면 아국도 기꺼이 왜국의 청을 들어줄 수 있을 것이옵니다."

김대환은 앓던 이 하나가 빠진 듯 만면에 기꺼운 표정을 숨기지 않았다.

신라 사은사가 돌아가고 난 직후였다. 호위무사 마동이 흑부상 단장 추동자와 함께 담덕에게 알현을 청했다.

"폐하! 근자에 들어 후연에 많은 변란이 있었다고 하옵니다."

마동이 추동자에게서 전해 들은 소식으로 운을 떼었다.

"변란이라면?"

담덕은 추동자로 하여금 서북 변경으로 달려가 후연의 동태를 파악하고 오라 일렀으므로, 그 소식을 학수고대하며 기다리고 있던 참이었다.

"신성과 남소성을 기습 공격한 전과를 두고 모용성이 논공행상을 하였는데, 모용희에게만 그 공을 몰아주어 나머지 장수들의 불만이 폭발해 변란이 일어났사옵니다. 반군의 화살을 맞아 상처를 입은 모용성이 죽고, 그런 혼란한 틈을 이용해 모용희가 권좌를 차지하게 되었다 하옵니다."

추동자는 오래전부터 용성에 보낸 첩자들을 통해 들은 후연의 최근 소식을 그대로 담덕에게 전했다. 그는 세간에 떠도는 모용희에 관한 이야기까지 낱낱이 보고하였다.

"열여덟 살이 된 모용희가 그렇게 여색을 탐한단 말이렷다? 거기에 모반의 의심이 드는 신하들은 가차없이 죽이는 천하의 악덕 군주라고? 허허, 그 와중에 모용운이 살아남은 것이 용하지 않소?"

담덕은 회심의 미소를 지었다. 기다리고 있던 바였다. 2년 전 후연에게 신성과 남소성을 공략당한 데 대한 보복을 이제는 제대로 갚아줄 때가 되었다고 생각했다.

"내일 군사회의를 하겠다. 왕당군 대장군과 태대형을 편전으로 들게 하라."

담덕은 마동에게 명령을 내렸다.

다음날 편전에서 담덕은 우적과 추수를 만나 후연 공략에 대한 긴급회의를 열었다. 후연의 최근 소식을 가져온 추동자와 정보 책임을 맡고 있는 마동도 참여한 자리였다.

다시 한번 우적과 추수를 위해 추동자는 후연에 대한 최근의 정황을 자세히 털어놓았다. 다 듣고 나서 모두들 진지한 얼굴이 되었다.

묵묵히 기다리고 있던 담덕이 먼저 입을 열었다.

"이번에 후연을 공격하여 2년 전 신성과 남소성에서 포로가 되어 끌려간 5천 호의 백성들을 데려올 생각입니다. 추 단장의 말에 의하면, 후연군은 그 포로들을 데려다 용성 동북쪽의 숙군성(宿軍城, 베이전시)을 축성하는 일에 노예처럼 부려먹고 있다고 합니다. '숙군'이란 말 그대로 군사들이 머무는 곳인 바, 아국으로부터 용성을 방위하기 위한 후연의 전략기지임에 틀림없어 보입니다. 전날 후연군이 신성과 남소성을 기습공격했듯이, 우리도 기습으로 숙군성을 공격하는 보복전을 펼쳐야 하지 않겠습니까?"

담덕은 평소와 달리 조금 흥분한 어투로 목소리를 높였다.

"평주자사 모용귀를 파견하여 성곽을 축조하고 있다는 걸 보면, 지금 한창 성벽을 쌓는 데 주력하고 있을 것으로 예상됩니다. 모용귀가 평주(平州, 루룽현)의 군사들을 끌고 가서 포로가 된 아국 백성들을 노예처럼 다루고 있다고 합니다. 이 기회에 먼저 자사가 부재하고 군사의 수가 적은 평주부터 치는 것은 어떠하올는지요?"

추수가 뜻밖의 의견을 냈다.

"일리가 있는 얘깁니다. 하지만 용성에서 가까운 곳이 숙군성입니다. 평주자사를 숙군성으로 가게 한 것은 지리적 여건상 용성을 방위하기가 평주보다 숙군이 더 용이하기 때문일 것입니다. 숙군성을 기습하려는 것은, 용성의 군사들을 그쪽으로 끌어내기 위한 유도작전이라고 할 수 있습니다. 용성의 도성 방위 군사들을 이끄는 장수가 모용운, 아니 우리 고구려 유민 출신의 고운이라 들었습니다. 우리가 숙군성을 기습해 점령했을 때 모용희가 용성에서 과연 장수로 누구를, 그리고 어느 소속의 군사들을 보낼지 두고 볼 일입니다."

담덕은 벌써 2년 전부터 후연을 어떻게 공격할 것인가에 대하여 부단히 고심을 거듭하고 있었다. 태왕 직속의 왕당군을 이끌고 가서 곧바로 용성을 공략하고 싶었지만, 여러 가지 사정상 쉽지 않은 일이라고 판단했다.

우선 고구려가 후연의 도성인 용성을 차지하게 되면 북위의 탁발규를 적으로 만들 우려가 있었다. 탁발규 역시 용성을 노리고 있는데, 고구려가 먼저 공략하게 되면 자신들이 미리 점찍어놓은 먹잇감을 빼앗긴다고 생각할 것이었다. 이렇게 되면 그동안 고구려와 북위의 선린관계가 졸지에 적대 적의 대치 상황으로 돌변할 수 있었다. 아직은 북위와 대결 구도로 힘겨루기를 할 입장이 못되었다. 고구려와 북위 사이에 놓인 용성이 좋은 먹잇감인 것은 분명하지만, 누구도 먼저 덥석 삼키기 곤란한 팥죽 속의 뜨거운 옹심이 같은 것이라고 할 수 있었다. 한 그릇의 팥죽을 놓고 둘이서 먹을 때 서로가 옹심이를 잘 건드리지 못하는 것은, 뜨거워서도 그렇지만 서로 양보하면서 아껴

두기 때문이기도 했다.

그다음으로 담덕을 고민스럽게 하는 것은 바로 '모용운'이란 존재였다. 그는 고구려 왕실의 피가 섞인 장군이고, 휘하에 거느린 군사들도 거의 고구려 유민 출신들이라고 들은 바 있었다. 고구려의 입장에선 언제가 될지 모르지만, 반드시 그들을 피 흘리지 않고 우군으로 만들 필요가 있었다. 서로 피 튀기는 전투가 벌어지면 같은 민족끼리 적대 적의 관계로 돌아설 위험성이 많았다. 그렇게 되면 돌이킬 수 없는 원수지간이 되어, 양자 간에 아무런 이득도 없는 출혈경쟁을 해야만 하는 최악의 상황에 처할 가능성이 높았다.

"모용희가 아직 어리긴 하나, 숙군성을 회복하기 위해 용성에서 모용운과 그의 휘하 군사들을 내보내지는 않을 것입니다. 고구려 유민 출신이라는 것 하나만으로도 모용희로서는 도무지 모용운을 신뢰할 수 없기 때문입니다. 여차해서 돌아서면 바로 적으로 돌변할 수 있다고 생각하지 않겠습니까? 아무튼 평주보다는 곧바로 숙군성으로 쳐들어가는 것이 좋다고 판단됩니다. 이번에는 왕당군이 모두 출전하게 되겠지요?"

왕당군을 총지휘하는 대장군 우적은 지난번 신라에 왜적의 무리를 치기 위해 원군을 파견할 때 자신을 소외시킨 일에 대하여 적지 않게 서운한 마음을 갖고 있었다. 그래서 이번에는 자신이 반드시 출전하겠다는 다짐을 받아두고 싶었다.

"이번에는 육로보다 해로를 통해 발해만을 거쳐 요하를 거슬러 올라가 요서의 숙군성을 공격할까 합니다. 군선을 많이 활용해야 하니, 추수 장군이 대장군이 되어 후연 원정군을 이끄는 게 좋지 않겠습니까?"

담덕은 이번에도 우적을 쉬게 하고 싶었다. 그의 나이가 이미 육순에 이르러 대병을 이끌고 출전하기에는 좀 부담스러웠던 것이다. 그렇지 않아도 3년 전 북위군의 선봉대가 되어 토욕혼을 공략할 때 열대 기후로 노령의 나이에 고생이 자심했던 것을 잘 알기 때문이기도 했다.

"군선을 이용하는 것은 군사들을 태우고만 갈 뿐, 해전을 하는 것은 아니지 않습니까? 숙군성 공략은 육지에서 싸우는 것이니 명색이 왕당군 대장군으로서 마땅히 소장이 가야 하지 않겠습니까?"

우적의 목소리가 갑자기 커졌다.

"대장군께선 연세도 많으시니, 국내성을 지켜주십시오. 소장이 산동의 해룡부를 이끌면서 요서 지역을 두루 돌아본 경험이 있습니다. 이번 숙군성 공략은 소장에게 맡겨주십시오."

추수도 지지 않고 나섰다. 그 역시 신라 원군으로 가기 전까지는 국내성만 지키고 있었으므로 그 따분함에서 벗어나고 싶었다.

"하하, 핫! 두 장군께서 그렇게 말씀하시니, 이것 참 어찌해야 좋을지 모르겠습니다. 마동, 그대는 어찌 생각하는가?"

담덕은 호위무사 마동에게로 얼굴을 돌렸다.

"글쎄요. 저는 어느 편도 들지 못하겠습니다. 사사롭게는 한 분은 제 부친이시고, 또 한 분은 사부님이십니다."

마동의 말에 담덕은 만면 가득 웃음을 머금은 채 말없이 고개만 끄덕거렸다.

"이번에는 양보할 수 없습니다. 한때 무명선사께서 하산하라고 해서 방랑객이 되어 떠돌 때 소장 역시 저 요하를 건너 요서 지역을 두루 돌아본 경험이 있습니다. 따라서 추수 장군과 요서 지리의 밝음을 놓고 다툴 수 없다고 봅니다. 피차 매일반이니까요. 그보다 소장은 오래도록 왕당군을 이끌어왔으므로, 군대의 전력을 가장 잘 안다고 자부합니다. 추수 장군은 태대형이시니, 태왕 아래 가장 높은 직급이십니다. 태왕 폐하께서 원정을 떠나시게 되면 마땅히 태대형께서 국내성을 지켜야 하는 것 아니겠습니까?"

우적은 단 한 발짝도 물러설 생각이 없었다.

"좋습니다. 마동의 말처럼 사사롭게는 대장군께서 사부가 되시니, 거절하기가 참으로 어렵습니다. 이번에는 태대형께서 국내성을 지켜주시지요."

담덕은 매우 기분이 좋았다. 두 노장이 서로 앞다투어 원정에 나서겠다고 하니, 마음이 아주 든든하기 이를 데 없었다.

3

태왕 담덕은 국원성에서 보낸 파발을 통해 신라가 왜국과 정식으로 외교 소통을 시작했다는 보고를 받았다. 402년 3월, 신라는 왜국왕 응신의 요구대로 내물 마립간의 셋째아들 미사흔을 볼모로 보냈다는 것이다. 왜국에서 신라의 볼모를 받아들였다면, 당분간은 그들이 바다를 건너 대륙을 침략할 명목이 없어진 셈이었다.

한 해 전 고구려에 인질로 있던 실성을 귀국시킬 때, 담덕은 비록 적이지만 왜국과 친선 외교를 하는 길만이 신라의 안정을 꾀할 수 있음을 강조한 바 있었다. 국가 간의 외교는 반드시 쌍방에 이득이 돌아갈 때 성립되는데, 신라와 왜국의 관계가 바로 그러함을 주지시켰다. 왜국 연합군이 신라로 쳐들어왔을 때 사방에서 공략하여 금성만 남기고 국토의 절반 이상이 유린되었으며, 그들이 온갖 약탈과 방화와 부녀자 겁탈을 일삼아 백성이 도탄의 위기에 처해 있었다. 신라로서는 우선 나라의 안정을 되찾는 것이 당면한 과제였다. 그리고 왜국은 고구려 원군에게 치명타를 입어 군사들을 많이 잃었으므로 사기가 극히 저하되어 있었다. 더구나 고구려가 신라 땅 동해의 실직에 해군기지를 건설한 것이 왜국으로서는 매우 위협적으로 느껴질 수밖에 없었다. 따라서 왜국도 신라와 선린 외교를 펼쳐야만, 당분간 고구려군이 바다를 건너 쳐들어오는 것을 미연에 방지할 수 있었다. 그것이 바로 신라와 왜국이 쌍방에게 서로 이득을 가져다주는 상생 외교였다.

이러한 실직 해군기지건설 전략은 태왕 담덕이 신라를 통하여 바다 건너 왜국을 포함한 백제·가야 등 남쪽 변경의 안정을 도모하고자 하는 노림수라고 할 수 있었다. 사실상 실성이 내물 마립간의 뒤를 이어 태자 눌지를 제치고 왕위를 차지할 수 있었던 것은 고구려 덕분이었다. 신라의 전통인 화백회의를 거쳐 새로운 왕을 세웠다고 하지만, 담덕이 양국 사신단의 내왕을 통하여 은근한 압력을 넣었기 때문에 실성이 그 자리를 차지할 수 있었던 것이다.

담덕은 일단 신라와 왜국의 선린 외교 덕분에 당분간 고구려 남쪽 경계에 대해서는 한시름 놓을 수가 있었다. 그래도 백제가 조금 염려되긴 했지만, 왜국 연합군이 신라 침략에 실패한 이후 전의를 상실해 감히 고구려를 넘볼 엄두를 내지 못했다. 설사 그렇다 하더라도 나라의 국방 정책은 단 한순간도 경계를 게을리할 수 없었다. 따라서 고구려 남쪽 경계를 지키는 각 성에 파발을 보내 백제군의 움직임을 철저히 살피고, 만약에 모를 그들의 준동에 대해 완벽한 대비 태세를 갖추도록 했다.

이렇게 남쪽 변경의 안정을 도모한 후에, 담덕은 마침내 신성과 남소성으로 파발을 띄워 성주들에게 군사들을 이끌고 요하를 건너 숙군성을 공격하라는 특명을 내렸다. 2년 전 후연에게 기습공격을 당한 후 두 성의 군사들은 포한을 갖고 있었고, 거기에다 당시 포로가 되어 끌려간 그들의 가족들을 구하겠다는 의지가 더해지면 전투력이 크게 강화되리라 판단했던 것이다.

그런 연후 태왕 담덕은 왕당군 3만을 군선에 태우고 압록강 물줄기를 따라 바다로 나갔다. 왕당군 2만은 혹시 모를 백제의 준동을 막기 위한 예비 병력으로 남겨두어, 말갈군 대장 두치에게 그 군대의 지휘를 맡겼다.

때는 4월 중순, 삽상한 바닷바람을 돛폭에 가득 실은 군선이 파도 위를 미끄러지면서 발해만 서북쪽으로 향했다. 왕당군이 발해만을 통해 요하를 거슬러 올라가 요서 지역으로 상륙한 것은 5월 초순이었다. 이때 담덕은 군사들이 타고 온 군선을 요하 동쪽 기슭으로 이동시켜 바로 곁의 요동성 군사들에게 경비를 맡겼다. 혹시 후연군이 기습해 군선을 불태울 수도 있다는 우려 때문이었다.

요서 벌판에서는 요하 동쪽의 요동성이 잘 바라다보였다. 요동성 산 중턱에 하늘을 찌를 듯 우뚝 솟은 7중목탑의 위용이 시야에 가득 들어왔다. 담덕은 파발을 통하여 연전에 노승 석정이 보낸 서찰을 받았다. 7중목탑은 물론 그 양편에 세우는 종루와 석불도 완성되어 곧 대법회를 열기로 했다는 내용이었다.

그러나 그 소식을 듣고도 담덕은 요동성까지 원행을 할 수가 없었다. 국내성에서 할 일이 그만큼 많았던 것이다. 신라와 왜국이 외교 관계를 수립하는 일에 신경을 아니 쓸 수 없었고, 후연에 대한 보복 전쟁 준비 작업도 만만한 일은 아니었다. 몸이 아니라 정신적으로 바빴으므로, 노승 석정에게 대법회에 참석하지 못한다는 소식만 전했다.

아득히 펼쳐진 요서 들판은 풋풋한 풀냄새로 한창 싱그러운 여름을 연출하고 있었다. 고구려 원정군의 기마대가 들판을 달릴 때마다 풀 향기가 공기 중으로 널리 퍼져나갔다. 키를 넘는 푸른 수숫대가 바람에 일렁거렸고, 그 사이를 달리는 기마대의 말발굽 소리에 놀란 멧새들이 하늘 높이 날아올랐다.

이미 신성과 남소성의 군사들이 숙군성 북쪽에서 며칠째 공격을 감행하고 있었다. 처음 북문에 고구려군이 나타났을 때 모용귀는 고구려 인질들을 성루에 세워 돌을 굴리고 뜨거운 물을 퍼붓게 하였다. 그들이 말을 잘 듣지 않을 경우, 후연 군사들로 하여금 채찍을 마구 휘둘러 성벽을 기어오르는 고구려 군사들에게 겁을 주도록 한 것이었다. 이처럼 고구려 백성들을 방패막이를 겸한 엄호 수단으로 사용하자, 진투를 벌이던 고구려 군사들은 나중에야 그 사실을 알아차리고 함부로 공격하지 못하게 되었다.

바로 그러할 즈음, 태왕 담덕의 왕당군이 숙군성 남쪽 성문을 기습적으로 치고 들어갔다. 숙군성을 지키던 평주자사 모용귀는 며칠 전부터 북쪽에서 나타난 고구려 군사들을 보고 단순히 2년 전 신성과 남소성이 공략당한 데 대한 분풀이로만 생각해서 북문 방어에만 주력하고 있었다. 그런데 느닷없이 남쪽에서 또 다른 고구려 대군이 나타나자 적이 당황하지 않을 수 없었다.

모용귀를 더욱 당혹스럽게 만든 것은, 성 밖의 적도 문제지만 성안에서 고구려군에 호응하는 세력들이었다. 그들은 다름 아닌 신성과 남소성에서 볼모로 끌려온 고구려 백성들이었다. 남문 쪽에서 고구려 군사들이 나타나 기습 공격을 감행하자, 채찍을 맞아가며 북쪽 성벽을 지키던 고구려 백성들이 갑자기 돌아서서 후연의 군사들을 공격했다. 북쪽과 남쪽 양방향에서 고구려 군사들이 공성 전투를 벌이자, 고분고분하던 그들은 참았던 분노를 터뜨리며 성벽에서 갑자기 되돌아서며 후연 군사들을 향해 돌을 던졌다. 개중에는 후연군의 창칼을 빼앗아 찌르고 베며 달려드는 장정들도 있었다. 훈련받은 후연의 군사들도 분노가 극에 달해 물불 안 가리고 덤비는 고구려 백성들을 감당할 수 없었다. 그들은 누가 시키지도 않았는데도, 성안의 관사며 창고에 불을 지르고 다녔다. 성 밖의 적군을 방어하기에도 군사적으로 열세인데, 불까지 나서 성 전체가 화염에 휩싸이자 후연의 군사들은 갈팡질팡하며 정신을 차리지 못했다.

성안에서 불길이 치솟자, 담덕이 이끄는 왕당군은 숙군성으로 무혈입성할 수 있었다. 이미 후연군이 방어 능력을 상실했으므로 모용귀는 어쩔 수 없이 퇴각 명령을 내렸고, 적들의 큰 저항을 받지 않게 되자 고구려군은 충차로 가차 없이 남문을 밀어붙였다. 성문이 열리자 곧바로 선봉군 기마대가 먼저 달려 들어가면서 후퇴하는 후연군의 뒤를 바짝 추격하였다.

북문과 남문에서 고구려군이 동시에 공격을 가했으므로, 모용귀가 이끄는 후연군의 퇴로는 동문과 서문밖에 없었다. 동문은 요동 쪽이고, 서문은 용성으로 가는 길이 연결되어 있었다. 선택의 여지 없이 후연군은 서문을 열고 도망치기에 바빴다. 그러나 성문은 좁았고 도망치려는 후연군이 한꺼번에 몰려드는 바람에, 먼저 문을 빠져나가려고 밀치고 짓밟고 아우성치는 광경은 가히 지옥도를 방불케 하였다.

가장 먼저 남문으로 입성한 고구려 기마대는 후연군의 후미를 공격하면서 말 위에서 창칼로 적들을 가차없이 도륙했다. 창칼에 등을 찔리고 베어져 거꾸러지는 자, 말발굽에 짓밟혀 만신창이가 되는 자 등 화염 속의 아우성치는 그림자는 귀신의 형용과 다를 바 없었다.

그때 화염 속에서 우렁찬 함성이 터져나왔다.

"고구려 만세! 고구려 만만세!"

성안 여기저기에서 관사와 창고를 불태운 고구려 백성들이 두 손을 번쩍 들어올리며 외치는 소리였다.

후연군이 퇴각하면서 신성과 남소성의 군사들은 뒤늦게 북문을 깨부수고 성안으로 들이닥쳤다. 신성 군사는 젊은 장수 연포가, 남소성 군사는 노장 양상덕이 이끌고 있었다. 두 사람 다 각기 성주로 후연군에게 기습당하고 백성을 볼모로 빼앗긴 데 대한 분노로 인하여 이를 갈아붙이고 있었다. 그런데 성안으로 들어와 보니 이미 후연군이 퇴각한 뒤임을 알고 분함을 참지 못했다. 의외로 북문이 견고하여 충차로 부수는 데 너무 많은 시간을 허비하고 말았던 것이다. 북쪽 성벽을 고구려 백성들이 방패막이로 지키고 있다는 것 때문에 함부로 공격하지 못한 탓도 있었다.

숙군성은 고구려 군사들과 볼모로 잡혀 온 백성들로 가득 찼다. 그러자 만세 소리가 화염을 뚫고 하늘 높이 울려퍼졌다. 그런 와중에 신성과 남소성 군사들 중 가족들을 만나 서로 얼싸안은 채 울고불고 눈물 콧물 마구 범벅이 되어 해후의 기쁨을 나누는 감동적인 장면도 연출되었다.

태왕 담덕은 가족들의 그러한 해후 장면을 목격하면서 문득 눈시울을 붉혔다. 만약 이 세상에서 전쟁이 일어나지 않는다면 백성들이 더 이상 괴로워하지 않을 것이란 생각이 들자, 그는 어서 빨리 평화의 시대가 오도록 해야 한다는 책임감에 두 어깨가 무거워졌다. 그러나 그것은 요원한 일이기에 안타까울 수밖에 없었다.

"태왕 폐하! 적들은 용성으로 달아난 것이 틀림없습니다. 끝까지 추격하여 이 기회에 용성까지 손에 넣는 것이 어떠하올는지요?"

이렇게 말한 것은 흑부군을 이끌고 있는 선봉대장 어연극이었다.

담덕이 추격을 멈추라는 신호로 징을 치는 바람에 되돌아온 어연극은 좋은 기회를 놓쳤다는 아쉬움을 그런 식으로 표현했다.

"용성은 후연의 도성이므로 방어가 만만치 않을 것입니다. 잠시 두고 보면 아마도 용성의 군사들이 이곳 숙군성을 구하기 위해 달려오겠지요. 그때 적들을 무찌를 기회가 있을 터이니 두고 봅시다."

담덕은 쫓기는 적을 추격하는 일보다 성안의 고구려 백성들을 위로해주는 것이 급선무라고 생각했다. 성안에서 그들이 화공 작전으로 호응해주지 않았다면 성을 공략하는 데 어려움이 많았을 것이다. 전혀 예상치 않았던 우군을 만난 셈이었다. 누가 먼저랄 것 없이, 백성들은 성 밖에서 고구려군이 공격하는 것을 알고 성안에 불을 질러 응답해주었다. 고구려 백성들끼리 이심전심으로 통하는 바가 많았기에 일치단결한 힘을 보여줄 수 있었던 것이다.

담덕은 이미 관사와 창고는 불에 타버렸으므로, 백성들이 거주하는 쪽으로 불이 번지지 않도록 하라고 군사들에게 지시하였다. 불이 거의 소진되고 어느 정도 성안을 정비한 후, 곧 밤이 되자 군사들과 백성들이 한데 어우러진 연회가 베풀어졌다. 사방에 횃불이 환하게 밝혀진 가운데 먹고 마시고 춤을 추며 모처럼만에 가족들이 만나 회포를 풀었다.

연회 자리가 한창 무르익었을 때, 태왕 담덕은 높은 연단 위로 올라갔다.

"여러분! 그동안 이곳에 끌려와 얼마나 고생이 자심하셨습니까? 벌써 두 해가 되었는데, 이제야 여러분들을 구하러 온 것에 대하여 참으로 미안하게 생각합니다. 백성을 안전하게 지켜주는 것이 군주의 마땅한 도리인데, 요동성을 지키기 위해 변경의 성에서 군사들을 차출했다가 후연 군사들에게 신성과 남소성 두 성을 공격당하게 만들고 말았습니다. 그 바람에 여러분들은 이국땅에 끌려와 후연 군사들의 채찍을 맞아가며 성벽 쌓는 중노동에 시달렸습니다. 그때 바로 달려와 여러분을 구출했어야 했는데, 그런데 정말이지 그렇게 하지 못했습니다. 이유를 불문하고 군주의 도리를 다하지 못한 것에 대해 심히 부끄럽기 그지없습니다. 여러분, 그 점 정말 송구스럽게 생각합니다. 앞으로 다시는 이러한 일이 번복되지 않도록 철저히 방비하겠습니다. 내일부터는 숙군성 안에 있는 우리 백성들뿐만 아니라 다른 지역에 흩어져 있는 백성들까지 불러 모은 후 다 함께 고국 땅으로 돌아갑시다."

이렇게 외치는 담덕의 얼굴에 횃불 그림자가 일렁이고 있었는데, 얼핏 불빛에 두 눈에 그렁그렁 눈물이 번지는 모습까지 비쳤다. 그것을 본 군사들과 백성들은 자못 감동하여 목울대가 막히는 먹먹해진 기분이 되었다. 그래서 꿀 먹은 벙어리처럼 한동안 조용했다.

그때 누군가가 양손을 버쩍 들어올리며 소리쳤다.

"태왕 폐하 만세!"

그러자 군중들이 일제히 따라서 외쳐댔다.

"고구려 만세! 태왕 폐하 만세, 만만세!"

그 소리는 꽉 막혔다 한꺼번에 터져나오는 봇물처럼 우렁차게 밤하늘로 메아리쳤다. 군사들과 백성들이 그렇게 한목소리로 외치며, 두 팔을 하늘 높이 치켜올렸다.

4

평주자사 모용귀가 숙군성에서 패퇴하여 패잔병을 이끌고 용성으로 입성했을 때, 그는 모용희 앞에 무릎을 꿇고 읍소했다.

"폐하! 소장에게 용성의 군대를 주시면 내일 당장 숙군성으로 쳐들어가 고구려왕 담덕을 사로잡아 오겠나이다."

모용귀의 말에 모용희는 벌레 씹은 얼굴로 입술을 비틀었다.

"제대로 싸워보지도 않고 숙군성을 내준 패장이, 군사를 더 준다 한들 무슨 수로 고구려군를 대적하겠단 말이오? 고구려왕 담덕은 그렇게 만만하게 볼 인물이 아니오. 이번에 담덕이 직할 부대인 왕당군을 직접 이끌고 왔다고 하니, 상대를 결코 얕잡아봐선 안 될 것이오."

모용희는 크게 싸워보지도 못하고 숙군성을 고구려 원정군에게 내준 모용귀를 믿지 못하였다. 그러나 모용 씨 출신 노장이므로 함부로 그를 꾸짖을 수도 없었다.

급기야 용성에선 긴급 군사회의가 열렸다. 모용희의 명을 받고 도성 방위를 책임지고 있는 모용운을 비롯한 제장들이 모여들었다. 2년 전 모용희가 표기대장군이 되어 고구려의 신성과 남소성을 칠 때 휘하 장수였던 요동태수 방연이 먼저 앞으로 나섰다.

"폐하! 병법에도 적이 전혀 예기치 못한 곳을 공격하라고 했습니다. 이 기회에 숙군성을 칠 것이 아니라 곧바로 요동성을 공략하는 것은 어떠하올는지요? 고구려왕 담덕이 숙군성을 쉽게 탈취해 의기양양해 있을 때, 적의 허를 찌를 필요가 있습니다. 따라서 숙군성에는 소규모 병력을 보내 치고 빠지는 전략으로 적들의 혼을 빼놓을 때, 대규모 병력을 이끌고 요하를 건너 요동성으로 진격하는 것입니다."

방연은 전날 고구려 태왕 담덕의 왕당군과 제대로 한 번 싸워보지도 못하고 요동성을 내준 데 대한 억울함이 분노로 쌓여 시종일관 보복전만 생각하고 있었다. 2년 전 신성과 남소성을 공략했을 때도, 그는 그 기세를 몰아 요동성을 들이치자고 주장했다가 모용희가 반대하는 바람에 무르춤하게 물러선 적이 있었다.

이번에는 도성 방위를 책임지고 있는 모용운이 반대 의견을 냈다.

"말은 그럴듯하지만, 그건 절대 안 됩니다. 대군을 요동으로 보낸다면 이곳 용성을 비워두잔 말입니까? 용성은 엄연히 아국의 도성입니다. 적이 단 한 발자국도 들여놓지 못하도록 해야 하는 이유가 거기에 있습니다."

모용운은 불과 몇 년 사이 벌어진 반란 파동으로 인해 아직 대군을 움직이는 것은 시기상조라고 여기고 있었다. 신라에 왜국 연합군이 쳐들어온 틈을 이용해 2년 전 고구려 변방을 친 것은 어쩌다 요행수가 맞아떨어졌기 때문이라고 생각했다.

"장군! 최근 요동성이 바라다보이는 요서 들판에 나가보신 적 있습니까? 요동성 산 중턱에 높게 솟아 있는 불탑 안에서 고구려의 늙은 요승이 목탁을 두드리며 우리에게 저주를 퍼붓고 있다는 사실을 알고 계십니까?"

방연은 꺾진 목소리로 말했다. 요즘 들어 그는 요동성만 생각하면 부아가 치밀어 오르는 걸 참을 수가 없었다. 그러다 보니 자연 가슴속에서 가시 같은 말이 목울대에 올라와 꺾진 소리로 변했다.

"그것을 왜 모르겠습니까? 그러나 지금 고구려 군대는 강합니다. 교묘한 작전을 짜서 그들 스스로 물러가게 하는 방법을 강구해야 합니다."

모용운도 지지 않았다.

"두 장군의 말에 다 일리가 있소. 이번에 크게 싸워보지도 못하고 숙군성을 빼앗긴 것은 고구려군이 그만큼 강하다는 증좌가 아니겠소? 모용운 장군의 말이 옳다고 생각하니, 요동성을 도모하는 것은 후일 아국의 군사를 더욱 조련시켜 기회를 보는 것이 좋을 것 같소."

모용희는 젊은 혈기로 패기가 넘치지만, 군사전략에 있어서는 어느 정도 일가견을 갖고 있었다.

"폐하! 그래도 숙군성에 입성한 고구려 군대를 몰아내야 하지 않겠습니까? 소장에게 군사 5만을 주시면 내일 당장이라도 숙군성을 쳐서 적을 패퇴시키겠나이다."

방연은 어떻게 해서든 모용희에게 인정받고 싶었다. 그는 고구려 유민 출신인 모용운에게 도성 방위를 맡긴 데 대하여 불만이 많았다. 그만큼 황제가 자신보다 모용운을 인정하고 있다는 것이었다. 그는 전날 요동태수로 있을 때 고구려 태왕 담덕의 전략에 휘말려들어 항복하고 겨우 군사들만 살려 요하를 건너왔다는 것이 황제에게 신임을 잃은 결정적인 이유라고 생각했다.

"좋소. 모용운 장군은 이곳 용성을 지켜야 하니, 방연 장군이 대장군을 맡아 군사 5만을 이끌고 나가 싸우시오. 반드시 고구려군을 숙군성에서 몰아내 요하의 물귀신이 되도록 해야만 하오."

모용희는 선뜻 방연에게 공 세울 기회를 주었다. 사실 그는 방연보다 모용운을 더 신뢰하였다. 그러나 모용운이 고구려 유민 출신이라는 것이 마음에 걸렸다. 그는 고구려 유민 출신의 군사들을 휘하에 많이 두고 있었으므로, 최악의 경우 숙군성을 치러 갔다가 항복하는 척하며 고구려군에 가담하게 된다면 후회막급이 아닐 수 없었다.

따라서 모용희는 모용운을 용성에 묶어두어 다른 마음을 먹지 못하게 하는 것이 좋겠다고 생각했다. 그 대신에 모용운의 휘하 장수 풍발을 좌장군, 평주자사 모용귀를 우장군으로 삼아 대장군 방연을 좌우에서 보좌토록 했다.

다음날 아침, 후연 대장군 방연은 총 5만의 군사를 이끌고 용성을 나섰다. 그 군사들 중에선 전날 숙군성에서 퇴각할 때 모용귀가 이끌고 온 군사 1만 5천이 포함되어 있었다.

한편 태왕 담덕은 미리 용성 인근에 전초병을 보내 적진을 살펴보도록 했다. 그러므로 급히 말을 달려온 전령병으로부터 방연의 5만 군대가 숙군성을 향해 출진했다는 소식을 접할 수 있었다.

숙군성에서는 곧 고구려 장수들이 모인 가운데 작전회의가 열렸다. 담덕이 먼저 입을 열었다.

"적군은 5만이라 들었습니다. 성문을 굳게 닫아걸고 농성을 할 것인가, 들판에 나가 결전을 할 것인가, 양단 간의 결정을 해야 합니다. 어찌하면 좋을 것 같습니까?"

"양군이 5만씩 군세가 대등합니다. 농성보다는 성문을 열고 나가 싸워야 하지 않겠습니까?"

대장군 우적은 대등한 군세일 때 기가 센 군대가 이긴다는 것을 믿었다. 전날 숙군성을 단숨에 점령한 고구려군은 사기충천해 있었다.

"이 기회에 적군을 밀어붙여 용성까지 점령하면 어떻겠습니까?"

신성의 성주 연포가 나섰다.

"아마도 용성까지는 무리일 것입니다. 용성은 저들의 도성이니만큼 방어체계가 잘 정비되어 있으리라 판단됩니다. 더구나 도성 방어 장수가 모용운이라 들었습니다. 모용운에 대해서는 따로 생각해둔 바가 있으니, 가급적 충돌을 피하는 것이 좋을 것입니다."

담덕은 제장들을 둘러보며 침착한 어조로 말했다.

"모용운은 우리 고구려 유민 출신이라 들었습니다. 고 씨가 모용 씨로 성까지 바꾼 것을 보면 조국을 배반한 것 아니겠습니까? 그런 괘씸한 놈은 몰래 특공대를 용성에 들여보내 목부터 잘라야 합니다. 폐하, 소장에게 명령만 내려주시면 졸개 몇 명을 데리고 오늘 밤 용성으로 잠입해 모용운의 목을 베어 오겠습니다."

마동이 성큼 나섰다. 그는 얼마 전 해광을 살려서 왜국으로 보낸 것을 못마땅하게 생각하고 있었다. 그런데 이번에도 태왕이 너무 모용운을 고구려 유민이라고 해서 감싸고 도는 것만 같아, 불뚝하는 성질을 참지 못하고 그런 식으로 표현했다.

"전쟁에서 만용은 금물이다. 그대는 호위무사임을 잊었는가? 본분을 지켜라."

담덕은 함부로 나서는 마동을 엄하게 꾸짖었다.

"폐하! 이곳 성안에 있는 고구려 백성들은 어찌해야 하올는지요?"

남소성 성주인 노장 양상덕은 고구려 대군이 숙군성을 비우고 들판에 나가 후연군과 대적할 경우, 성안에 있는 백성들의 안위가 걱정되었던 것이다.

"그렇지 않아도 양상덕 장군에게 백성들을 부탁하려던 참이었소. 장군은 남소성 군사들과 함께 백성들을 호위해 요하를 건너가시오. 백성들을 단 한 명도 다치게 해서는 안 되니, 만약 도중에 후연군을 만나게 될 경우 목숨을 걸고서라도 철저하게 막아주시오. 군사들은 나라 백성들의 안위를 위해 존재하는 것이 아니겠습니까?"

"네, 알겠습니다. 돌아가는 길에 인근에 흩어져 있는 고구려 유민들도 합류시켜 안전하게 요하를 건너도록 하겠습니다."

양상덕은 휘하에 1만의 군사를 거느리고 있었으므로, 백성들을 호위하는 병력으로 충분하다고 판단했다.

"남소성 군사가 빠지게 되면 아군 병력은 4만입니다. 적군이 5만이지만, 전투는 군사의 머릿수보다 작전과 기세의 싸움이므로 단단히 각오해야 할 것입니다."

담덕은 그러면서 천천히 고개를 돌려 제장들을 바라보았다.

"폐하! 왕당군을 믿으십시오. 왜국 연합군이 신라에 쳐들어왔을 때 원병으로도 가지 않고 훈련을 시킨 병력이옵니다. 몸이 근질거릴 정도이니, 군사들의 사기가 하늘을 찌를 듯하옵니다."

대장군 우적은, 전날 신라에 원병으로 파견되지 못한 서운함을 그런 식으로 표현했다.

마침내 고구려 군사 4만은 숙군성 서문을 열고 들판으로 나섰다.

곧 숙군성 서문 앞 들판에서 고구려군과 후연군이 좌우로 길게 벌려 선 채 대치했다. 1진, 2진, 3진 등 겹겹으로 두텁게 전열을 갖춘 양군의 기치들이 여름 하늘을 찔러대고 있었다.

와, 와, 와!

우, 우, 우!

양군에서 우렁차게 외쳐대는 함성과 함께 바람에 펄럭이는 기치들이 들판을 울긋불긋 수놓았다.

"감히 동쪽 오랑캐 족속들이 우리의 땅에 들어오다니? 뜨거운 맛을 보여주겠다."

이렇게 나선 후연군의 장수는 풍발이었다.

"우리는 동편에 있으므로 해를 등지고 있고, 적군은 서편에 있으므로 햇살이 눈을 찌를 것입니다. 아군에게 유리한 점입니다."

말 위에서 대장군 우적이 태왕 담덕을 향해 넌지시 말했다.

"오랑캐 놈들아, 누구든 어서 나오너라. 당당하게 한 판 겨루어보자."

후연의 좌장군 풍발이 말을 타고 앞으로 나서며 외쳤다.

"아니, 저놈이? 네놈의 이름이 무엇이냐?"

신성의 성주 연포가 소리쳤다.

"나는 용성의 중위장군 풍발이다. 어느 놈이든 나와서 내 칼을 받아라."

풍발이 소리쳤다.

"풍발이라면?"

담덕이 작은 소리로 중얼거리며 대장군 우적을 돌아보았다.

"폐하, 들어본 이름입니까?"

"전에 장안의 기예단을 이끄는 양수 단장에게 들은 바 있습니다. 바로 모용운 휘하의 장수지요."

담덕은 깊은 생각에 잠긴 표정으로 고개를 몇 번 주억거렸다.

"네, 이놈! 풍발아! 나는 왕당군 흑부군의 어연극이다. 이 언월도로 한 칼에 네놈의 목을 뎅겅 잘라주겠다. 기다려라!"

어연극이 말에게 막 채찍을 가하려고 할 때, 담덕이 작은 소리로 명령했다.

"장군! 저 풍발이란 장수를 사로잡을 방법이 없겠소?"

"왜 없겠습니까? 이 언월도로 저놈 풍발의 갑옷을 걸어 사로잡아 오겠습니다."

어연극이 번쩍 들어올리는 무기는 특이하였다. 그것은 자루가 길고 끝이 예리하며 뾰족한데다, 초승달 모양의 양날이 날개처럼 달려 있는 이른바 방천화극이었다. 초승달 같은 칼날이 낚시의 미늘처럼 양쪽으로 휘어져 무엇이든 걸어 잡아당기기 좋게 생겼다.

드디어 어연극이 백마에 박차를 가하며 달려나갔다.

"어서 오너라! 내가 네놈의 저승사자니라!"

광개토태왕 담덕

풍발도 말의 뱃구레를 걷어차며 뛰쳐나왔다. 그는 자루가 긴 언월도를 들고 있었는데, 달처럼 휘어진 칼끝이 매우 예리하여 햇빛에 반짝거릴 정도였다.

방천화극과 언월도는 다 자루가 길어 무게가 제법 나갔지만, 어연극과 풍발은 두 손으로 자루를 단단히 잡은 채 공중에서 빙빙 돌리며 공격 자세를 취했다. 두 말이 벌판 가운데서 엇갈릴 때마다 무기의 부딪치는 소리가 날카롭게 허공을 찢었다. 두 장수 모두 무기를 자유자재로 다루다 보니 일종의 기예를 보는 듯한 느낌조차 들었다.

무려 30여 합을 싸워도 승부가 나지 않았다. 풍발의 언월도가 어연극의 목을 노리고 수평으로 날아들 때였다. 그 순간 어연극은 몸을 납작 엎드려 말머리에 얼굴을 가리면서 손만 살짝 들어 방천화극의 초승달 같은 날을 풍발의 어깨에 걸었다. 그 순간, 갑옷이 쭉 찢어지며 풍발이 말 위에 뒤로 벌렁 자빠지며 굴러떨어졌다.

고삐를 잡아채 재빨리 말을 돌린 어연극은 막 일어서려는 풍발을 향해 방천화극을 겨누었다. 그때 풍발은 말에서 떨어지며 놓친 언월도를 잡으려다 말고 피가 흐르는 어깨를 감싸쥐었다.

"꼼짝 마라!"

어연극은 말에서 훌쩍 뛰어내렸다.

바로 그때 후연군 쪽에서 두 장수가 위기에 처한 풍발을 구하기 위해 말을 타고 달려나왔다. 그것을 보고 고구려군 쪽에서도 마동과 연포가 질풍처럼 말을 몰아 달려오는 적장들을 가로막았다.

어연극이 재빨리 풍발의 몸을 밧줄로 묶었다. 그때 마동은 급한 나머지 풍발을 구하기 위해 달려드는 두 적장을 향해 수리검을 연달아 날렸다. 두 적장은 수리검을 얼굴에 맞고 주춤하며 말을 멈추었다. 그러자 마동과 같은 속도로 달려온 연포가 칼을 휘둘러 두 적장을 말 위에서 떨어뜨렸다.

"공격하라!"

이때를 기하여 고구려 대장군 우적이 기마군단과 보병들에게 공격 명령을 내렸다.

기세는 고구려 편이었다. 양군이 어우러져 싸웠지만, 졸지에 세 장수가 말에서 떨어지는 걸 목격한 후연군은 수세에 몰릴 수밖에 없었다. 고구려 기마대는 후연군의 중앙을 향해 일직선으로 뚫고 나갔고, 보병들은 양쪽으로 흩어지는 적들을 향해 함성을 지르며 달려들었다.

그날 싸움은 고구려군의 승리로 끝났다. 백병전을 펼쳤던 후연군은 고구려군의 기세에 눌려 주춤주춤 밀리다가, 급기야는 방연의 퇴각 명령을 받고 정신없이 용성으로 후퇴하였다.

고구려 장수들이 끝까지 후연군을 추격하려고 했으나, 태왕 담덕은 징을 쳐서 군사들의 진격을 멈추게 하였다. 그는 애초

용성까지 공략하는 것을 원치 않았다. 그는 고구려가 괜히 '용성'이란 먹잇감을 먼저 건드려 북위와 적대관계를 만들면 안 된다는 생각을 고수하고 있었다.

5

마동의 수리검을 맞고, 연포의 칼에 난자당한 두 적장은 용케 목숨을 건져 말을 타고 도망쳤다. 그러나 어연극의 방천화극에 어깨를 다친 풍발은 오랏줄에 묶인 채 포로 신세가 되어 고구려군 진영으로 끌려왔다.

포로가 된 풍발은 곧 태왕 담덕 앞에 무릎이 꿇려졌다.

"그대가 모용운 휘하의 장수 풍발인가?"

담덕은 먼저 모용운의 이름을 댔다.

"그렇다. 죽일 거라면 지체하지 말고 어서 목을 쳐라."

풍발은 분노한 눈으로 담덕을 바라보며 소리쳤다.

"적장이지만 무엄하구나. 고구려 태왕 폐하이시다. 깍듯이 예를 갖추어라!"

대장군 우적이 준엄하게 꾸짖었다.

"아니, 됐습니다. 그보다 어깨를 심하게 다친 것 아니오? 이런, 이런! 다치게 하지 말고 사로잡아 오라 일렀거늘! 어서 오라를 풀어주고, 어의는 풍발 장군의 어깨 상처부터 치료해주도록 하시오."

담덕은 특별히 어의에게 명령했다.

풍발의 왼쪽 어깨는 갑옷이 찢겨 맨살이 드러났고, 피가 흘러나와 갑옷을 적셨다. 어연극의 초승달 같은 방천화극 칼날이 어깨에 낚시 미늘처럼 걸리면서 깊게 상처를 냈던 것이다. 피는 갑옷의 앞가슴과 팔뚝을 적시며 흘러내리고 있었다.

담덕의 뜻하지 않은 명령에 그 자리에 있던 고구려의 장수들은 모두들 놀라 어리둥절한 표정을 지었다. 그도 그럴 것이 어의는 오직 태왕의 치료를 위해 원정군을 따라왔기 때문이다. 전투하다 부상을 당한 장수들도 군의관에게 맡기지 어의에게 치료받게 하지는 않았다. 그런데 어의에게 명하여 적장의 상처를 치료하도록 하는 것은 특급대우가 아닐 수 없었다.

호위무사 마동이 풍발의 오라를 풀어준 후 그를 데리고 어의와 함께 치료를 위해 그 자리에서 벗어났다.

"폐하, 어찌하시려고 그러십니까? 적장을 다치게 한 것은 어쩔 수 없는 일이었습니다."

어연극은 그저 적장을 사로잡아 오라는 명을 받고 그대로 시행했을 뿐인데, 다치게 했다는 태왕의 핀잔을 듣고 무안해서 얼굴이 벌겋게 달아올랐다.

"장군을 탓하자고 한 말은 아니오. 풍발을 우군으로 만들 필요가 있어 일부러 그런 말을 해본 것이니, 오해를 푸십시오."

담덕이 여유 있게 웃었다.

"풍발을 우군으로 만드신다면? 폐하, 그 연유가 궁금합니다."

대장군 우적도 고개를 갸우뚱거리지 않을 수 없었다.

"손자는 적의 내부에 협력자를 만드는 것을 내간(內間)이라 했습니다. 풍발은 용성의 도성 방어책임을 맡고 있는 모용운 휘하의 장수입니다. 모용운은 잘 아시다시피 고구려 유민 고운인데, 모용보의 양자가 된 인물이 아닙니까? 따라서 아국에 대해 우호적일 수밖에 없습니다. 이 기회에 풍발을 잘 이용하면 모용희를 어떤 방식으로든 도모해볼 수 있을 것입니다."

담덕은 어깨를 다친 풍발의 상처를 치료해 편히 쉬게 한 후 다시 접견하기로 했다.

다음날 새벽 이른 시각, 담덕은 긴급 작전회의를 열었다. 대장군 우적, 어연극, 연포, 마동 등을 비롯하여 그 휘하의 제장들이 모두 참석한 자리였다.

"오늘 다시 후연군이 공격해올지 모릅니다. 이에 대한 대비책이 있어야 합니다. 적의 입장에서 보면 보복전이 될 것입니다. 숙군성에서 패배하고 다시 어제 들판에서 대적하여 많은 군사를 잃었으므로, 오늘 전투는 더욱 치열한 공방전이 예상됩니다."

먼저 입을 연 것은 대장군 우적이었다.

"오늘 전투는 적들이 강공으로 나올 때 싸우는 척하다 후퇴를 거듭하면서 아군의 피해를 최대한 적게 하도록 노력할 필요가 있습니다. 적들이 승리를 거두어 기고만장하도록 만들어야 합니다."

담덕은 밤새 짜두었던 작전을 말했다.

"적들을 유인하는 작전이로군요? 그랬을 때 아군이 얻는 이득은 무엇인지요?"

어연극이 조금은 의아스러운 표정으로 담덕을 바라보았다.

"어제 생포한 풍발을 다시 용성으로 돌려보내야 하지 않겠습니까? 적들이 눈치채지 못하게 자연스럽게 돌려보낼 방법이 딱히 없습니다. 그래서 포로 교환을 하자는 조건을 내걸려고 합니다. 따라서 적이 강공으로 밀어붙일 때 후퇴하다가 아국의 장수 중 누군가는 적장에게 사로잡혀야 합니다. 그래야만 양국 장수끼리 포로 교환을 할 수 있지 않겠습니까?"

담덕은 그러면서 누군가 적장에게 사로잡힐 장수는 자원하라는 듯, 제장들을 둘러보았다.

"허어? 적을 속여 고의로 포로가 된다? 좋은 전략이지만, 너무 위험하지 않을까요?"

대장군 우적은 만약 거짓 포로 작전을 적군이 알아차리게 될 경우, 그들에게 붙잡힌 아국의 장수가 겪게 될 고초를 생각하지 않을 수 없었다. 목숨을 걸어야 하는 모험이었다.

"물론 위험을 감수해야 합니다."

"그렇다면 풍발을 생포한 이유가 무엇인지 궁금합니다. 그리고 그자를 다시 돌려보내는 일이 우리 장수의 목숨을 담보해야만 할 정도로 중요하단 말씀입니까?"

풍발을 생포한 어연극은 차라리 단둘이 결전할 때 방천화극으로 그의 목을 쳐 머리와 몸이 따로 놀도록 만들 걸 그랬다는 후회막급한 생각까지 들었다.

"그 이유를 이 자리에서 밝히기는 곤란합니다. 다만 풍발을 포로 교환 형식으로 살려서 용성으로 돌아가게 하는 것만으로도, 그는 이미 우군이 된다고 확신합니다. 다만 풍발도 모르게 우리 장수를 적군에게 사로잡히게 하여 포로 교환을 시도해야 합니다."

담덕은 목소리를 한껏 낮추어 말했지만, 그것은 제장들에게 그만큼 침착하고 진중한 모습으로 비쳤다.

"제장들은 폐하께서 고도의 장기적인 외교 전략을 구사하고 계신다는 것만 이해하면 그것으로 족할 것 같소. 더 이상 알려고 하면 적군에게 기밀이 새어나가 좋을 리 없습니다. 더구나 우리 장수의 목숨이 걸린 문제이기 때문입니다."

대장군 우적은 어느 정도 태왕의 속마음을 간파하고 있는 듯했다. 그러나 누가 목숨을 걸고 적군의 포로가 되어야 할지 실로 난감한 문제였다.

"이건 누구를 명령해서 될 일이 아닙니다. 자원하는 장수가 있어야 합니다."

담덕이 조용한 눈길로 제장들을 둘러보았다.

갑자기 회의 석상이 조용해졌다. 긴장감이 흐르는 가운데 누구도 먼저 나서는 사람이 없었다. 장수들은 숨을 죽인 채 서로들 눈치만 보고 있었다.

그때 문득 태왕 옆에 섰던 마동이 나섰다.

"소장은 이미 어려서부터 태왕 폐하께 목숨을 바치기로 굳게 결심한 몸입니다. 누구도 나서는 장수가 없으니 소장이 목숨을 걸고 적중으로 뛰어들어 싸우다 사로잡혀 포로가 되겠습니다."

"아니 될 말이오. 마동 장군은 폐하를 호위하는 막중한 책임을 갖고 있질 않소? 함부로 나설 자리가 아님을 모르시오? 본분을 지키시오."

대장군 우적이 마동의 경거망동을 꾸짖었다.

"여기 폐하 곁을 지키는 호위무사가 또 있질 않습니까? 소장은 지난 왜국 연합군을 치러 갈 때도 폐하와 떨어져 특공대를 이끌었던 적이 있습니다."

마동은 오른손으로 여성 호위무사 수빈을 가리켰다가 곧 자기 가슴을 두드리며 말했다.

작전회의에 참석한 제장들의 눈길이 모두 마동에게로 쏠렸다.

"마동, 그대가? 자신 있겠는가?"

담덕도 마동을 향해 다짐을 받아두기라도 하듯 눈에 힘을 주었다.

"네, 폐하! 기마술로 적을 속일 자신이 있습니다."

마동이 오른손을 번쩍 들어 주먹을 움켜쥐어 보였다.

"허허, 헛! 그대의 기마술은 고구려에서도 최고 일품이지."

담덕은 그런 말로 마동이 거짓 포로 작전에 나서는 것을 허락했다. 사실상 다른 제장들 면면을 둘러볼 때 마동만큼 그 일을 잘 해낼 인물도 찾기 어려웠다.

멀리 용성 근처까지 내보낸 초병이 말을 달려와 보고했다.

"후연군이 다시 용성 북문을 나섰습니다."

고구려 대군은 곧 숙군성을 나섰다. 출진에 앞서 담덕은 어의에게 다시 한번 풍발의 어깨 상처 치료를 부탁하고, 감시를 맡은 군사들에게도 일거수일투족 포로에게서 눈을 떼지 않되 대접에 소홀함이 없도록 하라고 지시했다.

후연군은 전날과 달리 들판이 아닌 서쪽 산자락으로 이동해 진을 쳤다. 고구려 기마대의 위력을 실감한 적들은 전면전보다 치고 빠지는 전략으로 유인작전을 쓰려는 것 같았다. 그들이 진을 친 산은 그리 험하지는 않았으나, 곳곳에 구릉과 골짜기가 부챗살처럼 뻗어 있어 군사들을 숨기기에 좋은 지형이었다. 지형적 조건만 놓고 볼 때 지리에 밝은 후연군에 비해 고구려군이 전적으로 불리할 수밖에 없었다. 벌판보다 계곡에 군사들을 배치시켜, 고구려 기마대가 마음대로 활보하기도 곤란하였다.

이렇게 후연군은 산자락을 등지고, 고구려군은 벌판에서 산을 바라보고 있는 형태로 대치하였다.

"함부로 접근하지 말고 적들을 들판으로 유인해 끌어내야 한다. 적이 산자락에 진을 치고 있으므로 유인작전은 보병들이 유리하니, 기마대는 후방에서 대기했다가 적들이 들판으로 나설 때 공격하도록 한다."

대장군 우적이 제장들에게 작전 지시를 내렸다.

전투는 전날의 양상과 달리 지리멸렬하게 전개되었다. 한 번 공방전을 벌여보았으므로 양군 모두 상대의 전력을 잘 파악하고 있는 데다, 서로의 약점을 찾아 공격하려는 탐색전 위주로 나가다 보니 치열한 전투가 벌어지지 않았다.

몇 차례 밀고 밀리는 공방전이 벌어지긴 했으나 양군 모두 끝까지 추격하고 쫓기는 양상은 기피하였다. 추격하다가 멈추어 돌아서고, 쫓기다가 뒤돌아서서 추격하는 서로 눈치 보기 작전을 하다 보니, 마동이 거짓으로 포로가 될 수 있는 기회를 좀처럼 잡을 수가 없었다.

결국 마동은 마지막 수단을 쓰기로 했다. 그는 미리 챙겨온 풍발의 투구를 창끝에 매달고 적진을 행해 단신으로 말을 몰았다.

"이건 풍발의 투구다. 이렇게 주인의 머리는 어디 가고 투구만 덜렁 남았다는 게 무슨 뜻인지 아느냐?"

마동의 외치는 소리에 후연군도 바짝 긴장했다.

"아니, 저놈이 누굴 놀리나? 투구만 남았다면 결국 풍발 장군이 참수됐단 말인가? 포로를 죽이다니, 이 짐승만도 못한 놈들! 내 가만 두지 않겠다."

후연군에서 말을 달려나온 것은 평주자사 모용귀였다. 그는 숙군성을 고구려군에게 빼앗긴 것도 분한데 동료 장수 풍발을 잃었다는 생각에 분노가 머리끝까지 치밀어올랐다. 더구나 그는 어떻게 해서든 공을 세워 황제 모용희의 환심을 사고 싶었다. 이 기회에 신뢰를 회복해야만 전도양양한 그의 앞날이 펼쳐지리라 판단했던 것이다.

일단 마동과 모용귀가 들판 한가운데서 맞서게 되었다.

"이 투구라도 가져가려고 왔느냐? 옛다, 가져다 시신 없는 장사나 잘 지내주거라."

마동은 창에 꽂힌 투구를 빼어 달려오는 모용귀를 향해 던졌다.

"너, 이놈! 네놈의 목부터 잘라 투구를 장사지내주마! 네 명줄이 오늘까지임을 알아라."

모용귀가 환두대도를 휘두르며 말을 달려왔다.

서로의 말이 엇갈리면서 창과 환두대도가 강하게 부딪쳤다. 몇 차례 화려한 무술만 보여주면서 서로 탐색전을 펼치고 있을 때였다.

모용귀가 말을 돌려 상대에게로 달려들 때 보니, 말은 보이는데 장수가 보이지 않았다. 순간 그는 상대하던 적장이 말에서 떨어진 줄 알았다. 들판을 두리번거리는데 갑자기 말 옆에 매달려 있던 마동이 몸을 솟구쳐오르면서 소리쳤다.

"이 호랑말코 같은 놈아! 방금 나를 찾고 있었던 것이냐?"

마동은 창을 공중에서 빙빙 돌리며 상대를 놀려댔다.

"이놈이 싸움을 무슨 장난으로 아느냐?"

모용귀는 약이 바짝 올랐다. 그러나 바로 그 순간, 적장의 노림수에 속아선 안 된다고 생각했다. 더구나 대장군 방연이 될 수 있으면 적장을 유인해 생포해 오라는 특명을 내린 걸 기억했다.

모용귀는 마동의 꾀임에 말려들어 자칫 실수하는 척하면서 환두대도로 허공을 그었다. 그러다가 말을 돌려 후연군 본진이 아닌 다른 쪽 골짜기로 말을 몰았다.

지체하지 않고 마동도 모용귀의 뒤를 추격하였다. 본진으로 도망치지 않고 다른 쪽으로 유도하는 것을 보면 뭔가 속임수가 있을 것 같았다. 골짜기의 숲은 나무로 우거져 있었다.

"네 이놈! 게 섰지 못할까? 사내놈이 떳떳하지 못하게 도망을 치느냐?"

마동은 있는 힘껏 소리를 질러댔다.

모용귀는 골짜기의 좁은 오솔길로 접어들더니 갑자기 말을 돌렸다.

"이놈아! 일부러 네놈을 장사지내기 위해 이곳으로 끌고 왔느니라. 단칼에 네놈의 목을 베어 풍발 장군의 원수를 갚아주마."

환두대도를 높이 치켜올린 모용귀가 소리쳤다.

마동이 막 키가 큰 아름드리 나무 밑으로 말을 달릴 때였다. 나무 위의 높은 가지에서 그물이 떨어지며 마동과 말을 한꺼번에 덮쳤다. 졸지에 마동과 말은 한 덩어리가 되어 그물에 갇히고 말았다.

"핫핫핫, 핫! 그놈 꼴 좋다. 미련한 곰 한 마리에 말까지 덤으로 얻었으니 일거양득이 아니더냐?"

모용귀는 입이 귀에 걸리도록 호탕하게 웃었다. 그는 곧 졸개들에게 명하여 마동을 오랏줄로 묶어 호송토록 하였다.

후연군은 전날 풍발이 고구려군의 포로가 되자, 일부러 구릉과 골짜기 많은 산야에 진을 치고 숲 곳곳의 나무 위에 그물을 가진 군사들을 숨겨두고 있었다. 모용귀가 바로 그러한 곳 한 군데로 마동을 유인해 그물로 생포를 한 것이었다. 어찌 됐든 양군 모두 원하던 바를 달성한 셈이었다.

6

포로가 된 마동은 밧줄에 몸이 묶인 상태로 모용희 앞에 끌려 나왔다. 그 자리에는 대장군 방연을 비롯하여 고구려와 전투를 벌였던 후연 장수들, 그리고 용성의 방위책임을 맡고 있는 모용운도 참석하였다.

"적장은 이름을 대라."

모용희가 일갈하였다.

"고구려 태왕 폐하의 호위무사 마동이오."

마동은 자신의 이름뿐만 아니라 직책까지 말했다. 그래야만 적들이 자신을 함부로 다루지 못할 것이라 판단했던 것이다.

"고구려왕의 호위무사라? 어찌 고구려에는 마땅한 장수가 없었던가? 군주 곁을 지켜야 할 호위무사가 나서다니?"

모용희는 고개를 갸웃거리며 입술을 비틀어 웃었다.

"그대를 생포한 모용귀 장군의 말을 들으니, 창끝에 아국의 풍발 장군 투구를 매달고 나왔다던데. 하면 풍발 장군이 참수됐다는 얘긴데, 만약 그게 사실이라면 그대 역시 살아남지 못할 것이다."

모용희의 말에 마동이 껄껄대고 웃었다.

"염려 붙들어 매시오. 풍발 장군은 숙군성 관사 비단 금침에서 호의호식하고 있소이다."

마동의 말에 모용운의 흐려졌던 눈빛이 살아났다. 금세 얼굴에 안도하는 빛이 어렸다.

"마동이라 했던가? 그대 명줄이 길구면!"

모용희는 말을 마치며 고개를 한참 주억거렸다.

"포로에게 비단 금침에 호의호식이라니? 그대의 말이 참으로 맹랑하지 않은가?"

모용운은 마동의 말을 믿을 수가 없었다. 모용귀의 말을 들을 때는 풍발이 죽은 줄로만 알았는데, 살아 있다는 것만으로도 다행으로 여겼다. 그런데 마동의 말이 사뭇 엇나가는 투여서 내심 사실관계 확인이 필요했던 것이다.

"풍발은 아국의 장수 방천화극에 어깨를 다쳐 치료 중에 있소. 큰 상처도 아닌데 태왕 폐하께서 어의에게 특명을 내려 치료에 만전을 기하라고 하였으니, 적장이 그런 대우를 받는 것이야말로 비단 금침에 호의호식을 하는 것이나 진배없는 일 아니겠소?"

마동의 말에 모용희의 얼굴이 묘하게 일그러졌다.

"비단 금침에 호의호식이라? 고구려왕이 어찌 포로가 된 적장에게 그런 호사를 누리게 한단 말인가? 이는 필시 풍발을 설득시켜 뭔가 일을 꾸미자는 것 아니겠는가? 제장들 생각은 어떠하시오."

모용희는 제장들을 둘러보았다.

이때 마동은 문득 모용희의 입에서 튀어나온 말을 듣고 아차, 싶었다. 태왕의 작전을 들킨 것 같았기 때문이다.

"그렇지는 않을 것입니다. 나중에 풍발이 귀환하게 되면 그때 사실관계를 따져보기로 하시지요."

모용운의 말에 모용희의 눈썹이 이마 양쪽으로 치켜져 올라갔다.

"풍발이 귀환하게 되면?"

모용희는 모용운의 말을 되뇌면서 고개를 갸우뚱거렸다.

"여기 있는 적장과 풍발을 교환해야 하지 않겠습니까?"

"포로 교환이라?"

"일단 풍발을 살리고 봐야 할 것으로 압니다. 적진에 가 있던 그가 고구려군의 사정을 가장 잘 알 테니까요."

모용운은 휘하 장수 중 풍발을 가장 신임하고 있었다.

"포로 교환을 할 때 따로 조건을 붙이도록 하시면 어떻겠습니까?"

이렇게 나선 것은 대장군 방연이었다.

"무엇을 조건으로 내건단 말씀이시오?"

모용희가 물었다.

"여기 있는 적장이 제 입으로 고구려왕의 호위무사라 했습니다. 호위무사는 군주와 생사고락을 같이하는 법, 고구려왕이 가장 아끼는 장수라고 해도 좋을 것입니다. 포로 교환만으로는 안 되고, 고구려왕과 협상해서 호위무사를 돌려보내는 즉시 숙군성을 내놓고 군사를 거두어 요하를 건너가라는 조건을 내거는 것이 어떠하올는지요?"

"우하하하! 방연 대장군의 말에 일리가 있소이다. 2년 전 아국이 고구려 변경을 쳐서 볼모로 데려왔던 고구려 백성들을 이미 적들은 숙군성에서 빼내 귀환시켰다 들었소. 고구려왕으로선 이번 전쟁에서 소기의 목적을 달성했으니, 이제는 회군하는 것이 마땅하지 않겠소? 차제에 고구려군이 용성까지 탈취하려고 든다면 아국은 절대로 용서치 않을 것이오."

모용희는 방연이 내세운 조건을 매우 좋은 계략이라고 치켜세우는 한편, 마동을 직시하며 은근히 엄포를 주는 것도 잊지 않았다.

더 이상 지체할 이유가 없었다. 후연으로선 고구려군이 어서 빨리 숙군성을 내놓고 물러가기를 바랄 뿐이었다. 그래서 포로 교환은 급박하게 이루어졌다. 양군에서 백기를 든 사절들이 오가고, 포로 교환 조건을 모두 수용하였다. 태왕 담덕도 후연의 모용희가 내건 조건을 흔쾌히 받아들였던 것이다.

마침내 다음날, 숙군성과 용성 중간의 벌판에서 양군의 포로 교환이 이루어졌다. 마동이 고구려군 진영으로 돌아왔을 때, 태왕 곁을 지키고 있던 여성 호위무사 수빈이 살짝 귀엣말로 속삭였다.

"다친 데는 없어?"

수빈은 나이가 더 많은 마동을 오라버니라 여기면서도 언제나 반말을 하였다. 그것은 태왕을 모시는 같은 호위무사로서의 친근감이기도 했다.

"어이구, 수빈이 네가 내 걱정을 다 해주고?"

"걱정 안 하게 됐어? 이젠 나이도 먹을 만큼 먹었는데, 천둥벌거숭이처럼 경거망동하고 날뛰는데……."

"뭐라고? 날뛰다니? 입으로 뱉으면 다 말인 줄 알아? 이젠 수빈이 너도 결혼 연령을 넘겨 노처녀가 됐다구. 제발 말이라도 요조숙녀처럼 할 수 없느냐?"

두 사람이 주고받는 말을 담덕이 듣고 빙그레 웃었다.

"수빈에게 그런 소리 들어 싸다. 마동, 그대의 실력을 못 믿는 바 아니지만 이번에 좀 걱정이 됐던 건 사실이다."

담덕은 그러면서 마동이 거짓 포로 작전을 제대로 해낸 데 대해 칭찬을 아끼지 않았다.

고구려 원정군은 곧 숙군성을 비워두고 요하를 건너 요동성으로 입성했다. 다음날 일찍 잠에서 깬 태왕 담덕은 새벽 범종의 타종 예식에 참여하였다. 노승 석정과 제장들이 모두 종메를 잡고 종을 쳤다. 타종은 하루에 두 번 치는데, 새벽에 28번, 저녁에 33번 종을 친다고 석정이 설명하였다.

타종이 시작되자, 드디어 요동성 새벽하늘로 종소리가 울려 퍼졌다. 호수에 돌을 던지면 물이 둥그런 파동으로 물이랑을 만들며 번져나가듯, 종소리는 공기를 흔들면서 공명현상을 일으켜 아득한 들판 저 멀리까지 퍼져나갔다.

　"새벽 범종은 부처님의 존엄성을 상징하며, 저녁 범종은 부처님의 가르침이 온 우주로 퍼져나가는 것을 의미합니다. 이 종소리를 들으면 지옥에 떨어져 고통받는 중생들까지 구제받을 수 있으므로, 아침저녁으로 저 요하를 건너 요서 들판으로 널리 울려퍼지게 되면 억울하게 끌려가 고난을 겪다 죽은 우리 고구려 유민들과 피아를 막론하고 전쟁터에서 목숨을 잃은 군사들까지 구원을 얻게 되리라 믿습니다. 이번 숙군성 전투에서 태왕 폐하께서 포로가 되었던 백성들을 구출해 오셨다고 들었습니다. 이 모두가 부처님의 가피(加被)가 아니고 무엇이겠습니까?"

　노승 석정은 타종 예식이 끝나고 나서 담덕과 제장들을 7중목탑 안 1층 대웅전으로 안내하여 새벽 예불 법회를 열었다. 법회가 끝나고 나서 모두들 7중목탑의 각 층을 계단으로 오르면서 석정의 설명을 듣는 기회를 갖기로 하였다.

　사실상 담덕이 요동성 산중턱에 7중목탑을 세운 목적은 두 가지였다. 밖으로는 외적으로 하여금 고구려에 대한 두려움을 느끼도록 하기 위함이고, 안으로는 고구려군의 자부심을 앙양시켜 상무정신을 더욱 굳건히 하기 위한 것이었다. 그런데 노승 석정은 먼저 죽은 영혼들을 천도하는 일을 우선적으로 꼽았다. 그리고 두 번째가 주변의 적들을 불법으로 제압하여 무릎 꿇게 하는 것이라고 했다. 그 두 의견을 종합하면 고구려가 대내외로 불국정토의 나라임을 선언하는 것에 다름 아니었다.

담덕은 7중목탑 심주석에 아육왕탑 석편이 안치되어 있으므로, 이 탑을 달리 '아육왕탑'이라고도 불렀다. 이는 노승 석정의 의견을 받아들여 세상을 통치하는 전륜성왕의 깊은 뜻을 아로새기기 위한 것이었다.

"태왕 폐하께서 전에 요동성 7중목탑이 실상은 9층이라는 말씀을 하신 적이 있습니다. 요동성이 1층, 산중턱이 2층, 그리고 7중목탑까지 총 9층이라고 하셨던 것을 기억합니다. 그러므로 이 탑은 요동성의 자연을 기반으로 한 인공의 불사로 매우 그 의미가 깊다고 하겠습니다. 보시다시피 요동성 아육왕탑은 크게 기단부(基壇部)·탑신부(塔身部)·상륜부(相輪部)로 구성되어 있습니다. 기단부는 저 아래 요동성에서부터 산중턱까지, 그리고 땅 다지기를 하여 습기로부터 탑신부를 보호하는 심주석이 묻힌 부분과 아울러 화강암으로 만든 밖으로 드러난 기단까지 포함하고 있습니다. 탑신부는 본격적으로 7중목탑이 시작되는 부분으로, 1층에서 3층까지는 부처님이 모셔져 있습니다. 1층에는 대불전이 있고, 그 위층으로는 총 108분의 불상을 비롯하여 산신과 칠성신을 안치하였습니다. 7중목탑 자체가 하나의 사찰 역할을 하는 셈입니다. 그리고 층층이 오를 수 있는 층계가 있는데, 이를 천계(天階)라고 합니다. 즉, 하늘로 오르는 층계라는 뜻입니다. 4층부터 7층까지는 전망대 성격을 겸한 기도처로 사방을 바라볼 수 있도록 창을 시원하게 내놓았습니다. 그리고 상륜부는 심주 상단의 중앙 기둥과 연결하여 금박을 입힌 연꽃 형태의 철심을 박았습니다."

노승 석정은 담덕과 제장들 모두와 함께 7중목탑 안의 내부 구조를 둘러보며 일일이 설명했다. 이 같은 그의 설명은 천계를 올라가면서 층마다 특색 있는 구조에 대해 불성의 의미를 담아내고 있었다. 담덕은 4층에서 7층까지 전망대 역할을 하는 창문을 통해 요서 지역을 바라보면서, 또 다른 감회에 젖지 않을 수 없었다. 7중목탑 내부를 둘러보고 나서 일행은 밖으로 나와 바로 그 옆의 석불입상도 둘러보았다. 금물이 입혀진 그 불상은 방금 떠오른 아침 햇살을 받아 반짝반짝 빛났다. 북위의 탁발규가 보내준 백금으로 세운 불상이었다.

7

태왕 담덕은 고구려 원군을 이끌고 요동성을 떠나 국내성으로 귀환했다. 태후와 왕후를 위시한 두 왕자, 그리고 문무대신들의 대환영을 받았다. 저녁에는 거창하게 연회도 벌어졌다.

그리고 다음날 아침, 담덕은 편전에서 뜻밖의 손님을 맞았다. 대상 하명재와 함께 알현을 청한 사람은 코가 크고 눈이 깊숙한 심목고비형의 외국인이었다.

"고구려 태왕 폐하이시오."

하명재가 외국인에게 말했다.

"태왕 폐하, 석무사가 인사드리옵니다."

외국인의 입에서 나온 말이 그랬다.

"오오, 우리 말을 할 줄 아는구려?"

담덕은 반가웠다. 더구나 '석무사'라는 그 이름이 결코 낯설지 않았다.

"때마침, 여기 마동 장군도 있으니 잘 됐네요."

하명재는 태왕 옆에 기립해 있는 호위무사 마동에게 의미 있는 눈길을 던졌다.

"석무사라면? 신라 근오지현의?"

마동도 그 이름을 듣고 놀라지 않을 수 없었다.

"네, 맞습니다. 근오지현의 석규명 상단에서 왔습니다."

석무사가 의미 있는 눈길을 던지며 마동을 바라보았다.

"석규명 상단이라면 전에 마동에게 언뜻 들은 바가 있는 것 같소. 저 서역의 파사 출신으로 신라에 귀화를 했다고."

담덕도 전에 마동이 석규명 상단에서 전리품으로 금덩어리를 챙겨주는 것을 가져오지 않았다고 했던 기억을 떠올렸다.

"네, 폐하! 시생의 부친이 바로 '석규명'이란 함자를 쓰십니다."

"그래, 부친은 어찌 되었소? 왜선을 대적하러 나갔다가 행방이 묘연해졌다고 들었는데……."

"그때 전사하신 것 같습니다. 당시 시생은 먼바다로 행상을 나가 있었는데, 남양군도를 두루 거쳐 돌아와보니, 왜군들에 의해 집안이 풍비박산 나고 말았습니다. 고구려군이 아니었으면 시생의 집안은 재산만이 아니라 가족들까지 모두 희생될 뻔했사옵니다. 진즉에 와서 태왕 폐하께 고맙다는 인사를 드려야 했으나, 상단을 수습하고 가족을 건사하느라 이렇게 늦었습니다. 그 점 널리 혜량하여 주시기 바랍니다."

석무사는 담덕을 향하여 허리를 깊이 꺾었다. 바로 고개를 들지 못하는 것은 말끝에 울음이 터져나왔기 때문이다.

"이번에 석 대인이 배로 금괴를 싣고 왔사옵니다. 전날 마동 장군에게 전리품으로 내놓았는데 거절해서 이번에 가지고 왔다 하옵니다."

하명재가 더 이상 말을 잇지 못하는 석무사를 거들어 대신 설명했다.

"허허, 마동에게 들으니 그 금괴는 석 상단의 재화라고 하던데, 앞으로 상단을 크게 일으켜세우는 데 필요한 자금이라고 들었소만……."

"아니옵니다, 폐하! 왜군이 탈취해간 것을, 여기 마동 장군께서 목숨을 걸고 대장선에 올라가 찾아온 것이옵니다. 왜군에게 빼앗길 것을 마동 장군 덕분에 찾았으니, 금괴는 고구려에 돌려드리는 것이 마땅하옵니다. 더구나 마동 장군은 시생의 누이동생 목숨까지 구해주었사옵니다."

석무사의 입에서 누이동생에 대한 말이 나오자, 마동은 가슴이 두근거렸다. 분명 '석사비'를 두고 하는 말인데, 근오지현을 떠나기 전 마지막 날 그 꿈 같았던 밤의 기억을 떠올리자 자신도 모르는 사이에 얼굴이 붉어지기까지 했다.

"이번에 사실은 석 대인께서 고구려로 귀화하겠다며 상단 식구들을 다 이끌고 왔습니다. 태왕 폐하께서 귀화를 허락해주시면 우리 고구려의 무역에 큰 힘이 될 것으로 생각됩니다."

하명재의 말에 담덕의 시선이 석무사의 얼굴에 가서 꽂혔다.

"석 대인, 그것이 진정 사실이오?"

"네, 그러하옵니다. 작년에 모친께서 하늘나라로 가셨사옵니다. 왜군과 싸우다 전사한 부친만 생각하며 가슴을 태우다 급기야 중병을 얻어 돌아가신 것이옵니다. 그래서 시생은 상단 식구들과 가족으로는 오직 하나 남은 누이동생까지 데리고 상선을 타고 왔사옵니다. 귀화를 받아주시옵소서."

석무사가 다시 담덕을 향해 머리를 조아렸다.

"석 대인, 왜 가족이 누이동생 한 명뿐입니까? 이제 세 살 되는 조카가 있질 않습니까?"

하명재는 그러면서 슬쩍 마동에게로 의미심장한 눈길을 던졌다.

마동은 깜짝 놀라지 않을 수 없었다. 이번에 석사비가 같이 왔다는 이야기였다.

"시생의 누이동생이 재작년에 아들을 낳았으니 조카가 생긴 셈이지요. 실은 누이동생 때문에 고구려로 귀화하겠다고 굳게 마음먹었사옵니다."

"석 대인이 아니고 누이동생 때문이라니? 그건 또 무슨 말입니까?"

담덕은 의아한 눈길로 석무사를 쳐다보았다.

"하하하, 하! 석 대인의 조카 아비 되는 사람이 고구려에 있다고 합니다."

하명재는 다시 마동을 쳐다보며 얼굴 가득 웃음을 머금었다.

"허어, 이럴 수가? 그 아비가 고구려 사람이라? 혹시 그 사람이 이 편전 안에 있는 것이 아니오?"

담덕도 그때서야 눈치를 채고 하명재의 눈길이 향한 곳을 쳐다봤다. 곧 마동과 눈길이 부딪쳤다.

"바로 맞추셨사옵니다. 마동 장군이 아비가 되었다는 것 아니겠습니까? 정식으로 인사하시오. 마동 장군! 여기 손위처남 석무사 대인이 있지 않소?"

하명재는 이제 대놓고 마동을 놀리고 싶은 모양이었다.

"마동, 그대도 알고 보니 남다른 재주가 있었군! 이 자리에서 이실직고하게."

담덕은 빙그레 미소를 지었다.

"실은 그것이……. 나 원 참! 실은 말입니다. 왜군 대장선 지하 객실에 인질로 갇혀 있던 석사비 낭자를 구해 나오다 갑판 위에서 불에 타던 돛대가 부러지며 소장의 어깨를 치는 바람에 부상을 입었습니다. 그래서 열흘 동안 석 낭자의 병간호를 받았지요."

마동은 얼굴이 붉어지면서 매우 난처한 표정을 지었다.

"그게 다란 말인가?"

담덕은 더 마동을 놀려대고 싶은 모양이었다.

"네, 폐하! 그게 답니다. 더 이상 무슨 얘길 원하십니까?"

마동의 말에 모두들 파안대소하였다.

마동과 석사비의 이야기는 금세 궁궐 안팎으로 퍼져나갔다.

한편 태왕 담덕은 석무사 상단을 고구려의 국제항구인 장연 부두에 정착하게 하였다. 그 모든 일을 대인 하명재가 도왔고, 석무사가 가져온 금괴는 운양의 비밀창고에 보관해 두기로 하였다.

하명재는 마동과 석사비를 위하여 압록강 부두 상단 인근에 저택을 마련해 살림을 차리게 해주었다. 하늘에서 보물이

광개토태왕 담덕

뚝 떨어진 듯 손자를 얻게 된 추수는 기분이 좋아 춤이라도 추고 싶은 심정이었다. 그래서 그의 얼굴에선 오래도록 웃음이 떠나지 않았다.

그러나 마동이 석사비와 살림을 차렸다는 소식을 접한 여성 호위무사 수빈은 오래도록 침울해 있었다. 어느 날 궁궐에서 두 사람이 마주쳤다. 보통 태왕 담덕이 곁에 있을 때는 아무 소리도 안 했는데, 때마침 그날은 두 사람만 있었다.

"이 치사한 자식아! 넌 이제 오라비도 아니야! 난 너 같은 도둑놈을 오라비로 두지 않았어. 이 나쁜 놈아!"

수빈은 가차없이 마동의 뺨을 올려붙였다. 그러더니 두 손으로 자기 얼굴을 감싼 채 엉엉 울었다.

"수, 수빈아! 그, 그건 오해야. 어쩔 수 없었다니까?"

마동은 뜨끔 달아오른 뺨을 어루만지며 수빈을 위로하려고 가까이 다가갔다.

"어딜 다가와? 더러운 놈아!"

수빈은 마구 울면서 마동에게서 멀리 벗어나려고 발을 재게 놀렸다.

제5장

대방 전투

1

까악, 깍, 까아악, 까르르륵!

이른 아침부터 까마귀 소리가 잠을 깨웠다. 뒤뜰 감나무 가지에서 들려오는 까마귀 소리였다. 마치 해소병자의 가래 끓는 소리 같은데도 왜국에선 까마귀를 길조로 여기고 있었다.

처음 왜국으로 망명할 때만 해도 고마 헤이는 까마귀 소리를 들으면 기분이 그다지 좋지 않았다. 고구려 신화에서 삼족오는 생명을 잉태하는 태양을 상징하는 새로 여겼지만, 그 소리만큼은 듣기 싫은 것이 사실이었다.

그러나 도래인으로 다시 고구려로 돌아가고 싶은 야망을 가슴속에 품게 되면서, 고마 헤이는 신화에 나오는 삼족오와 왜국의 까마귀를 등가물로 놓고 생각하게 되었다. 그때부터 그는 마음속으로 까마귀를 길조로 여겨오고 있었다.

까악, 까르륵!

고마 헤이는 후원 쪽으로 난 들창을 열고 감나무 위를 올려다보았다. 이미 잎이 다 떨어져 앙상한 가지만 창공을 배경으로 거미줄처럼 걸려 있었는데, 군데군데 몇 개 대롱거리며 매달려 있는 연시가 아침 햇살에 반짝거렸다. 문득 몇 년 전 쓰시마 최북단 와니우라 부두 뒷산에서 군사를 조련시키며 대륙에서 전해질 승전소식에 목을 매고 있을 때의 기억을 떠올렸다.

당시 고마 헤이는 산에서 군사 훈련을 시키면서도 와니우라 부두로 들어오는 선박들을 유심히 살폈다. 그러나 왜국 연합군 군선은 보이지 않고, 어느 날 남양 상선이 풍랑에 밀려 부두로 들어온 것을 발견하였다. 와니우라 부두는 항아리처럼 옴폭 들어간 곳에 자리를 잡고 있어서, 쓰시마 어부들의 어선들 아니면 정박하는 예가 드물었다. 어찌 되었든 낯선 상선이 들어온 것이 혹시 대륙의 소식을 가지고 왔을지도 모른다고 생각했다. 그런데 그 상선에는 남만(南蠻, 베트남)에서 온 대상들이 타고 있었다.

대상들은 여러 나라를 순회하기 때문에 고구려 말도 할 줄 알았다. 고마 헤이는 말이 통하자 반가운 마음에 대륙의 왜국 연합군 소식을 알고 싶었으나, 그들은 고구려 국제무역항인 장연으로 가려고 반도 연안으로 들어서다 풍랑을 만나는 바람에 엉뚱하게도 쓰시마까지 오게 되었다고 했다. 남만인들과 술을 마시면서 들은 얘기 중에 까마귀와 감나무에 얽힌 우화가 있었다. 까마귀가 홍시를 쪼아먹자, 감나무 주인인 소년은 자신의 먹을거리를 도둑질했다며 굶어 죽게 생겼다고 말했다. 그러자 까마귀가 자신의 등에 올라타면 평생 먹고살 수 있는 선물을 주겠다고 했다. 소년이 등에 올라타자 까마귀는 큰 날개를 펼치고 하늘을 날더니 바다를 건너 금으로 가득한 산에 내려주었다. 소년은 금덩어리를 주머니에 주워 담고 다시 까마귀의 등에 타고 집으로 돌아와 오래도록 행복하게 살았다는 이야기였다.

"남만의 까마귀도 길조로군!"

고마 헤이는 그 이야기를 들으며 느끼는 바가 많았다. 까마귀가 금덩어리를 선물하는 이야기를 들었으니 곧 좋은 소식이 올 거라고 굳게 믿었다.

그러나 얼마 지나지 않아 왜국 연합군이 고구려 원군과 신라 군사의 합동작전에 패하여 쓰시마로 회군하였다. 군사를 반 이상 잃고 쫓겨온 패잔병들의 몰골은 말이 아니었다.

와니우라 부두에 내린 소가노 마치는 고마 헤이를 만나 고마 히로가 행방불명된 소식을 전했다.

"면목이 없게 됐소이다. 종발성까지 고마 히로가 뒤따라온 것을 확인했는데, 입성하려고 아우성치는 사이 행방불명이 되고 말았습니다."

소가노 마치는 명색이 사돈인 고마 헤이의 얼굴을 똑바로 바라보기 어려웠다. 고마 히로가 그의 잘못으로 행방불명된 것은 아니지만, 휘하의 장수를 끝까지 챙기지 못한 것은 인정할 수밖에 없었다.

"우리 고마 히로는 죽지 않습니다. 반드시 살아 돌아올 겁니다."

고마 헤이는 주먹을 불끈 쥐었다.

쓰시마를 떠나 회군할 때 소가노 마치는 같이 가자고 했다. 그러나 고마 헤이가 자신의 군사들과 함께 와니우라 부두에 남은 것은, 오직 아들이 반드시 살아 돌아오리라 굳게 믿고 있었기 때문이다.

아들을 생각할수록 고마 헤이는 이를 악물고 군사 훈련에 집중하였다. 와니우라 부두 뒷산에선 고마성 군사들의 함성이 연일 계속되고 있었다. 그때부터 와니우라 부두에 사는 쓰시마 어민들은 그 산을 '고마산'이라 부르게 되었다.

그날도 와니우라 뒷산, 즉 '고마산'이라 불리는 그 산의 막사에서 막 잠을 깰 때 고마 헤이는 까마귀 소리를 들었다. 막사 바로 옆의 해송 가지 끝에서 까마귀 두 마리가 꺽꺽거리며 가래 끓듯 울고 있었다. 그날 오후, 해가 설핏하게 기울 무렵 상선이 하나 부두로 들어섰다.

고마 헤이는 말을 타고 산비탈을 달려 내려갔다. 부두에 어부들의 어선이 아닌 낯선 배가 들어오면 그는 언제든 그렇게 달려가 선박에서 내리는 사람들을 살폈다. 아들 고마 히로를 찾고 있었던 것이다.

　　와니우라 부두에 정박한 배는 나가사키 항으로 가는 백제 상선이라고 했다. 선박에서 내리는 상인들을 하나하나 살피다가 고마 헤이는 아들 고마 히로를 발견하였다.

　　"히로야! 네가, 네가 정말 살아 있었구나."

　　고마 헤이는 아들을 얼싸안았다. 너무 기쁜 나머지 눈물까지 솟았다.

　　문득 찬바람이 들이치자, 들창을 닫으며 고마 헤이는 중얼거렸다.

　　"그래, 그날도 까마귀가 울었지."

　　그러면서 고마 헤이는 그동안 잊고 있었던 남만의 우화라는 까마귀와 감나무 이야기를 떠올렸다. 그 순간 그의 동공에 아들 고마 히로의 얼굴이 어른거렸다.

　　고마 헤이는 왜 갑자기 까마귀 우화와 아들을 연상작용으로 떠올린 것일까. 한동안 생각을 굴리던 끝에 마침내 그 끈이 '금'이었음을 깨달았다. 남만의 우화 속 까마귀가 금을 선물로 주었다면, 3년 전 아들이 가져온 소식은 고구려의 금에 관한 이야기였다. 당시엔 그저 한 귀로 들어넘겼던 이야기인데, 지금 그

금으로 인하여 그의 머릿속에 기발한 생각이 떠올랐던 것이다.

조반을 해결하고 나서 고마 헤이는 당장 아들 고마 히로를 불러 마주 앉았다.

"히로야, 전에 네가 고구려에서 올 때 금괴를 숨긴 창고가 어딘가에 있다고 했지?"

"네! 운양이라는 곳인데, 거기 하천에서 사금이 많이 난다고 합니다. 바로 고구려 군비를 그곳에서 나는 금으로 충당하는 것 같습니다. 금괴를 넣어두는 창고가 두 개인데, 하나는 담덕왕의 금고이고, 다른 하나는 그의 처삼촌으로 대상단을 이끄는 하명재가 관리한다고 합니다. 운양에서 나오는 사금 채취권을 하 대인이 갖고 있는데, 금괴로 만들어 반반씩 나누어 창고에 보관하는 것 같습니다. 당시 신라에서 보낸 월천에서 나는 질 좋은 구상사금도 담덕왕의 비밀 창고에 보관한다고 들었습니다."

고마 히로의 말에 고마 헤이는 다그치듯 물었다.

"방금 신라의 구상사금이라 했느냐? 월천에서 나는."

"네, 그렇게 들었습니다."

"바로 그것이야!"

고마 헤이는 자신의 무릎을 쳤다. 언젠가 그는 3년 전 왜국 연합군을 이끌었던 대장군 오호하마노에게서 '신라의 구상사금'에 대해 들은 적이 있었다. 근오지현에 상륙하여 현지의 대상단 저택 벽 속에서 찾아낸 보물이 바로 신라 금성의 월천에서 나는 구상사금이었다고 했다. 오호하마노는 당시 그 금괴들과 온갖 보물이 담긴 상자들을 대장선에 보관하고 졸개들에게 철저하게 지키도록 했는데, 고구려 특공대가 들이닥쳐 군선들을 모두 불태우는 바람에 일확천금의 기회를 놓쳤다고 못내 안타까워했었다.

"아버님! 무슨 말씀이신지요?"

고마 히로가 영문을 몰라 멀뚱거리는 눈으로 부친의 얼굴을 바라보았다.

"이제야 고구려를 칠 기회를 잡을 수 있게 되었다."

"네에?"

"오늘 당장 도성으로 가서 오호하마노를 만나야겠다. 이번에는 너도 같이 가야 할 것이야. 준비하거라."

고마 헤이는 마음이 급해 서두르는 기색이 역력했다. 원래 급한 성질이지만, 옆에서 아들이 볼 때 그날은 유난히 더욱 그래 보였다.

고마 헤이는 아들과 함께 고마성을 빠져나와 말을 달렸다. 도성으로 가기 전에 그는 소가성으로 사돈인 소가노 마치를 찾아갔다. 오호하마노를 설득하는 데는 우군으로 소가노 마치가 최적격자라고 생각했던 것이다.

"이제 충분히 고구려를 공략할 준비가 된 것 같습니다. 3년 전의 굴욕을 갚아야지요."

고마 헤이가 소가노 마치에게 던진 첫마디였다.

"갑자기 무슨 말씀이신지?"

소가노 마치는 예정에 없던 고마 헤이의 방문에도 놀랐지만, 대뜸 한다는 그의 말이 예기치 못한 일이라 당황스러웠다.

"오호하마노 재상을 설득해 군사를 출진시킬 묘안이 떠올랐습니다."

고마 헤이는 3년 전 신라를 공격할 때 대륙조차 밟아보지 못했으므로 왜국 연합군의 제2차 원정을 손꼽아 기다렸다. 그러나 정작 오호하마노는 군사들의 재정비를 이유로 자꾸만 출정을 미루고 있었다.

"묘안이라면?"

소가노 마치 역시 왜국의 군사권을 쥔 오호하마노가 오래도록 침묵을 지키고 있었으므로, 고구려 원정은 어쩌면 물 건너간 일이라고 단념하고 있었다.

"바로 금입니다. 오호하마노가 지난번 신라를 칠 때 근오지현의 대상단을 이끄는 석규명 저택에서 금괴를 탈취해 대장선에 감추어 두었던 걸 알고 계시지요? 만날 때마다 그 금괴 이야기를 입에 달고 살았습니다. 대장선이 불타는 바람에 금괴를 잃어버린 것을 못내 안타까워하지 않았습니까?"

고마 헤이는 그러면서 옆에 있는 아들로 하여금 고구려 운양금광과 관련된 이야기를 직접 설명하라고 말했다. 고마 히로는 부친에게 했던 그 이야기를 소가노 마치에게도 들려주었다.

"흐음, 고구려 군대를 기르는 비용이 거기서 나온단 말이지요? 금괴를 대상들이 수레에 싣고 가서 초원로를 통해 서역의 명마들을 수입한다고요?"

"그렇습니다. 운양금광에 있는 담덕과 하명재의 금괴가 숨겨진 두 창고만 털면, 고구려는 강군을 길러내는 데 큰 타격을 입을 것입니다. 그러므로 이번에는 기습으로 공격해 운양의 금괴를 탈취한 뒤 바로 군선을 타고 돌아오는 것입니다."

"그런데, 오호하마노가 왜국 군사들을 출진시키려고 들까요?"

소가노 마치도 구미가 당기는 모양이었다. 고구려 군사들과 전면전이 아닌, 치고 빠지는 전략으로 나간다면 승산이 있다고 보았다.

"금괴가 미끼 아니겠습니까? 전리품으로 어마어마한 금괴가 들어오는데 마다할 리가 있겠습니까? 그 금괴로 왜군 전력을 강화한 연후, 신라를 다시 치든 고구려를 치든 대륙 경략에 나서자고 하면 틀림없이 군사를 출진시키려고 들 것입니다."

"일리 있는 얘깁니다. 도성으로 가서 오호하마노를 만나봅시다."

소가노 마치도 마침내 결심을 굳히고 일어섰다.

세 사람은 곧 왜국 도성으로 향했다. 그들은 오호하마노와 마주 앉아 금괴를 미끼로 하여 고구려를 칠 계획을 세웠다. 고마 헤이의 예견대로 금괴의 약효과는 제대로 발휘되었다.

"신라왕이 고구려에 금괴로 바친 월천의 구상사금도 운양의 비밀 창고에 숨겨져 있다 이 말이지요? 대체 운양이라는 곳이 어디요?"

오호하마노는 졸개에게 군사 지도를 가져오라고 해서 탁자 위에 펼쳐 놓았다.

"바로 이곳입니다. 아주 오래전 저 중원의 한나라가 조선을 침공해 한사군을 설치한 적이 있었지요. 한사군 중 대방군이 있었는데, 바로 이 지역입니다. 지금의 패하 서쪽이라 '패서'라고도 하지만, 그보다도 '대방'이란 지역으로 더 알려져 있지요. 지금 대방 지역의 해안에 자리한 항만들은 국제무역도시가 돼 저 중원은 물론 남양 상선들까지 오갈 정도로 활성화되었다고 합니다. 고구려 대상들이 그 항만에 시전을 열어 상권을 장악하고 있다고 하니, 대방을 치면 그들의 재물도 우리 것으로 만들 수 있습니다."

고마 헤이는 대방 지역 이야기를 하면서 신바람이 나 있었다. 국제무역도시의 고구려 상권을 언급한 것은 즉흥적으로 떠오른 생각인데, 저 스스로도 기발한 발상이라고 흔감한 표정을 지었다.

"이곳이 대방 지역이란 말이지? 이 지역의 바다는 백제가 더 잘 알고 있을 것 같은데. 연전에도 백제에서 원군 요청이 왔으나 아국이 미루고 있었던 것은 다들 아시고 계실 거요. 이번에 우리가 출정한다면 백제에선 어떻게 지원해줄 수 있을 것 같소?"

오호하마노는 구미가 잔뜩 당기는 듯 목울대가 꿀럭, 움직일 정도로 침을 삼키며 물었다.

"백제 장수 사두가 도성의 군사를 지원할 것입니다. 전부터 약속해둔 바 있으니까요."

소가노 마치가 답변했다.

"좋습니다. 이제 겨울이 닥치니, 명년 봄을 기해 출진하는 걸로 합시다. 왓, 핫핫핫! 이번에 고구려의 금괴를 가져오면 폐하께 좋은 선물이 되겠구먼."

오호하마노는 대왕 오진을 금괴로 설득해볼 요량이었다. 그래서일까. 그 웃음소리가 호탕하고 아주 자신감에 넘쳐 있었다.

2

고구려 태왕 담덕은 402년 후연의 숙군성 공략에 성공한 이후 외치보다 내치에 집중하였다. 정치란 나라 안팎을 두루 살펴야 하는데, 그 어느 쪽에 치우쳐도 백성들은 불안할 수밖에 없기 때문이었다. 군주는 내치와 외치의 균형 감각을 유지하는 천평칭 같은 정치적 조율 능력이 필요하였다.

담덕은 호위무사들과 함께 말을 타고 국내성과 압록강 북안의 왕당군 훈련장을 자주 왕복했다. 그때 말 위에서 내려다본 그 유장한 강물의 흐름에서 실로 느끼는 점이 많았다. 물은 연못처럼 흐르지 않고 고여 있으면 썩을 수밖에 없었다. 강물을 유심히 살펴보면 반드시 한 번은 높고 한 번은 낮게 파동을 그리며 유장한 흐름을 지속하고 있었다. 그렇게 높낮이로 물이랑을 만들며 굽이쳐 흘러야만 오래도록 물길을 만들며 개천이 되고, 강으로 변하고, 바다에 가서 하나로 만나는 것이었다.

나라를 경영하는 내치와 외치의 속성이 바로 그러하였다. 내치에만 안주하면 외적의 침략에 대비할 수 없고, 또한 외치에만 주력하면 주변에 적을 너무 많이 만들어 전쟁의 소용돌이에 휘말리게 되어 있었다. 문제는 균형 감각에 있었다.

담덕은 바로 물의 이치와 같이 정치를 하는 데 있어서 내치와 외치의 균형을 유지하려고 노력했다. 나라의 안정은 우선 왕실을 튼튼히 하는 데서 출발한다고 그는 판단했다. 오래전 동부에서 해평의 반란이 일어났던 것은 당시 고구려 왕실의 허약성을 드러내준 대표적인 사건이라고 할 수 있었다.

'그러나저러나 왜국으로 간 해광에게선 왜 이렇다 할 소식이 없는 것일까?'

담덕은 크게 기대하지는 않고 있지만, 언젠가 좋은 소식을 갖고 바다를 건너오기를 기다리고 있었다. 해광이 부친을 설득하여 고구려로 돌아온다면 나라의 기틀을 더욱 튼튼하게 갖출 수 있을 것이라는 기대감을 저버리지 않고 있었다.

때는 404년(영락 14년) 봄, 해광이 왜국으로 떠난 지 벌써 3년이 지나 다시 해가 바뀌었다. 담덕은 그때까지도 해광에 대한 기대의 끈을 놓지 않고 있었다. 무술 사부인 무명선사 해무의 피를 이어받은 손자가 바로 해광이었다. 그는 무명검법의 비급을 해광에게 물려주어 고구려 검법의 진수를 대를 이어 후세에게 전수해주고 싶었다. 그래서 은근히 낚싯밥을 던지듯 '무명검비급'에 대해 일러주었던 것인데, 왜국에 간 해광에게서는 통 소식이 없었다. 아무래도 부친 해평을 설득하지 못한 것일지도 모른다는 생각이 부지불식간에 들었다.

편전의 용상 깊숙이 몸을 파묻고 있던 담덕은 문득 왕자들이 보고 싶었다. 벌써 첫째 거련이 열한 살, 둘째 연우가 여섯 살이었다. 거련은 한창 무술연마를 할 때였고, 연우도 경서를 익히기 시작할 나이였다.

이제 거련은 태학에서 고구려 귀족 자제들과 함께 공부하고 있었다. 동생 연우도 아직 왕후전의 응석받이로 클 나이지만, 형의 곁에서 떨어지지 않으려고 해 태학에서 서너 살은 더 많은 귀족 자제들과 경서 읽기에 몰두하고 있었다.

태학당에서는 한창 글 읽는 소리가 들려오고 있었다. 담덕이 행차했을 때마침 태학박사 정호가 왕자 거련을 말에 태워 기마연습을 시키고 있었다.

담덕은 먼저 경서 강독을 하는 연우가 보고 싶어, 학동들의 공부에 방해가 되지 않게 몰래 문틈으로 살펴보았다. 여섯 살이지만 연우는 제법 의젓해 보였다. 책상다리를 한 채 서책을 앞에 펴놓고 좌우로 어깨를 흔들며 소리를 내어 경서 읽기에 몰두해 있었다.

다시 말타기 연습을 하는 거련에게 돌아온 담덕은 호위무사 마동을 보고 물었다.

"거련이 말 타는 모습을 보고 무엇을 느꼈는가?"

"네, 폐하! 이런 평지에서의 연습은 기마술의 기본을 배우는 것이므로 달리 평할 것이 없고, 들판이나 산야를 달리는 것을 보아야 기마술의 숙련도를 짐작할 수 있지 않겠사옵니까?"

마동이 거련의 말 타는 모습을 주시한 채 말했다.

"그렇겠군!"

담덕도 고개를 끄덕거렸다.

"폐하! 부여 산속에서 폐하를 처음 뵈었을 때 길들지 않은 백마를 타고 호수를 한 바퀴 돌던 모습이 떠오릅니다. 그때 태자 시절이었던 폐하께선 호수의 물이 폭포로 떨어지는 그 넓은 폭의 둔덕과 둔덕 사이를 단숨에 건너뛰셨지요."

여성 호위무사 수빈이 하늘에 편편이 떠 있는 새털구름을 바라보며 옛 기억을 아로새겼다.

"그걸 기억하고 있는가? 그때 수빈이는 꼭 길들지 않은 망아지 같았지. 하하하, 핫!"

담덕이 그때 기억이 되살아나는 듯 너털웃음을 터트렸다.

"폐하! 망아지라뇨?"

"당시엔 그대를 처음 보았을 때 머슴아인 줄 알았다니까."

"폐하! 산에서 자라서 그렇지 수줍음 잘 타는 순수한 소녀였다구요."

수빈이 입술을 삐죽 내밀었다.

"아직도 수빈이에게는 당시의 선머슴 같은 모습이 남아 있습니다."

마동이 빙그레 웃으며 수빈을 쳐다보았다.

"아무 데나 끼어들려고 하지 마. 흥, 가는 곳마다 사고나 치고 다니는 주제에. 선머슴은 그대야. 그 사고뭉치 근성 언제 버릴래?"

수빈이 마동을 흘겨보며 이번에는 입술을 좌우로 비틀었다.

"뭐 사고뭉치 근성?"

"아무 데나 씨를 퍼트리고 다니는 것이 그럼 잘한 짓이냐?"

"폐하가 계시다. 입이라고 함부로 놀리지 말거라."

마동이 짐짓 자세를 바로 하며 꾸짖듯이 말했다. 수빈은 2

년 전 신라에서 온 석사비와 그 아들 이야기를 하고 있었던 것이다.

"하하, 핫! 수빈에게 야단맞을 짓을 하긴 했지. 그래도 마동, 그대 재주가 아주 놀라워."

담덕이 좌우로 수빈과 마동을 바라보며 두 사람의 대화를 즐기는 표정이었다.

"폐하! 심히 부끄럽습니다. 그걸 어찌 재주라 하겠습니까?"

"그 아이는 잘 자라고 있겠지? 마동, 그대가 잘 키워야 한다. 아들에게 말 다루는 기술을 그대로 전수해주어서, 장차 우리 거련의 호위무사가 되도록 해야 하지 않겠느냐?"

"네에? 호위무사요?"

"호위무사도 세습이 되나 보죠?"

마동과 수빈의 입에서 거의 동시에 그런 말이 튀어나왔다. 담덕을 사이에 두고 두 사람의 눈길이 엇갈리며 이상한 불꽃을 일으켰다.

이제 담덕은 두 사람을 놔두고 태학박사 정호에게 다가갔다.

"선생, 우리 거련이 기마술 실전을 보고 싶습니다. 실제로 들판과 산야를 달리는."

담덕은 방금 전 마동이 말한, 거련의 기마술 숙련도를 직접 눈으로 확인하고 싶었다.

"들판은 가끔 달려보았지만, 아직 산야에서는 서툴 터인데……."

정호는 손짓을 하여 거련의 말타기 수련을 잠시 멈추게 하였
다.

갑자기 예정에 없던 일이지만, 태왕 담덕 일행은 오랜만에
궁궐을 벗어나 말을 타고 들판과 산야를 누비는 기분을 만끽하
게 되었다.

"오랜만에 칠성산이 보고 싶군! 예전에 비밀리에 왕당군 훈
련을 시켰던 곳이 있습니다. 그리로 가십시다."

담덕은 백마를 타고 들판을 달리자 기분이 한껏 고양되었다.

국내성에서 칠성산까지는 꽤 먼 거리였다. 담덕의 좌우에서
마동과 수빈이 보좌했고, 바로 그 뒤에 정호와 거련이, 그리고
일행의 앞과 뒤에서 기십을 헤아리는 호위무사들이 경호하며
말을 달렸다.

칠성산은 고구려 제2의 도성이라 할 수 있는 환도성 서쪽
에 있는 제법 산세가 험한 곳으로, 서쪽에서 공격해오는 선비
족 등 외적들을 방어하는 요새 역할을 하고 있었다. 적들은 일
단 환도성을 점령하지 못하면 그 동쪽의 국내성으로 진입하는
길이 막혔다. 이곳을 우회하여 국내성으로 진군하다가 환도성
군사들이 배후에서 공격할 경우 대책이 없었다. 고구려가 평지
성과 산성의 도성 체계를 갖춘 것은 그러한 방어 전략 때문이
었다.

경사가 급한 고개를 넘을 때는 하마를 하여 고삐로 당기며 끌고 올라가야 했지만, 웬만한 산악지대는 말을 탄 채로 달렸다. 그것이 기마술의 산악 훈련에 다름아니었다. 산악지대는 나무와 덤불이 우거져 있어 자유롭게 말을 달리기 어렵지만, 나무와 나무 사이를 요리조리 피하면서 말을 모는 기술을 익혀둬야만 실전에서 요긴하게 써먹을 수 있었다.

"거련아, 여기서부터 네 마음껏 달려보거라."

태왕 담덕은 바로 거련이 야전에서 얼마나 말을 잘 다루는지 보고 싶었다.

거련의 나이 때 마동과 함께 서역까지 갔다 돌아오던 그 사막의 길을 생각하면 감회가 새롭기까지 했다. 사막의 길은 산야와 달리 그 기후 조건 때문에 말도 지치고 사람도 더위로 숨이 턱턱 막히는 고역에 시달려야만 했다. 그에 비하면 산악지대에서 말을 달리는 것은 좋은 조건에 속했다. 숲속은 그늘을 드리워 그다지 덥지 않았기 때문이다.

담덕의 명령이 떨어지기 무섭게 거련은 양발로 말에 박차를 가했다. 짙은 갈색의 말은 긴 갈기를 휘날리며 달려나갔다. 고삐로 이리저리 채면서 조정하지 않아도 말은 스스로 알아서 나무를 피하고 가시덤불을 돌면서 숲속을 달렸다.

흰색 애마를 탄 담덕도 거련의 뒤를 따라 말채찍을 휘둘렀다. 그 뒤를 정호와 호위무사들이 따랐다. 나뭇가지 사이로 햇살이 어른대자 숲 전체가 초록의 물결로 출렁거렸다. 말이 뛸 때 자연적으로 안장 위의 사람은 아래위로 상체를 흔들게 되어 있었고, 그 숲의 출렁임은 마치 자연이 음악을 연주하고 있는 듯한 착각을 느끼게 하였다.

바로 그때였다. 앞쪽에서 갑자기 말 울음소리가 비명처럼 들려왔다. 거련이 타는 짙은 갈색 말이 우뚝 멈추더니, 제자리를 뱅뱅 맴돌고 있었다. 그런데 안장 위에 있어야 할 거련이 보이지 않았다.

"아앗, 왕자님이 안 보인다!"

마동이 먼저 보고 소리쳤다.

"어찌 된 일인가?"

담덕도 놀라서 말고삐를 천천히 당기며 속도를 늦추었다.

먼저 달려간 마동이 급히 뛰어내려 둔덕 밑의 절벽 아래를 살폈다. 둔덕과 둔덕 사이에 꽤 거리가 먼 깊은 계곡이 형성돼 있었다. 갑자기 나타난 깊은 계곡 때문에 산악 말타기에 익숙지 않았던 거련이 말을 멈추려다 고삐를 놓쳐 앞으로 쏠리면서 계곡 아래로 떨어졌던 것이다.

"왕자님, 거련 왕자님!"

당황한 마동은 계곡 아래를 내려다보며 거련의 자취를 찾고 있었다.

천만다행으로 거련은 절벽 아래 자생하고 있는 소나무 가지를 붙든 채 대롱대롱 매달려 있었다. 그 발밑은 어른 키로 두 길이 넘는 낭떠러지였다.

"거련이 어떻게 되었나?"

담덕도 말에서 뛰어내리며 외쳤다.

"왕자님이 위험합니다. 소나무 가지에 매달려 있습니다."

마동은 말 안장 밑에 사려두었던 올가미로 된 줄을 꺼내 들었다.

"무얼 하려는 것인가?"

담덕이 큰 소리로 외쳤다.

"거련 왕자님이 줄을 잡고 올라오게 해야 하지 않겠습니까?"

"내버려둬라. 제 목숨이 아까우면 어떻게든 바위를 잡고 올라오겠지."

계곡을 내려다보며 담덕은 담담하게 말했다.

"폐하! 왕자님은 아직 어립니다. 여봐라, 이 줄을 붙잡고 당길 준비를 하라."

마동은 올가미를 자신의 허리에 묶고 절벽 아래로 내려가려고 했다.

"그냥 놔두라는 데도. 명령이다. 아무도 왕자를 구해줄 생각을 하지 마라. 어찌 스스로 절벽을 올라오는지 두고 보자."

담덕의 태도는 요지부동이었다.

결국 마동도, 정호도 더 이상 손을 쓸 수가 없었다. 호위무사들도 그저 절벽 아래 소나무 가지에 매달려 있는 거련을 안타까운 표정으로 바라보기만 할 뿐이었다.

거련은 두 팔뚝에 힘을 주고 손을 위로 뻗어 바위의 툭 튀어나온 곳을 더듬어 잡았다. 양손을 엇바꾸어가며 바위 틈서리를 잡고, 두 발도 절벽에서 떨어지지 않게 균형을 유지하면서 아슬아슬하게 조금씩 위로 올라왔다. 이마에서 땀이 비 오듯 쏟아졌고, 양손의 손가락들은 피멍이 들었다.

한동안의 시간이 걸려 거련이 둔덕 위로 올라왔을 때, 담덕이 빙그레 웃으며 말했다.

"오늘 아주 좋은 공부를 했구나. 고생했다. 이제 산에서 내려가자."

마동이 갈색 말의 고삐를 건네주자 거련은 씨익, 이빨을 드러내며 웃었다. 겁먹은 기색은 언제 그랬냐 싶게 씻은 듯이 사라졌고 자신감에 넘친 표정으로 훌쩍 말안장 위로 뛰어올랐다.

3

현해탄을 건넌 왜국 연합군의 군선 2백여 척은 백제의 남해 연안을 돌아 서해를 거슬러 오르기 시작했다. 육지와 가까운 연해의 바다 물결은 잔잔했고, 한창 무르익은 봄 날씨는 쾌청하였다. 고마 헤이의 군사 1만, 소가노 마치의 군사 1만, 그리고 오호하마노의 왜군 1만, 총 3만의 병력이 고구려 대방 지역을 향해 돛폭에 잔뜩 바람을 싣고 바다 위를 미끄러졌다.

이미 백제 도성에 파발이 전해져 사두의 한성 군사 1만이 미추홀에 대기하고 있었다. 왜국 연합군과 미추홀 앞바다에서 만나 일단 서해 먼바다로 나갔다가, 장연항이 있는 뾰족한 지형의 반도를 통해 상륙할 예정이었다. 연안을 놔두고 미추홀에서 서해 먼바다로 우회하여 장연항으로 가려는 것은, 그 진로 중간에 고구려 군사들이 주둔해 있는 갑비고차와 관미성이 있어 비밀리에 통과하는 데 어려움이 많았기 때문이다.

왜국 연합군은 한밤중에 미추홀 항구에 이르렀다. 백제 장군 사두가 미리 부두에 나와 대기하고 있다가 그들을 맞이했다. 다음날 새벽에 출항해야 하므로 그들은 밤이 늦었는데도 불구하고 급히 전략회의에 들어갔다.

"이번 대방 전투는 4년 전 신라에서 고구려군에게 당한 복수전입니다. 따라서 치고 빠지는 작전으로 기습 공격을 감행해야 합니다. 그리고 고구려 군사들이 들이닥치기 전에 부두를 빠져나와 먼바다로 나가야 안전을 기할 수 있습니다. 아국은 이곳 지리를 잘 모르니, 백제의 사두 장군께서 길잡이 역할을 해주셔야겠습니다."

오호하마노는 이번 전투에서 기득권을 잡고 싶었다. 그래서 왜국 연합군이 주도하는 전쟁이므로 백제군은 도와주는 역할만 맡으면 된다는 것을 애써 강조하고 있었다.

"대방 지역은 그 위쪽의 평양성으로 통하는 패수(대동강)와 그 아래쪽의 수곡성으로 통하는 패하(예성강)의 가운데 지점에 있습니다. 고구려의 해군력은 아주 강합니다. 아군이 장연항을 통해 상륙하게 되면 파발이 우선 평양성과 수곡성에 가장 빠르게 전달될 것입니다. 그런 연후 곧 고구려 도성인 국내성에도 전해지겠지요. 국내성에서는 압록강을 통해 군사들이 군선을 타고 바다로 나와 남진하면 오래지 않아 대방 지역에 도달하게 됩니다. 아무리 치고 빠지는 기습작전을 감행한다고 하더라도 고구려 주력군과의 결전을 피할 수는 없습니다. 즉, 바다를 낀 대방의 반도 지형이 고구려 군선들에게 둘러싸일 위험이 있습니다. 졸지에 그렇게 포위되면 아군의 퇴로가 막혀버립니다. 그것을 미리 계산에 넣지 않으면 출구전략에 애로가 많을 수밖에 없습니다."

사두가 작전지도를 펴놓고 대방 지역을 둘러싼 강과 바다와 주요 항구를 요소요소 짚어가며 설명했다.

전쟁에서 지형지물은 전략을 세우는 기본이었다. 사두가 지도를 짚어가며 작전의 어려움을 설명하자, 제장들은 이의를 달지 못했다. 그만큼 설득력이 있었던 것이다.

"출구전략이 없다? 없으면 만들어야지요. 이번에는 이곳 장연 부두에 군선들을 정박하되, 많은 군사들을 남겨놓아 적들이 접근할 수 없도록 해야 합니다. 지난번 신라의 근오지현에서 군선들이 불탄 것을 생각하면 정말 이가 갈립니다. 결국 치고 빠지는 작전에서 출구전략은 이곳 장연항입니다. 장연항에 군선을 정박시킨 후 최고 속도로 운양금광까지 진격해 비밀 창고를 급습, 고구려의 군비 구축에 쓰이는 재화들을 몽땅 탈취해야 합니다. 이번 전투는 오직 그것이 목적입니다. 고구려가 더 이상 군사를 기를 힘이 없어졌을 때, 다시 쳐들어와 국내성까지 경략하면 적들은 매우 어지러워질 것입니다."

오호하마노는 솔직하게 이번 전투의 목적을 털어놓았다. 그 말을 들으면서 사두는 은근히 인상부터 찡그려지려는 것을 애써 감추었다.

'이건 뭐 왜구와 다를 바가 없질 않은가? 약탈자가 따로 없구면.'

사두는 마음속으로만 끌끌 혀를 찼다.

같이 군선을 타고 바다를 건너온 고마 헤이와 소가노 마치 역시 오호하마노의 말에 반발심리가 작동하는 걸 어쩔 수가 없었다. 그러나 그가 왜국 군사들을 이끌고 오도록 미끼를 던진 섯이 사신들이므로 반대 의사를 표현하기는 어려웠다.

'두고 보자. 이번에 담덕을 아주 혼내주고 말리라. 비참하게 최후를 맞은 양부의 한을 반드시 갚아주겠다.'

고마 헤이는 양부인 동부욕살 하대곤이 자신을 살리기 위해 관군과 대치하며 시간을 끌다 세상을 떠난 사실을 두고두고 잊을 수가 없었다. 왜국에 망명한 지 몇 해 지나서 고마성으로 찾아온 동부 군사를 통해 그 이야기를 들을 수 있었다. 그 군사는 가까이에서 하대곤이 칼로 목을 그어 자결하는 장면을 직접 목격했다는 것이다. 당시 그는 동부를 탈출하여 동해 바닷가 어촌 마을에서 고기잡이로 생계를 유지하다 풍랑을 만나 왜국에까지 흘러오게 되었고, 때마침 고마성의 성주가 해평이란 소문을 듣고 찾아온 것이라고 했다.

'오래전 평양성 전투에서 담덕의 사부 을두미의 전략에 속아 죽다 살아난 것을 어찌 잊을 수 있단 말인가? 아아, 4년 전 신라를 쳤을 때 마지막 종발성 전투에서는 또 어떠했는가? 이번에 반드시 앙갚음하지 못하면 어찌 다시 바다를 건널 수 있겠는가?'

소가노 마치 역시 자기 내면을 향해 그렇게 외치고 있었다.

그런 면에서는 백제 장수 사두 역시 다를 수가 없었다.

'지난 한성 전투의 치욕을 씻어야 한다. 당시에 백제 왕실을 보존하고 군사들을 살리기 위해 어쩔 수 없이 담덕에게 무조건 항복을 했지만, 그로 인한 장수로서의 부끄러움을 어찌 말로 표현할 수 있으리오. 이번에 무슨 수를 써서라도 그동안 묵혀 두었던 때를 깨끗이 씻어내리라. 이번 설욕전이야말로 그 오욕의 때를 벗겨내는 절호의 기회가 아니겠는가?'

사두는 그렇게 곱씹으며 이를 갈아붙였다.

이렇게 대방 전투에 임하는 장수들마다 제각기 생각이 달랐다.

그러나 일단 대방 지역으로 군사를 상륙시키는 것이 중요했다. 대장군 오호하마노의 목적에 부합하는 전략으로 나가야만 왜국 연합군이 움직일 것이었다.

"좋습니다. 내일 새벽에 출항하기로 합시다. 장연항까지의 해로 길잡이는 우리 백제 군선들이 맡겠습니다."

사두는 제장들과 출항 시각을 약속하고, 각자 침소로 돌아갔다.

다음날, 바다에는 안개가 많이 끼어 있었다. 그러나 앞에서 인도하는 배의 깃발이 육안으로 보일 정도였으므로, 이 항로에 익숙한 백제 군선들은 그다지 문제가 되지 않았다. 오히려 안개가 고구려 경계 해역을 순시하는 적의 군선들에게 들킬 염려가 없게 만들어주어 안전하다고 생각했다. 먼바다로 나갈 때쯤이면 해가 떠오르고, 안개도 말끔하게 걷힐 것이었다. 길잡이 군선을 따라오는 왜국 연합군의 군선들이 뒤처지지만 않으면 낭패할 일이 크게 없었다.

향도 역할을 맡은 백제 군선들은 1백 50여 척, 배에 탄 군사들만 해도 1만 5천 병력이었다. 왜국 연합군 2백여 척에 탄 군사 3만 병력까지 더하면 총 4만 5천의 대군이었다. 그들이 장연항으로 상륙하면 대방 지역은 백제와 왜국 연합군으로 가득 찰 것이었다. 4년 전 신라를 칠 때는 세 부대로 나누어 사방에서 금성을 공격하다 실패하였으나, 이번에는 대부대가 일제히 들이쳐 대방 지역을 삽시간에 점령하겠다는 전략이었다.

서쪽 바다로 나가다 크게 우회전하여 동쪽을 향해 선수를 돌린 백제와 왜국 연합군의 군선들은 양 날개를 앞으로 쭉 뻗은 학익진 형세로 항진했다. 앞에 선 백제 군선들의 뒤를 이어 1진, 2진, 3진 겹겹으로 왜국 연합군 군선들이 따라붙고 있었다. 이젠 안개가 걷혀 바람을 받은 군선들의 깃발이 물결을 이루듯 꿈틀거렸는데, 그 펄럭임이 마치 무리를 이룬 철새들의 날갯짓 같았다.

"동편에서 해가 솟는구나. 저기 저 거뭇거뭇한 육지가 대방 지역이렷다?"

왜국 연합군 대장군 오호하마노는 회심의 미소를 지으며 옆에 있는 고마 히로를 힐끗 쳐다보았다.

오호하마노는 고마 헤이에게 청하여 그의 아들 고마 히로를 대장선에 승선시켰다. 대방 지역으로 상륙하면 곧바로 운양금광을 향해 군사를 진군시킬 것이었다. 그 향도 역할을 고마 히로에게 맡겼던 것이다.

처음 고마 헤이는 오호하마노의 청을 받고 잠시 망설였다. 그러나 다른 한편으로는 아들 고마 히로가 오호하마노 곁에 있으면 오히려 안전하다고 판단, 흔쾌히 그 청을 수락하였다.

"왜 대답이 없는 것인가?"

오호하마노는 기분이 한껏 상기되어, 마주 보는 햇살에 얼굴이 불콰하게 달아올라 있었다. 곧 운양금광으로 들이닥쳐 빨리 금괴를 손에 넣어야 한다고 생각하니 자못 흥분이 되기까지 했던 것이다.

"네에? 그게 저……."

고마 히로는 미리 준비해둔 말이 없었기 때문에 조금 더듬거렸다.

"분명 운양이란 곳에 고구려 군비로 충당해둔 금괴를 숨겨놓은 비밀 창고가 있다고 했겠다?"

오호하마노는 새삼 확인받아 두고 싶었다. 그만큼 그는 이번 전쟁에서 고구려군과의 싸움보다 금괴에 더 기대를 걸고 있었다.

"네, 장군! 확실합니다. 제 눈으로 보았고, 귀로 들은 것이 있습니다."

고마 히로는 사실 금괴를 숨겨둔 비밀 창고를 보지는 못했지만, 운양의 사금채취장을 둘러본 적은 있었다. 또한 늦은 밤 우연히 후원 별채에서 하명재와 소천, 마동 세 사람이 금괴에 관해 이야기하는 것을 분명히 들었다.

다만 고마 히로는 왜국을 떠날 때부터 마음속으로 은근히 켕기는 것이 있었다. 고구려 태왕 담덕과 한 약속을 어기고 오히려 배반하여 왜국 연합군을 대방 지역으로 안내하는 역할까지 맡은 것이 내심 괴롭기만 했다. 이것은 그 누구에게도, 심지어 부친에게도 말할 수 없는 그 자신 혼자서만 가슴앓이할 수밖에 없는 고충이었다.

드디어 백제와 왜국 연합군 군선들이 장연항에 이르렀다. 국제항구인 장연항 부두에는 고구려 상선들과 외국 선박들이 즐비했는데, 아침부터 갑자기 군선들이 들이닥치자 상단 장정들이나 시전거리의 상인과 백성들은 도무지 어찌할 바를 몰랐다. 귀중한 물건들을 숨길 사이도 없었다. 왜군들이 창칼을 들이대며 약탈을 일삼자, 목숨부터 구하기 위해 금고를 열어주었다. 왜군들이 금고에 있는 보물과 금괴에 눈이 홀려 있는 사이 목숨만이라도 살리기 위해 피신하기에 바빴다.

"이래선 안 되는데……!"

왜군들이 장연항에 상륙하자마자 약탈을 일삼고 마구 창칼을 휘두르며 사람 백정 노릇을 하자, 백제 장군 사두는 머리를 좌우로 흔들며 후회막급이란 표정을 지우지 못했다. 그가 이미 예견했던 대로, 왜군들은 대마도에서 먹을 것이 없어 노략질하러 대륙으로 쳐들어온 왜구들과 하등 다를 바가 없었다.

사두가 백제 군사들과 함께 왜군들의 약탈과 민간 살상을 막아보려고 했지만, 이미 그들은 재물에 눈이 멀어 도무지 보이는

게 없었다. 그들을 저지하려고 들면, 피아를 막론하고 적으로 간주하여 우군인 백제군에게도 가차 없이 창칼을 휘둘렀다.

왜군들은 약탈한 재물들을 자신들이 타고 온 군선으로 옮기기에 바빴다. 오호하마노는 재물들을 실은 군선들에 탄 군사들에게 일단 부두에서 떠나 바다 가운데로 나가 대기하라고 명령했다. 4년 전 근오지현 부두에 군선들을 정박해두었다가 고구려 특공대의 불화살에 전소된 사건을 되풀이하지 않겠다며 고안해낸 것이 바로 그와 같은 전략이었다. 일단 장연항에서 먼 바다에 나가 대기하고 있다가, 퇴각하는 왜군들이 불화살을 쏘아 신호를 보내면 다시 부두로 들어와 승선케 하겠다는 것이었다.

"자, 우리는 일단 운양으로 진격한다!"

오호하마노는 장연항의 시전거리를 휩쓸며 상인들의 재물을 약탈한 다음, 고마 히로를 앞세워 일단의 왜군들을 이끌고 운양금광으로 말을 달렸다. 그 길은 대방 지역의 중앙을 뚫고 들어가는, 주로 상인들이 이용하는 주요 교통로였다.

한편 고마 헤이는 휘하 군사들을 이끌고 북쪽 해변길을 따라 몽금포로 향하였다. 그리고 소가노 마치는 남쪽 해안로를 따라 구미포로 진격하였다. 이 두 포구는 가운데 반도 끝에 형성된 장산곶, 즉 장연항과 함께 고구려 국제무역도시를 대표하는 3개 항으로 자리잡고 있었다.

왜군을 이끄는 오호하마노가 장연항과 그 바닷가에 펼쳐진 시전거리를 도륙내는 동안, 고마 헤이와 소가노 마치는 군사들을 이끌고 북쪽과 남쪽으로 말을 몰았던 것이다. 이때 사두가 이끄는 백제군은 장연항에 남아 혹시 군선을 타고 바닷길로 들어올 고구려 원군을 방어하는 병력으로 대기하고 있기로 했다.

불과 한나절 만에 대방 지역은 백제와 왜국 연합군의 4만 5천 병력에 의해 그야말로 쑥대밭이 되고 말았다. 그곳에 사는 백성들은 군사들의 창칼을 피해 깊은 산속으로 도망치거나 구덩이를 파고 땅속에 숨기 바빴다. 그런 백성들의 입장에서 보면 하루아침에 졸지에 대방 산야가 모두 적의 치하로 변해버린 셈이었다. 대방에도 그 지역을 방어하는 고구려 군사들이 있었지만, 중과부적인 군사적 열세 때문에 싸움 한 번 제대로 해보지 못하고 태반이 죽고 나머지는 달아나기에 바빴다.

장연항에서 운양으로 통하는 길은 수레가 다닐 만큼 넓었다. 오호하마노의 왜군들은 그 길을 달려 그날 오후에 운양금광까지 갈 수 있었다. 고마 히로를 앞세워 달린 기마대가 먼저 하명재 상단의 저택을 들이쳤다.

운양금광의 관리를 책임지고 있는 상단 행수 소철은 갑자기 들이닥친 왜군들을 보고 놀라지 않을 수 없었다. 그런데 그들을 이끌고 온 자가 눈에 매우 익었다.

"금괴 숨긴 비밀 창고로 안내하라."

고마 히로가 소철에게 칼을 들이대며 소리쳤다.

"아니, 너는? 네가 어찌 감히 이곳을?"

소철은 몸을 부들부들 떨었다. 자신의 목에 겨누어진 칼끝이 무서워서가 아니라, 고마 히로의 배반이 참으로 괘씸했기 때문이다.

"도대체 이놈이 뭐라고 지껄이는 것이냐?"

고구려 말을 모르는 오호하마노가 고마 히로에게 물었다.

"말을 잘 듣지 않습니다."

고마 히로가 왜국 말로 대답했다.

"네, 이놈! 어서 비밀 창고가 있는 곳을 대라!"

오호하마노가 칼을 어깨 위로 들어올리며 소리쳤다.

"대장군께서 금괴를 숨긴 비밀 창고가 있는 곳을 대라고 하신다. 바로 대면 목숨만은 살려주실 것이다. 어서 말하거라."

고마 히로가 소철에게 다그쳤다.

"말할 수 없다. 이놈! 너를 살려서 왜국으로 돌려보낸 태왕 폐하의 은덕도 모르는 놈이 아니더냐? 나는 배반자의 말로를 알고 있다. 그러니 나도 너처럼 배반자가 되라고 강요하지 말거라. 너는 이번에 배반자의 말로가 어떻게 되는지 스스로 깨닫게 될 것이다."

소철이 입술을 깨물며 말했다.

"아니, 이놈이 뭘 그렇게 주절거리는 것이냐?"

오호하마노가 버럭 소리를 질렀다.

"좀처럼 말을 듣지 않습니다."

고마 히로가 다시 왜국 말로 대답하자, 오호하마노는 들었던 칼로 소철의 오른팔을 잘랐다.

"이래도 말을 안 듣겠다는 것이냐?"

오호하마노는 다시 칼을 치켜들며 외쳤다. 그것은 이제 나머지 팔도 자르겠다는 위협이었다.

"어서 말하라. 네 목숨이 아깝지도 않으냐?"

"에이 짐승만도 못한 배반자야!"

소철은 고마 히로의 얼굴을 향해 침을 뱉었다.

"아니, 이놈이?"

고마 히로가 소리칠 때, 이미 소철은 살아 있는 사람이 아니었다.

칼을 높이 치켜들고 있던 오호하마노가 소철의 목을 싹둑 잘라 머리가 몸통에서 떨어져나가도록 만들었다.

"군사들을 풀어 이 저택을 샅샅이 뒤지면 비밀 창고를 찾아내지 못할 것도 없다. 모두 흩어져 찾아라. 땅속까지 뒤져서라도 금괴 숨긴 곳을 찾아내야 한다."

오호하마노는 마음이 급했다. 고구려 원군이 들이닥치기 전에 군사를 철수시켜야 했기 때문이다.

4

태왕 담덕은 평양성에 거둥해 구룡산에 세울 산성에 대해 고심하고 있었다. 장차 도성을 국내성에서 평양성으로 옮기고 싶었기 때문이다. 국내성을 방어하기 위한 목적으로 세운 환도성처럼, 평양성에도 외적이 침입할 경우 산성으로 도성을 옮겨 방어할 수 있도록 하고 싶었다.

탁자 위에는 고구려 권역의 지도가 놓여 있었다. 담덕은 오래도록 그 지도를 들여다본 채 장고를 거듭했다. 그는 압록강 남쪽의 반도 지역에 눈을 박아두고 있었다.

'그래, 바로 이거야. 바로 이 반도가 나무로 치면 몸통 아니겠는가?'

한동안의 침묵 끝에 담덕의 입에서 튀어나온 말이었다.

처음 태백산 천지를 볼 때부터 담덕은 큰 나무를 꿈꾸었다. 하가촌 무술도장에서 사부 을두미의 가르침을 받던 시절 당시 '엄복'이라 불리던 마동과 함께 처음 태백산에 올랐을 때, 그는 천지에서 갑자기 물기둥이 하늘로 치솟더니 사방으로 가지를 치며 퍼져나가 금빛 별과 같은 열매들을 주렁주렁 매단 큰 나무 형상으로 변하는 것을 보았다. 마치 꿈속에서 본 것 같은 환상이지만, 사부 을두미는 그 이야기를 듣고 바로 그 큰 나무가

'신목'이라고 해몽 같은 말을 해주었다. 단군신화에 나오는 신단수(神壇樹)가 바로 그 나무라는 것이었다.

그런데 방금 담덕은 지도를 보다가 바로 그 신단수가 다름 아닌 반도와 그 위의 대륙으로 이루어진 고구려 권역이라고 생각했던 것이다. 반도는 나무의 몸통이고, 그 위로 쭉 뻗어 올라가면 백해(바이칼호수)가 나오며 좌우로 퍼져나가 요동과 연해주가 되었다.

그런 큰 나무 그림이 그려지자 담덕은 자기 무릎을 치며, 아직 고구려의 나무 몸통이 완성되지 않은 신라·백제·가야의 땅을 아우르려면 마땅히 평양성으로 도읍을 옮겨 본격적인 남진 정책을 추진해야 한다고 마음을 다졌다.

때마침 마동이 다급히 들어왔다.

"마동, 그대는 이 지도를 보면 큰 나무가 그려지지 않는가?"

담덕은 반도와 그 위로 이어지는 고구려 권역을 손가락으로 그려가며 물었다.

"폐하! 지금 그것을 논할 때가 아닙니다. 대방 지역으로 백제와 왜국 연합군이 기습 공격을 감행했다고 합니다."

"대방이라면 장연항과 운양금광이 있는 패서 지역을 말함인가?"

담덕이 놀란 눈으로 되묻지 않을 수 없었다.

"네, 그러하옵니다. 이곳 평양에서 서쪽으로 가면 바다에 이르는 곳이 옛날 대방 지역 아니겠습니까? 밖에 파발을 갖고 온 전령이 있습니다. 직접 보고를 들어야 전황을 파악하실 것입니다."

마동은 다시 문을 열고 나가 대방 지역에서 보낸 전령을 불러들였다. 파발은 패서 남부 지역에 속하는 대방현(帶方縣, 사리원)의 현령이 보낸 것이었다. 대방 지역은 대방현을 위시하여 열구(列口, 은율), 남신(南新, 신천), 장잠(長岑, 풍천), 함자(含資, 서흥), 해명(海冥, 해주) 등의 현으로 구성되어 있었다. 그중 대방현에 이들 지역을 방어하는 군사를 둔 치소가 있었다.

"폐하, 대방현의 치소에서 보내온 파발이옵니다."

전령이 대방현령의 밀서를 담덕에게 전했다.

담덕은 밀봉을 열고, 긴장된 표정으로 읽어 내려갔다. 다 읽고 나서 전령을 향해 물었다.

"운양은 어찌 되었는가?"

"이미 적들이 운양까지 진격해 약탈을 일삼고 있다 하옵니다. 대방 치소의 군사력으로는 역부족이라 시급히 평양성에서 원군이 오길 고대하고 있사옵니다."

"알았다. 대방현만이라도 단단히 빙이토록 하라 일러라. 곧 군사들을 출동시킬 것이다."

담덕은 전령을 보낸 후 잠시 생각을 가다듬었다.

"폐하! 국내성으로 파발을 보내야 하지 않겠사옵니까?"

마동으로선 파발꾼들의 정보를 관리하는 담당자로서 마음이 다급하였다.

"그렇지 않아도 방금 그 생각을 하고 있었다. 곧 국내성과 수곡성으로 파발을 보내라. 추수 장군을 대장군으로 하여 국내성 군사 1만, 왕당군의 흑부군 1만을 이끄는 어연극 장군과 함께 압록강에서 군선을 타고 서해로 나가 먼바다에서부터 장연항을 향해 진군하면서 협공으로 적의 군선들을 공략하도록 하라. 이때 왕당군의 우적 대장군은 군사 2만을 이끌고 요동으로 진군하여 만약에 모를 후연의 침공에 대비하라고 하라. 이는 왜군의 대방 지역 침투를 기회로 삼아 또다시 후연이 서북 변경을 치는 일이 없도록 하기 위한 방책이다. 나머지 왕당군 2만은 국내성을 방어하는 군사들로 남겨두도록 하라. 또한 수곡성에 파발을 보내 성주인 동관 장군으로 하여금 군사 1만을 군선에 싣고 패하를 통해 대방 지역으로 상륙, 그 서북쪽의 대방현 치소의 군사들과 함께 적들을 장연항 쪽으로 몰아붙이도록 하라. 그리고 관미성에도 파발을 보내도록 하라. 관미성 성주 우형 장군은 1만의 군사를 군선에 태워 서쪽 근해의 섬들에 숨어 있다가, 적들이 군선을 타고 남쪽으로 퇴각할 때 일시에 공격해 섬멸하도록 하라."

시각을 다투는 일인 만큼 담덕의 머리도 재빠르게 돌아갔다.

그러고 나서 담덕은 곧 평양성의 군사 1만 5천을 이끌고 패수를 통해 군선을 타고 서해로 나갔다.

패수의 물길은 대방 지역의 북쪽 경계를 이루고, 패하의 물길은 남쪽 경계를 이루고 있었다. 따라서 담덕이 이끄는 평양성 군사들은 군선을 타고 가다가 대방 북쪽 사면으로 상륙하고, 동관이 이끄는 수곡성 군사들은 대방 남쪽 사면에서 상륙하여, 그 가운데 몰려 있는 적들을 일제히 소탕하기로 한 것이었다. 그렇게 되면 궁지에 몰린 적들은 서쪽 바다로 나갈 수밖에 없는데, 또한 서해에서는 추수와 어연극의 군사들이 군선으로 압박을 가해 적들을 오도가도 못하게 만들려는 것이었다.

한편 왜국 대장군 오호하마노는 운양금광을 관리하는 소철을 죽인 후 하명재 대상 저택을 샅샅이 뒤졌다. 창고 두 동에서는 상단에서 거래하는 각종 특산물들과 가득 쌓인 곡물만 나왔을 뿐 금괴는 눈을 씻고 찾아보아도 발견되지 않았다.

"그래, 참! 벽이다. 벽! 이 저택 벽이란 벽은 모두 허물어라."

오호하마노는 4년 전 신라의 근오지현 석규명 상단 저택에서 벽을 헐자 그 안에서 금괴가 쏟아져나온 것을 기억하고 졸개들에게 명했다.

여러 채의 저택은 방도 많아서 벽을 허무는 데 여간 시간이 걸리지 않았다. 밤에 횃불을 들고 벽을 허물었으나, 어둠 속이라 진척이 느릴 수밖에 없었다. 다음날도 오호하마노는 금괴 숨긴 곳을 찾기 위해 졸개들을 닦달하였다. 방이란 방의 벽을 다 허물고 땅을 파고 난리를 치는 사이, 문득 그는 혹시 고마 히로에게 속은 것은 아닌지 의심이 들었다.

"고마 히로! 고마 히로는 어디 있느냐?"

오호하마노는 두리번거리며 고마 히로를 찾았다.

새벽까지는 곁에 있었는데, 언젠가부터 고마 히로가 눈에 보이지 않았다.

"누가 고마 히로를 보지 못했느냐?"

오호하마노는 졸개들에게 소리쳐 물었다. 그러나 그들도 벽을 허물고 땅을 파헤치며 금괴를 숨긴 비밀 창고를 찾느라 정신이 없어 고마 히로에 대해서는 신경 쓸 틈도 없었다.

하룻밤을 뜬눈으로 지새고 새벽이 되면서 고마 히로는 은근히 두려워지기 시작했다. 만약 졸개들이 금괴를 숨긴 비밀 창고를 찾지 못할 경우 소철처럼 오호하마노의 칼에 목이 뎅겅 달아날 것은 불을 보듯 뻔한 노릇이었다.

'소철을 죽이는 게 아닌데……. 고문을 해서라도 녀석의 입으로 금괴 숨긴 곳을 말하게 했어야 하는데…….'

고마 히로는 속으로 이 같은 말을 되뇌면서 오호하마노의 뒤를 따라다니다가, 방심한 틈을 타서 도망을 쳤다. 그가 살길은 오직 부친 고마 헤이의 부대를 찾아가는 수밖에 없었다. 작전 회의 때 고마 헤이의 군사들이 장연항 북쪽의 몽금포를 향해 진군한다는 것을 들어서 알았으므로, 말을 타고 무조건 그쪽을 향해 달렸다.

바로 그 무렵, 몽금포 부두에선 담덕이 이끄는 평양성의 고구려군과 고마 헤이의 왜국 연합군 소속 고마성 군사들 간에 일대 혈전이 벌어지고 있었다. 평양성 군사들의 수장은 전에 성주였던 손원휴의 장자 손창순이었다. 손원휴가 노환으로 병석에 누워 있어, 그 아들이 성을 다스리며 군사를 관장하고 있었다.

이제 스물다섯이 된 손창순은 장창을 잘 다루었다. 그는 기골이 장대한 데다 힘이 장사여서 한 손으로 무거운 장창을 나무작대기 휘두르듯 가지고 놀 정도였다. 왼손으로는 표창을 던지는 기술 또한 뛰어나, 말을 타고 달리면서 양손을 자유자재로 사용하여 달려드는 적들을 순식간에 거꾸러트렸다.

선봉으로 손창순을 내보내고 나서 담덕은 높은 언덕에서 피아간에 벌어진 전투 상황을 주시하고 있었다.

"마동 같은 장수가 또 있었군! 과연 장창을 쓰는 솜씨며, 표창 던지는 기술이 대단해!"

담덕은 손창순의 무술 실력을 보고 감탄해 마지않았다. 그의 앞으로 몰려드는 적군이 오른손으로 휘두르는 장창에 비명을 지르며 쓰러졌고, 왼손으로 날리는 표창을 맞아 말 위에서 떨어져 땅바닥으로 뒹굴었다. 회오리바람에 낙엽이 쓸려나가듯, 그가 말을 타고 질주하는 자리는 무서워서 좌우로 비켜나는 적들 때문에 길이 훤하게 뚫렸다.

그렇게 치고 나갈 때 손창순의 앞을 가로막는 적장이 있었다. 노장인 고마 헤이였다. 환두대도를 들고 달려드는 고마 헤이의 무술 솜씨는 번개와도 같았다. 노장이라고 함부로 볼 일이 아니었다.

손창순의 장창과 고마 헤이의 환두대도가 허공에서 부딪치며 강렬한 쇳소리를 냈다. 순간 장창을 쥔 손창순의 오른손이 쥐가 난 것처럼 부르르 진저리를 쳤다. 하마터면 무기를 놓칠 뻔했는데, 그는 왼손으로 표창을 빼들다 말고 두 손으로 장창을 잡고 다시 상대에게 대들었다.

"허어? 적장의 무술이 범상치 않구나. 손창순이 위험하닷!"

담덕은 여차하면 백마를 달려 두 장수가 싸우는 곳으로 달려가 구원해주고 싶었다. 바로 옆에 서 있다가 그런 기미를 알아차린 마동이 뛰쳐나가며 소리쳤다.

"폐하! 저 녀석은 제가 사로잡아 오겠습니다."

미처 담덕이 말릴 틈도 없었다. 이미 마동은 말 등에 갈무리해두었던 올가미 밧줄을 왼손에 꺼내 들었다. 그리고 오른손으로는 수리검을 움켜잡고 말을 달렸다. 워낙 말을 잘 다루었으므로 고삐를 놓고 달리면서 자유자재로 양손을 사용하였다. 고삐에서 놓여난 말은 신바람이 나서 더욱 잘 달렸다.

마동이 말을 달려 손창순과 고마 헤이가 싸우는 틈으로 끼어들 때, 적군 쪽에서도 말을 탄 장수 하나가 달려오고 있었다. 바로 고마 히로였다.

"손 장군! 이 노친네는 내게 맡기고 저기 달려오고 있는 젊은 놈을 맡으시오."

마동이 소리쳤고, 고마 헤이와 싸우던 손창순도 그때서야 마주 달려오는 적장을 목격했다.

이제는 마동과 고마 헤이가, 바로 그 뒤에서는 손창순과 고마 히로가 어우러져 두 패로 나누어 결전을 벌였다. 그 주변에 피아간의 졸개들 사이에 살육전이 벌어졌지만, 그들도 두 패로 나누어 싸우는 장수들 가까이에는 접근조차 하지 못했다. 창칼이 서로 부딪치며 찌르고 베면서 일으키는 바람이 자못 그 위력의 범상치 않음을 느끼게 하여 감히 범접할 수 없었던 것이다.

고마 헤이는 졸지에 상대를 바꾸어 싸우게 되었는데, 방금까지 맞서 싸우던 장수가 자신을 제쳐두고 그 뒤에 달려오는 장수와 맞서는 것을 목격하고 움찔하고 놀랐다. 자신을 구하러 달려온 장수는 다름 아닌 아들 고마 히로였던 것이다. 왜국 대장군 오호하마노를 따라갔었는데, 어찌하여 자신이 있는 곳으로 달려온 섯인지 알 수 없는 노릇이었다.

싸우면서 방심은 금물인데, 고마 헤이는 아들을 걱정하다가 그만 정면에서 날아오는 마동의 수리검에 이마를 정통으로 맞아 말에서 떨어지고 말았다. 그러나 수리검 정도에 기절할 고마 헤이가 아니었다. 재빨리 일어나 땅에 떨어진 환두대도를 거머쥐고 방어 자세를 취하려고 하는데, 뒤쪽에서 올가미가 날아와 그의 몸을 얽어매었다.

이때 고마 헤이가 사로잡히는 것을 본 고마 히로는 일순 당황하지 않을 수 없었다.

"아앗! 아버님!"

고마 히로는 상대와 싸우다가 소리쳤다. 너무 다급하다 보니 왜국 말이 아닌 고구려 말이 튀어나온 것이었다.

"뭐? 네놈이 왜놈이 아니고 고구려 사람이냐? 어찌 고구려 말을 하는 것이냐?"

손창순이 장창을 찌르다 말고 멈칫하며 물었다.

"타다데와 오카나이조. 카쿠고시로!(가만두지 않겠다. 각오해라!)"

고마 히로는 급히 왜국 말로 외치며 자신의 신분을 속이려고 했다. 그러나 마음이 급한 나머지 칼로 상대의 목을 벤다는 것이 빗나가면서 손창순의 장창에 팔뚝을 찔리고 말았다.

순간, 칼을 떨구며 말에서 떨어진 고마 히로는 오른쪽 팔뚝을 감싸쥐었다. 말에서 뛰어내린 손창순은 상대를 밧줄로 꽁꽁 묶어 말에 매달았다.

졸지에 포로가 된 고마 헤이와 고마 히로 부자는 태왕 담덕

앞에 끌려왔다. 이때 고마 헤이는 아들을 보자 눈짓으로 서로 모르는 것처럼 하라는 신호를 보냈다.

"아까 싸울 때 이 젊은 장수가 고구려 말로 이 늙은 장수를 보고 아버님이라고 했습니다. 부자 관계가 틀림없습니다."

손창순이 조금 늦게 고마 히로를 끌고 와서 담덕에게 말했다.

"가만, 네놈은?"

마동이 고마 히로의 얼굴을 알아보고 소리쳤다.

"아니, 너는 해광이가 아니더냐?"

담덕도 깊게 눌러쓴 고마 히로의 투구를 들어 얼굴을 확인하며 놀란 표정을 지었다.

"손 장군! 분명 이놈이 이 늙은이를 보고 아버님이라고 했단 말이지요?"

마동이 물었다.

"네, 분명히 들었습니다."

"그렇다면 이 늙은이가 오래전 동부에서 반란을 일으킨 해평이 틀림없습니다. 이놈 때문에 태왕 폐하와 제가 표류되어 고단한 유랑 생활을 하지 않았습니까?"

마동은 손창순의 말을 굳게 믿고 자신이 사로잡은 고마 헤이를 노려보았다.

"허헛 참! 이런 난감할 데가 있나? 해광아, 이분이 네 아버님이 맞느냐?"

담덕은 두 사람이 분명 부자 관계인지 확인하고 싶었다.

"모릅니다. 저는 아무것도 모릅니다."

고마 히로, 아니 해광은 고개를 절레절레 크게 흔들었다.

강한 부정이 긍정임을 담덕은 모르지 않았다. 부자가 함께 고구려로 쳐들어온 것도 도무지 믿기지 않는 일이었지만, 같은 전장에서 동시에 사로잡혀 포로가 된 것도 어떤 운명의 장난 같기만 하였다. 장차 두 사람을 어찌 처리해야 할지 실로 난감한 노릇이 아닐 수 없었다.

"당분간 포로들을 잘 감시하되, 귀한 손님으로 접대하는 데 소홀함이 없도록 하라."

깊이 생각하던 끝에 담덕이 그렇게 졸개들에게 명령을 내리자, 제장들은 어찌 되었건 포로들인데 특별 대우를 하는 것에 대해 도무지 이해할 수가 없었다. 특히 마동은 인상까지 찌푸리며 매우 못마땅한 표정을 지었다.

그러나 담덕은 당장 백제군과 왜국 연합군을 물리치는 일이 급했으므로, 제장들에게 명하여 서둘러 적들을 추격하라는 명령을 내렸다.

5

서해는 운무가 끼어 시계가 불량했다. 압록강에서 국내성 군사 1만, 왕당군 군사 1만 등 2만의 군사들을 태운 고구려 군선들은 추수의 명령에 따라 일단 먼바다로 나갔다. 압록강과 바다가 만나는 박작성 근해에서 곧바로 장연항을 향해 남하해도 무방하겠지만, 평양성에서 태왕 담덕이 보낸 파발을 받고 대방 전투의 전략이 바다와 육지에서 적의 포위망을 좁혀가는 것임을 직감했다.

시계가 불량해 고구려 선단을 이끌고 먼바다로 나가는 데 어려움이 뒤따랐지만, 추수는 오래전 산동의 해룡부에서 발해만과 서해 일대를 두루 돌면서 해적을 소탕했으므로 바닷길에 익숙했다. 담덕이 이번 대방 전투에 태왕 직속의 왕당군 대장군 우적을 놔두고 자신에게 고구려 선단을 맡긴 것이 바로 그러한 이유 때문임을 잘 알고 있었다.

서해 먼바다로 나간 추수는 고기를 잡을 때 그물을 치듯, 장연항을 향해 군선들을 둥그렇게 감싸면서 포위망을 점차 좁혀 나갔다. 아직 육지가 보이지 않았으나 아침 해가 밝아오면서 운무가 서서히 걷히자, 저 멀리 왜국 군선들이 바다 가운데 떠 있는 것이 보였다.

추수가 대장선에서 둥둥 북을 울리게 하였다. 공격 신호였다. 양팔을 벌려 한아름으로 감싸듯이 고구려 군선들은 적선을 향해 서서히 돌진해 들어갔다. 자연적으로 양팔을 벌려 독수리가 큰 날개를 펼쳐 하늘을 유영하듯, 군선들은 좌우로 대열을 갖추어 앞으로 항진했다. 적선들이 아군의 군선 사이로 빠져나가지 못하게 하기 위해서였다.

적선들은 왜군 대장군 오호하마노의 명을 받고 선두를 장연항 쪽으로 두고 있었다. 장연항에서 불화살로 신호를 보내면 시급히 부두로 가서 군사들을 승선시켜야 했기 때문이다. 그런데 갑자기 뒤쪽에서 고구려 군선들이 나타나자 적이 당황하지 않을 수 없었다.

고구려 군선이 왜국 군선의 선미를 공격하자, 그들은 미처 배를 돌릴 틈이 없어 당황한 나머지 장연항 쪽으로 무조건 배를 몰아 쫓기는 형국이 되었다. 상륙한 군사들을 빼면 군선에 탄 병력도 적어서 뒤를 바짝 쫓아오면서 화살을 쏘는 고구려 군사들을 대항할 엄두도 내지 못했다.

"불화살을 쏘아라!"

추수가 각 고구려 군선에 명령을 하달하였다. 군선들이 횡으로 대열을 갖춰 항진하고 있었으므로, 군사들이 일제히 큰소리로 외치자 양쪽에서 옆에서 옆으로 명령이 전달되었다. 그 함성은 쫓기는 적들에게는 공포에 가까웠다.

왜국 군선은 불화살의 세례를 받아 갑판에 불이 붙었고, 그것을 끄느라 적들은 가뜩이나 군사가 모자라는 판에 방어할 여력조차 없었다. 개중에는 그렇게 불이 붙은 상태로 장연항 부두를 향해 후퇴를 거듭하다 고구려 군선에 들이받혀 침몰하는 적선들도 있었다.

그래도 장연항 부두에는 일부 왜국 군선들과 백제 군선들이
정박해 있었다. 아직 대방 지역으로 출진한 왜국 연합군의 소
식이 없는데, 먼바다에 나가 있던 왜국 군선들이 들이닥치자
갑자기 부두는 혼란스러워졌다.

장연항을 지키고 있던 백제군 장수 사두는 바다를 등지고
대방 지역을 경계하고 있었는데, 느닷없이 먼바다에 나가 대기
하고 있던 왜국 군선들이 들이닥치자 일순 당황하지 않을 수
없었다. 그 뒤를 바짝 추격해오는 고구려 군선들의 검붉은 깃
발이 펄럭이며 용틀임하듯 꿈틀거리고 있었다. 군선과 군선 사
이를 좁혀오면서 부두를 에워싼 형국이, 그 펼쳐진 돛이며 깃
발의 나부낌이 마치 좌우로 용들이 꼬리를 물고 있는 것 같았
다. 그만큼 질서가 정연하고 빈틈이 없어 보였다.

"적들이 더 이상 부두 가까이 접근하지 못하게 화살을 쏘아
라!"

사두는 백제군을 향해 소리쳤다. 내륙으로부터 쳐들어올 적
보다 당장 바닷길을 꽉 틀어막고 있는 고구려 군선들을 깨부수
어 퇴로를 확보하는 것이 급선무였다.

바다를 막아선 것을 보면 내륙에서도 고구려 군사들이 왜
국 연합군을 장연항 쪽으로 몰아붙여 그 양쪽에서 압박을 가
해오는 전략을 구사하고 있는 것이 틀림없었다. 머지않아 중앙

로를 통해 운양으로 달려간 오호하마노의 군사들과, 북쪽 연해를 끼고 몽금포 쪽으로 간 고마 히로의 군사들, 그리고 남쪽 해변을 따라 구미포 쪽으로 진군한 소가노 마치의 군사들 모두가 장연항 쪽으로 몰려들 것이었다. 그 전에 미리 고구려 군선들의 포위망을 뚫어놓아야만 불에 타지 않은 군선들에 군사들을 태워 퇴각할 수 있었다.

결국 사두는 장연항 부두에 묶어두었던 백제 군선들을 출동시켜 항구를 에워싼 고구려 군선들을 향해 진격해 들어갔다. 남쪽 바닷길을 열어야만 백제로 돌아가기 수월하므로, 항구 남쪽 앞바다를 막고 있는 고구려 군선들을 집중적으로 공격하였다.

한편 운양금광의 하명재 상단 저택을 샅샅이 뒤지던 오호하마노는 길 안내를 맡았던 고마 히로가 쥐도 새도 모르게 도망처버리자 화가 머리끝까지 치솟았다.

"내 이놈을 잡으면 능지처참하고 말리라. 금괴를 숨긴 비밀 창고가 있다던 말은 거짓이었어. 그렇지 않다면 굳이 도망갈 리가 없지 않은가?"

오호하마노는 밤새워 저택의 벽이란 벽을 다 허물고 떡메로 땅을 두들겨보아 의심나는 곳을 파헤쳤지만 별무소득이었다. 그러다가 나란히 서 있는 두 창고를 다시 수색해보기로 하였다.

한 창고로 들어서서 벽이란 벽을 뒤져 보물들을 찾았는데,

단 한 곳 창고 가운데 가득 쌓인 곡물 가마는 건드리지 않은 채 그대로 있었다. 장기전을 펼친다면 그 곡물들이 군량미로 꼭 필요하겠지만, 고구려 군사들이 들이닥치기 전에 장연항으로 달려가 군선을 타고 바다로 나갈 계획이므로 값나가는 보물들만 챙겼던 것이다.

"바로 여기야. 이 곡물들을 다 들어내고 바닥을 살펴보아라."

오호하마노는 창고 바닥 가운데 분명 비밀 통로가 숨겨져 있을 것이라고 판단했다.

명령이 떨어지자 군사들은 한꺼번에 달려들어 창고에 쌓인 곡물 가마들을 밖으로 옮겼다. 마침내 창고 가운데 바닥이 드러났다. 바닥에는 멍석이 깔려 있었고, 그 위에 다시 나무판자들이 놓여 있었다. 아마도 곡물들이 바닥의 습기에 영향을 받지 않도록 해놓은 것 같았다.

"나무판자와 멍석을 걷어내라."

오호하마노가 소리쳤다.

멍석을 걷어내자 과연 두꺼운 나무로 만든 출입문이 나왔고, 단단하게 자물쇠가 잠겨 있었다. 망치로 자물쇠를 부수고 문을 열자, 그 안으로 연결된 땅굴이 나왔다. 땅굴을 따라 들어가자 다시 단단하게 자물쇠를 채운 쇠문이 있었다. 그 쇠문을 여는 데 시간이 꽤나 걸렸다.

마침내 오호하마노는 금괴를 찾아내는 데 성공했다. 어둠 속에서 금괴들이 번쩍거리며 빛을 발했다. 횃불을 들이대고 두 눈으로 확인한 후 졸개들에게 명령했다.

"어서 이 금괴들을 수레에 실어라."

굴 밖으로 나온 오호하마노는 그 옆에 있는 다른 창고 역시 같은 방식으로 금괴를 찾아내는 데 성공했다.

뒤늦게 두 개의 창고 안을 다시 뒤져 땅으로 난 비밀 창고에서 금괴를 찾느라 시간이 꽤 많이 걸렸다. 오호하마노와 그의 군사들은 수레에 금괴를 싣고 장연항으로 달려가던 도중 고구려 군사들과 맞닥뜨렸다. 북쪽 몽금포에서 내륙으로 운양금광을 향해 달려온 태왕 담덕의 군사들과 그 동쪽 대방군 치소의 군사들도 서쪽을 향해 진군하는 바람에, 왜군들은 졸지에 가운데 갇히는 형국에 처하였다.

"좌우로 갈라져 적군들이 접근하지 못하도록 방어하라."

오호하마노는 군사들이 양쪽으로 갈라지며 만들어낸 길을 따라 금괴를 실은 수레들이 지나가게 하면서, 그 역시 탈출을 시도했다. 안전하게 금괴를 장연항까지 싣고 오는 과정에서 왜국 군사들 태반이 고구려 군사들의 창칼에 희생되었다.

마침내 장연항에 도착한 오호하마노는 고구려 군선들에 의해 완전히 바닷길이 막힌 것을 보고 또한 놀라지 않을 수 없었다. 바로 그 무렵에 백제군 장수 사두가 남쪽 바닷길을 뚫느라 고구려 군선들과 혈전을 벌이고 있었다.

"빨리 배에 금괴들을 실어라."

오호하마노는 다급하게 외쳤다.

바로 그때였다. 금괴들을 배에 싣는 왜군 졸개들을 향해 달려오는 무리들이 있었다. 갑옷으로 무장한 고구려 군사들은 아니었으나, 왜군들을 풀 베듯 쓰러뜨리며 달려오는 자들의 무술 솜씨가 보통을 넘었다. 그중 가장 앞에서 달려오는 무리들의 우두머리가 소리쳤다.

"네가 금괴에 눈이 먼 왜장이냐? 내가 아버님의 원수를 갚고야 말리라."

오호하마노를 향해 달려드는 우두머리는 다름 아닌 근오지현 대상단을 이끌던 석규명의 아들 석무사였다.

석무사는 태왕 담덕의 배려로 고구려로 망명해 장연항에 시전을 열고, 남양 등지와 교역하는 상선을 이끄는 대상단을 운영하고 있었다. 장연항 시전이 왜군들에 의해 쑥대밭이 되자, 그는 오호하마노가 4년 전 근오지현으로 상륙했던 바로 그 왜군 대장군이란 소문을 듣고 부친의 원수를 갚기 위해 그를 찾아 나섰던 것이다.

뒤늦게 오호하마노가 이끄는 왜군을 추격하여 운양금광까지 갔으나, 비밀창고를 찾아내 금괴를 싣고 다시 장연항으로 갔다는 사실을 알았다. 석무사는 급히 상단 장정들과 함께 지름길로 달려와 마침내 장연항 부두에서 배에 금괴를 싣고 있는 오호하마노와 맞닥뜨리게 되었다.

"결국 네놈이 여기까지 와서 내가 고구려 태왕께 바친 금괴까지 가져가려고 하는구나? 네놈이 어찌 장군이냐! 약탈을 일삼는 것이 왜구와 다를 바 없질 않느냐?"

석무사는 환두대도를 휘두르며 오호하마노를 향해 달려들었다. 그러자 호위무사들이 대장군 앞을 가로막으며 방어를 하였다.

큰 키에 몸집이 장대한 석무사는 의외로 날렵하게 칼을 휘둘렀다. 단 한 치도 어긋남이 없이 그 앞을 막아서는 왜국 대장군 호위무사들을 베어넘겼다. 칼에서 공기를 가르는 바람 소리가 나는가 했는데, 그때마다 상대의 머리들이 투구와 함께 땅에 뒹굴었다.

호위무사들이 허수아비처럼 목 없는 몸뚱이가 되어 차례로 쓰러진 후, 마침내 오호하마노와 석무사가 맞서는 형국이 되었다.

오호하마노는 자신의 호위무사들이 싸우는 동안 힘을 여축해둔 데 반하여, 석무사는 여러 명을 목 베면서 너무 많이 기운을 써버렸다. 그래서 양자의 대결은 처음에 비등한 것 같았으나, 나중에는 석무사가 밀리기 시작했다. 명색이 왜군 대장군이었다. 오호하마노의 무술 솜씨 역시 만만치가 않았으므로 석무사는 땀을 뻘뻘 흘리며 뒷걸음질을 치고 있었다.

바로 그때 남쪽 해안을 따라 구미포로 진격했던 소가노 마치와 그의 군사들이 수곡성 성주 동관의 군사들에게 쫓겨 장연항으로 퇴각하다 오호하마노와 석무사의 싸움을 목격하게 되었다.

"대장군! 이자를 내게 맡기고 어서 배에 오르시오."

소가노 마치가 오호하마노를 향해 외쳤다.

석무사의 앞을 소가노 마치가 가로막았다. 그 사이 오호하마노는 잽싸게 바다로 뛰어들어 헤엄을 쳐서 대장선에 올라탔다.

소가노 마치의 칼솜씨는 백제 장군으로 명성을 떨치던 목라근자 집안의 내력을 갖고 있었다. 일명 '신검(神劍)'을 다루는 무술 집안의 아들이었으므로, 그 실력은 백제는 물론 왜국에서도 인정해줄 정도였다.

불과 몇 번 칼을 휘두르지 않아 소가노 마치의 번개 같은 칼이 석무사의 왼쪽 팔을 싹둑 잘랐다. 바로 그때 태왕 담덕이 이끄는 고구려 군사들이 장연항으로 들이닥쳤고, 호위무사 마동은 소가노 마치의 칼에 석무사의 팔이 잘리는 것을 목격하였다.

사사롭게 석무사는 마동의 처남이었다. 처남이 위험에 처한 것을 본 마동의 눈이 뒤집히지 않을 수 없었다.

"에에잇!"

마동은 말 위에서 소가노 마치를 향해 수리검을 날렸다.

소가노 마치는 수리검이 공기를 가르며 날아오는 소리를 듣고 자신의 칼을 뺐으며 몸을 피했다. 수리검이 칼을 맞고 땅으로 떨어졌다. 그는 거의 육감으로 칼을 휘둘러 수리검을 쳐낸 것이었다.

"내 수리검을 쳐내다니?"

마동은 순간적으로 당황하지 않을 수 없었다.

그런 촌음을 다투는 순간, 소가노 마치는 재빨리 몸을 돌려 바다로 뛰어들었다.

때마침 사두가 남쪽 바닷길을 열고 장연항으로 되돌아와 백제 군선에 퇴각하는 왜국 연합군들을 태우고 있었다. 헤엄을 쳐서 소가노 마치도 그 배에 오를 수 있었다.

태왕 담덕은 군선을 타고 퇴각하는 백제군과 왜국 연합군을 바라보면서 비감한 마음에 젖었다. 국제무역항구인 장연항 부두와 시전거리가 전화(戰禍)를 입어 눈을 뜨고 바로 바라보기조차 어려웠던 것이다.

"폐하! 배를 타고 적들을 쫓아야 하지 않겠습니까?"

겨우 석무사를 살려놓고 돌아온 마동이 안타까운 눈으로 담덕을 바라보았다.

"놔두거라. 적의 군선들은 얼마 못 가 관미성의 군선들에게 격퇴될 것이다."

담덕의 예상은 그르지 않았다. 백제군과 왜국 연합군은 사두가 이끄는 대로 군선을 몰다가 서해 섬들에 숨어 있던 관미성의 고구려 군선들에게 추격당해 반 이상 파손되고, 그 나머지는 먼바다로 돌아서 겨우 미추홀 항구로 들어설 수 있었다.

6

태왕 담덕은 일단 군사들과 함께 장연항에서 군선을 타고 압록강을 통해 국내성으로 돌아왔다. 평양성과 수곡성 군사들도 제각기 성으로 돌아가도록 했다.

국내성으로 돌아온 담덕은 포로가 된 고마 헤이와 고마 히로 부자를 친견하기로 했다. 그 자리에는 태대형 추수가 동석했고, 곧 호위무사 마동이 포로들을 데리고 친견 장소로 들어왔다. 두 포로는 모두 양손을 뒤로하여 묶인 채였다.

"태왕 폐하시다. 어서 무릎을 꿇지 못할까!"

두 포로가 엉거주춤 선 채 어찌 처신해야 할지 모르자, 마동이 소리쳤다.

"아니다. 두 사람의 포박부터 풀어주거라."

담덕이 조용한 목소리로 마동에게 명했다.

"아니, 폐하! 이자들은 믿을 수가 없는 반역자들입니다. 그 아비에 그 아들이라고, 저 고마 히로인지 해광인지 하는 놈을 보십시오. 4년 전에 살려서 왜국으로 보내주었더니, 이번에 길잡이가 되어 왜국 군사들을 이끌고 오지 않았습니까? 어찌 그런 자를 용서할 수 있겠습니까? 심지어 저놈은 왜국 군사들을 운양금광으로 안내하여 숨겨둔 금괴까지 털어가도록 만든 원흉입니다."

마동은 분통을 터뜨렸다.

"마동아, 폐하께서 주재하시는 일이다. 어찌 함부로 말하는가?"

추수가 꾸짖었다.

"마동은 잠깐 물러서 있거라. 이는 종친으로서의 예가 아니다."

담덕은 의자에서 일어나 포로들에게 다가가 직접 포승줄을 풀어주고, 두 사람을 탁자 앞의 의자로 안내하였다.

"편히들 앉으시오."

"폐하! 이렇게까지 죄인들에게 편의를 봐줄 필요는 없지 않겠습니까?"

이번에는 아들 마동을 꾸짖던 추수까지도 태왕의 너그러운 태도에 대해 불만을 토로하였다.

"무명검법을 가르쳐주신 스승 무명선사의 아들과 손자입니다. 그러므로 비록 포로의 신세지만 함부로 대할 수는 없는 일입니다."

담덕은 지그시 눈을 감았다. 바로 눈앞에 무명선사의 모습을 그려보려는 것이었다.

"폐하! 왜국에 가서 고마 헤이라고 이름까지 바꾼 이자는 전에 해평으로 불리던 반역자입니다. 고국원대왕께서 평양성 전투에서 백제군의 화살을 맞아 전사하신 것도 이자가 적군에게 속아 무리수를 둔 공격 때문이었습니다. 외람되지만, 소장도 그날 왼쪽 눈을 잃었습니다. 도저히 용서할 수 없는 죄인이옵니다."

추수는 외눈으로 고마 헤이, 아니 해평을 노려보았다.

"부탁이오. 이 자리에 고마 히로, 아니 해광이 있으면 아무 소리도 안 할 것이오. 아비가 된 몸으로 아들 앞에서는 어떤 취조에도 응할 수는 없소이다."

해평이 담덕을 바라보며 말했다. 그 눈빛에는 어떤 간절함이 담겨 있었다. 아들 앞에서 죄인 취급을 받는다는 것이 부쩍 자존심 상하는 일이라 여겨졌던 것이다.

"일리 있는 말이오. 마동은 잠깐 해광을 다른 곳으로 데리고 나가 있거라."

담덕의 명을 받자, 마동은 내키지 않는 일을 맡은 것처럼 잔뜩 인상을 쓰면서 해광을 잡아끌었다.

해광이 눈앞에서 사라지자, 해평은 다소 안심이 되는 듯 얼굴에 화색이 돌았다.

"지난날 내가 반역을 한 것은 왜국으로 망명해서도 뼛속 깊이 후회하고 있소이다. 이제 죽음을 눈앞에 두고 있는 마당에 더 이상 무슨 욕심을 부리겠소. 죽을죄를 지었으니 마땅히 죽어야겠지요. 이 아비는 죽이되, 아들만큼은 다시 한번 관용을 베풀어주시기 바라오."

해평은 모든 것을 포기한 듯 고개를 푹 꺾었다.

"무슨 말씀이시오? 더 이상 죽음을 입에 올리지 마시오. 우리 고구려를 위해서 함께 도모할 일이 있다면 모든 것을 용서해줄 수도 있기 때문이오."

담덕은 해평과 해광 부자가 포로가 되고부터 지금까지 줄곧 해오던 생각을 비로소 털어놓았다. 무명검법의 비급을 자신에게 물려준 무명선사를 생각해서라도 과거를 따지지 않고 이들 부자를 용서해주고 싶었다.

"용서라니요? 폐하, 그것은 천부당만부당한 말씀이옵니다. 소신이 젊은 시절 오래도록 눈여겨 보아왔기 때문에 저 해평의 성격을 잘 압니다. 성격이 꼬여 있어 언제 어느 때 또 표변할지 모르옵니다. '용서'라는 말을 거두어주시옵소서."

추수가 한동안 외눈을 번쩍이며 해평을 노려보다가 마침내 담덕을 향해 재고해줄 것을 간청하였다.

그러나 해평은 흐윽, 하면서 고개를 더욱 떨구고 어깨가 들먹거릴 정도로 눈물을 흘렸다. 그러면서 무릎 위에 두었던 그의 두 손 중 한 손이 다리 아래로 내려가는 것을 누구도 보지 못했다. 그의 오른손은 긴 가죽 장화의 안쪽을 더듬었고, 그곳에 숨겨두었던 단도를 끄집어냈다. 그가 잽싸게 왼손으로 칼집을 빼낸 것은 아주 순간적으로 벌어진 일이었다.

"무엇하는 짓이냐?"

추수가 뒤늦게 수상한 움직임을 눈치채고 소리쳤을 때, 이미 해평은 단도의 칼날을 자기 목에 갖다 대고 있었다.

"말리지 마라. 난 내 손으로 죽을 것이다. 태왕, 마지막 부탁이오. 아들 해광만큼은 목숨만이라도 살려 다시 왜국으로 돌아갈 수 있도록 해주시오."

해평은 단도를 쥔 오른손을 부들부들 떨면서, 사뭇 떨려오는 목소리로 말했다.

"제발 그 단도를 거두시오! 그리고 나서 아들을 살려달라고 부탁해도 늦지 않을 것이오."

담덕도 너무 갑자기 일어난 일이라 놀란 얼굴로 해평에게 말했다.

"천하를 얻으려는 욕망 때문에 한평생을 헛되이 낭비했도다!"

해평은 그 말을 남기고, 재빠르게 오른손에 힘을 주어 자신의 숨통을 끊었다. 목에서 피가 솟구쳐 사방으로 튀면서, 그는 의자에서 모로 쓰러져 방바닥으로 굴렀다.

"아아, 아! 어서 시의를 불러라."

담덕은 차마 그 처참한 모습을 볼 수가 없어 두 손으로 자기 얼굴을 감쌌다.

곧 시의가 들어와 해평의 상태를 살폈다. 칼날이 깊게 들어가 목줄을 끊었으므로, 기사회생할 가능성은 거의 없었다. 가슴에 귀를 대고 심장 뛰는 소리를 들어보고 맥박을 짚어봤으나 이미 팔다리가 뻣뻣하게 굳어가고 있었다.

"태왕 폐하! 이미 절명했나이다."

시의가 하는 말을 듣고 담덕은 두 손으로 탁자를 치며 고개를 떨구었다. 얼마의 시간이 지난 후 그는 정신을 가다듬었다.

"해광을 불러오라."

담덕은 내관에게 명령했다.

곧 마동이 해광을 데리고 들어왔다.

"해광아! 네 아비가 자진하였다. 내가 너를 볼 면목이 없구나."

담덕의 말에 해광은 그 자리에 얼어붙은 듯 우뚝 서서 도무지 어떤 사태가 벌어졌는지 짐작을 할 수 없다는 표정을 지었다. 그러더니 몸이 푹 꺼지듯이 부친 해평의 시신 앞으로 엎어지며 기절해버렸다.

담덕은 해평의 장례를 고구려의 장군에 준하는 격식을 갖추어 치르게 하였다. 아들 해광은 의식을 되찾은 다음 부친의 죽음을 또렷이 인식하고, 장례식 절차에 따라 말없이 상주 노릇을 했다.

장례식이 끝난 다음, 담덕은 해광을 불러 말했다.

"해광아! 너를 더 이상 왜국으로 보내고 싶지 않다만, 그곳에 가족들이 있으니 어쩌겠느냐? 처자식이 있지 않느냐? 4년 전처럼 너를 배에 태워 보내줄 터이니, 가서 가족들을 데리고 귀국하도록 해라. 하 대인이 장연에 있으니, 잘 주선해줄 것이다."

담덕은 마동으로 하여금 해광을 데리고 장연항으로 가서 상선에 태워 왜국으로 돌아가도록 하라고 명령하였다. 그는 대방 전투가 끝난 직후 압록강의 대상단을 이끄는 대인 하명재에게 부탁하여 장연항의 부두를 다시 옛날 국제무역항으로 재건하는 일에 총력을 다해달라고 당부한 바 있었다.

"꼭 제가 가야 하겠습니까?"

마동은 더 이상 해광을 쳐다보기도 싫었다. 옆에 같이 있다는 것조차 불쾌하고 화가 치밀어올랐다.

"그대가 아니면 누구를 믿고 맡기겠는가? 내키지 않더라도 갔다 오도록 해라. 이건 명령이다."

태왕은 그래도 마동 이외에 믿을 사람이 없다고 생각했다.

"네, 폐하! 명령 받잡겠사옵니다."

마동은 결국 해광을 데리고 장연항으로 가기 위해 압록강 선착장에서 배를 탔다. 때마침 하명재 대인의 명을 받고 장연항까지 가는 배가 있었다. 그 배 뒤에는 뗏목이 길게 매어져 있었다. 장연항의 부두 건설에 필요한 목재들이었다.

배에는 상선 장정들과 뗏목을 부리는 사공들이 타고 있었다. 마침 갑판 위에 마동과 졸개 두 명, 그리고 해광이 있을 때였다. 압록강과 서해가 만나는 지점이었다. 갑자기 시야가 확 트이면서 넓은 바다의 수평선이 떠올랐다.

마동은 수평선을 바라보며 무심코 던지듯이 해광에게 말했다.

"네 아비는 수치심을 느끼고 자결했다. 너는 이번에 네가 저지른 행위에 대해 수치심도 느끼지 못하는 것이냐?"

"……."

"왜 말이 없는 것이냐?"

마동이 눈을 돌려 해광을 뚫어지게 바라보았다.

"사실 왜국으로 가는 것도 두렵습니다. 대장군 오호하마노가 가만두지 않을 것입니다."

한동안 침묵을 지키다 말고 문득 해광이 입을 열었다.

"어째서? 네놈이 길을 안내하여 운양금광의 금괴들을 모두 탈취해 돌아가지 않았느냐?"

마동은 그 금괴들만 생각하면 울화가 치밀었다. 그가 신라의 근오지현에서 목숨을 걸고 왜군 대장선에 들어가 되찾아온 석규명 상단의 금괴가 또한 거기에 있었다. 석무사와 석사비가 그 금괴를 배에 싣고 고구려로 망명해 태왕에게 바쳤고, 그것을 곧 운양금광 비밀 창고에 수장해 두었던 것이다.

그런데 그 사실을 아는 해광이 왜국 연합군을 이끌고 대방 지역으로 침투하여 운양금광의 비밀 창고를 털었다. 그 생각만 하면 괘씸하기 이를 데 없었다. 마동은 그런 배반자를 태왕이 감싸고 도는 것에 대하여 도무지 이해가 되지 않았다.

"오호하마노는 비밀 창고가 어디 있는지 불지 않는다고 단칼에 소철의 목을 쳐버렸습니다. 만약 비밀 창고를 찾지 못한다면 저도 그 칼에 죽을 것 같아 몰래 도망친 것입니다. 그러니 왜국으로 돌아가면 오호하마노가 가만두겠습니까?"

해광은 그러면서 은근슬쩍 마동의 눈치를 보았다.

"이놈아 그걸 말이라고 주절거리는 것이냐? 소철은 네가 죽인 것이나 다름없다. 그 죄를 어떻게 받을 것이냐?"

마동은 소철의 죽음을 알고는 있었지만, 어떻게 죽었는지는 해광의 입을 통해 비로소 듣게 되었다. 갑자기 피가 머리끝까지 뻗쳐오르는 기분이었다.

"어쩌다 보니 그렇게 되었습니다. 저도 정말 그 점을 죄송스럽게 생각합니다."

해광은 자신도 모르는 사이에 그런 말을 한 것에 대해 곧 후회하였다.

"죄송으로 될 일이더냐? 아무래도 너는 죽어줘야겠다. 무주고혼이 된 소철을 극락왕생의 길로 인도하기 위해서 네 목숨이 필요하다."

마동은 입을 한일자로 다물며 칼을 빼어들고 외쳤다.

"네? 저 한 번만, 제발 한 번만 살려주십시오."

해광이 털썩 무릎을 꿇고 두 손을 마구 비벼댔다.

"하아, 너 같은 놈 목숨 거두려고 이 칼에 피를 묻히고 싶지도 않다. 저 바다로 뛰어들어라."

"네에? 제발!"

해광은 몸을 벌벌 떨었다.

"두 번 말하면 입이 아프다. 여봐라, 밧줄과 쇠절구 공이를 가져오거라."

마동이 두 졸개에게 명했다. 갑판 위에는 여기저기 밧줄과 쇠절구 공이가 나뒹굴고 있었다. 졸개들이 각기 그것들을 가져왔다.

"정말, 저를 주, 죽이시려는 겁니까?"

"내 말을 잘 들었다면 살려주려고 했다. 저 바다에 스스로 뛰어들면 죽을 만큼 물을 먹었을 때 꺼내주려 했는데, 이젠 안 되겠다. 네 아비는 그래도 뉘우치는 바가 있어 자결한 것이 아니더냐? 네놈은 그런 뉘우침이 털끝만큼도 없으니 안됐지만 물고기 밥이 되어주어야겠다. 죽으면서 물고기 같은 생명체에게 보시하는 것도 그다지 나쁘진 않을 것이다."

마동은 졸개들에게 명하여 밧줄로 해광의 몸뚱어리를 꽁꽁 묶게 했다.

"자, 장군! 제발 목숨만 사, 살려주십시오."

양팔이 뒤로 묶인 해광은 사색이 된 눈빛으로 애원했다.

"이놈! 끝까지 비열하게 구는구나!"

마동은 이제 졸개들을 뒤로 물리고 직접 쇠절구 공이를 해광의 몸에 매달았다. 그러고는 그 몸뚱이를 갑판 끝으로 끌고 가서 발로 굴려 바다로 떨어뜨렸다.

국내성으로 돌아온 마동은 태왕 담덕 앞에 나가 무릎을 꿇었다.

"태왕 폐하! 이 몸을 죽여주십시오."

마동의 눈에서 닭똥 같은 눈물이 뚝뚝 떨어졌다.

"무슨 일이냐? 해광이 어찌 된 것이더냐?"

"제가 바다에다 수장시켜버렸습니다."

"무엇이라?"

"도무지 개과천선의 여지가 없는 자였습니다. 아비만도 못한 아들이었습니다."

"그걸 말이라고 하는 것이냐? 네가 감히 항명을 하는 것이냐?"

담덕은 마동의 얼굴을 뚫어지게 바라보면서 얼굴까지 벌겋게 달아올라 소리쳤다.

"죽여주십시오."

마동은 바닥에 이마가 닿도록 머리를 푹 꺾었다.

그 자리에는 태대형 추수도 있었다.

"네 이놈! 감히 태왕 폐하의 명령을 어기다니? 네가 그래도 살아남길 바라느냐? 폐하, 제 아들놈을 죽여주시옵소서. 잘못 키운 이 아비에게도 죄가 많사옵니다. 소신 역시 그 죄를 달게 받겠사옵니다."

추수가 또한 마동처럼 담덕 앞에 무릎을 꿇었다.

태왕의 명을 어긴다는 것은 목숨을 내놓는 일에 다름아니었다. 그런 마동의 행동을 추수는 도저히 묵과할 수 없었다. 그러나 아들을 살리고 싶었다. 그래서 그의 입에서 나온 것은 아들을 죽여달라고 간청하는 길밖에 없었다.

"마동, 너를 굳게 신뢰하여 그 일을 시킨 것인데……. 아아, 이는 좌시하지 못할 일이다. 여봐라, 당장 마동을 끌고 나가 참수하라!"

이 같은 담덕의 명령이 떨어졌다.

그런데 이때 담덕 앞에 와서 또 누구인가 무릎을 꿇었다.

"폐하! 마동 오라버니를 제발 살려주십시오. 호위무사는 폐하를 위해 목숨을 내놓은 사람입니다. 마동 오라버니를 죽이시면 폐하의 옥체 일부를 잃는 것과 다를 바 없습니다. 폐하, 통촉하여 주시옵소서."

담덕 옆에 서 있던 여성 호위무사 수빈이 엎드리며 절규하였다.

"아니 수빈아! 어찌 너까지?"

"마동 오라버니가 폐하의 오른팔이라면 소신은 왼팔이옵니다. 왼팔 하나로 어찌 폐하의 곁을 지킬 수 있겠나이까? 소신은 자신이 없사옵니다. 제발 마동 오라버니의 목숨만이라도 살려 주시옵소서."

수빈은 흑흑, 소리까지 내어 울기 시작했다.

"마동아, 수빈이가 네 목숨을 살렸다. 꼴도 보기 싫으니 마동을 감옥에 가두어 그 죄의 무거움을 알게 하라."

담덕은 그렇게 명령을 내린 후 혼자 있겠다며 모두를 물러가게 하였다.

<10권에 계속>

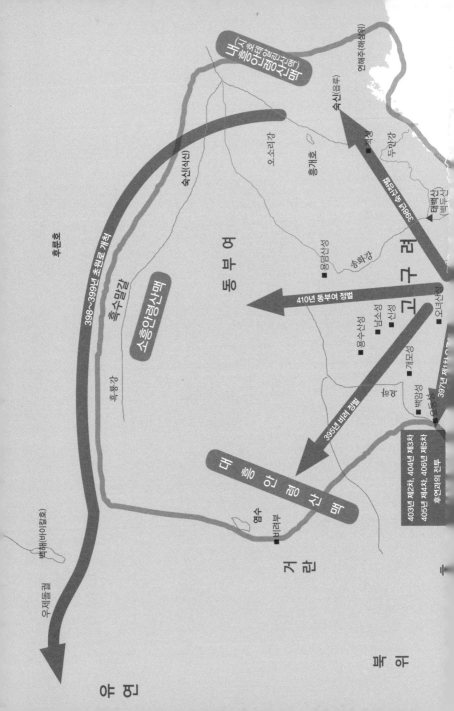